U1075882

枫野集

涂元渠 著

上海古籍出版社

图书在版编目(CIP)数据

枫野集／涂元渠著．—上海：上海古籍出版社，2013.12

ISBN 978-7-5325-7110-9

Ⅰ.①枫… Ⅱ.①涂… Ⅲ.①文艺—作品综合集—中国—当代 Ⅳ.①I217.2

中国版本图书馆CIP数据核字(2013)第252475号

枫野集

涂元渠　著

上海世纪出版股份有限公司
上　海　古　籍　出　版　社　出版

（上海瑞金二路272号　邮政编码200020）

(1) 网址：www.guji.com.cn

(2) E-mail：guji1@guji.com.cn

(3) 易文网网址：www.ewen.cc

上海世纪出版股份有限公司发行中心发行经销

上海展强印刷厂印刷

开本890×1240　1/32　印张12　插页6　字数250,000

2013年12月第1版　2013年12月第1次印刷

印数：1—1,100

ISBN 978-7-5325-7110-9

I·2777　定价：35.00元

如有质量问题，请与承印厂联系

作者青年时代

作者青年时代

作者在书房中

作者与小女儿涂驰二胡、手风琴合奏

新诗集《垦殖的歌》封面，1947年大新书局出版

《高适岑参诗选注》，上海古籍出版社1983年；台湾建宏出版社1996年

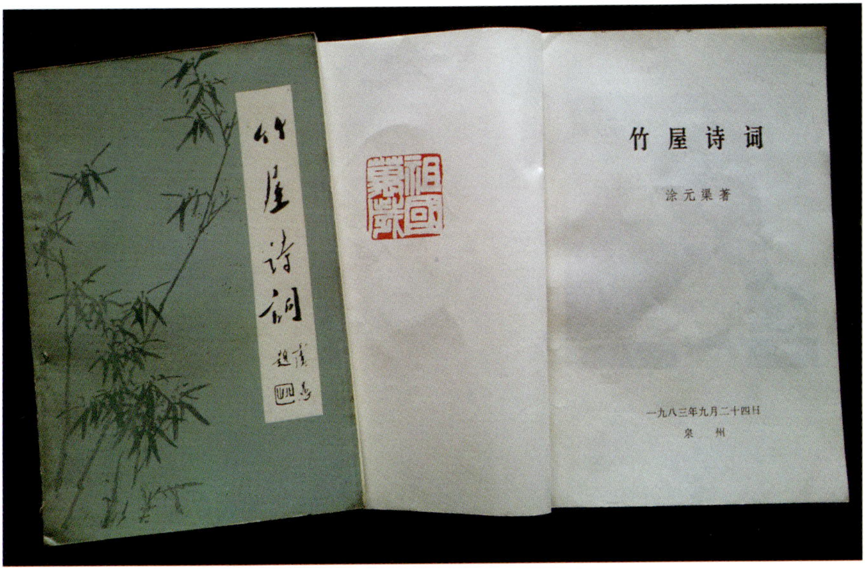

《竹屋诗词》，封面题字虞愚

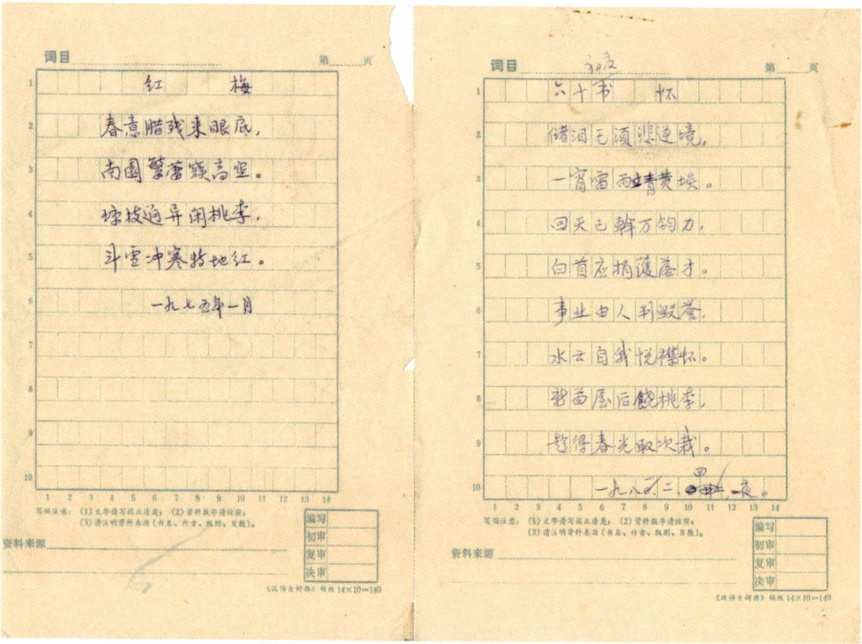
红梅
春意腊残来眼底，
南国蓓蕾绽高空。
琼枝迥异闲桃李，
斗雪冲寒特地红。
一九七五年一月
六十书怀
事业由人判毁誉，
水云自我悦襟怀。

作者手稿

前　言

父亲涂元渠，笔名枫野，生于1921年，福建莆田常太莒溪人。他出生在偏僻山村的一个普通农民家里，他的父亲虽只曾读过三年私塾，却是一个精于书法、熟吟古诗词、有长远目光的农民，一心要把儿子栽培成为有文化修养的人。祖父先是把父亲送到离家七八十里外的莆田涵江镇去读小学，接着又让他进入县城砺青小学高年级，继而送他到砺青中学读初中。初中毕业后，父亲以优异成绩考入福州福建省立高级中学，并于1942年考取厦门大学政法系。父亲学生时代的生活是很艰辛的。这不仅由于家庭经济困难，更由于适值抗日战争时期，烽火连天，学校内迁。福高迁沙县，厦大迁长汀。他年纪轻轻便辗转跋涉于家乡与莆田城厢、福州、沙县、厦门、长汀之间。读大学时，他利用课余兼职当小学教师，以兼课收入补贴生活。他从小喜爱文学。读福高时，在《沙县青年》半月刊上发表历史小品《金谷之春》、《易水拆上》以及《容我立足之地在何处》等作品。这些可能是他最早正式发表的作品。

父亲的大学时代，举国上下正在轰轰烈烈地开展抗日救国运动，"木刻"这种艺术形式以其便于战斗，成为抗日宣传的利器。父亲考入厦门大学后第二年，便参加了厦门大学木刻研究会。父亲当时刻了许多黑白木刻，刊载在福建省内各种报刊上，内容大多表现被日寇蹂躏的中国人民的灾难和中国人民英勇抗敌的事迹，刀法娴熟多变。据华东师大教授钱今昔在《南平艺林烟云》文章中回忆，1943 年至 1945 年他接编《东南图画》半月刊时，经常为漫画版画动笔动刀的就包括枫野①。这个时期，父亲的诗歌创作也同样活跃。父亲 1944 年至 1946 年所写的部分新诗，收入他的诗集《垦殖的歌》。这部作品贯穿了"企盼光明"的基调，1947 年由台湾新创造出版社、大新出版社出版发行。而父亲大学毕业论文《太平天国的政治思想》，从论文的内容、结构、逻辑思维以及语言表达诸多方面都表现了他作为一个大学毕业生在学业上所取得的值得称道的成绩。

1946 年 7 月，父亲从厦门大学毕业，被学校推荐渡海前往光复后的台湾工作。先在几所中学任教，后在台中农学院任教。父亲在台湾期间，积极参加进步文化艺术活动。

在台湾光复初期，即 1945 年至 1949 年间，中国大陆大批文化人士来到台湾从事文化界的建设工作。其中由吴忠翰、伯石、公丁、枫野等组成的"厦大校友作家群"在《国声报》"南光"副刊中详实地推介大量中外文艺名家名作，并以出色的创作活动实践自身的文艺主张，为当时台湾文艺界的繁荣作出了独特的贡献。父亲当时发表于"南光"副刊的诗文有《静静的夜》和《论太平天国的婚姻制度》等。诗歌《静静的夜》直面当时劳苦大众饱受欺压的黑暗社会现实，并用"一枚向往于黎明的跳动的心"朝冀着光明的未来。②

在台湾期间，父亲有机会与田汉相遇。1948 年 1 月 30 日父亲在台湾花莲港以版画家的身份参加接待田汉的活动，陪同田汉参访花莲港阿米族，并与田汉一同漫步海边沙滩，拍下不少照片。访花莲港阿米族时之情景如是：

---

① 《福建新文学史料集刊》第十辑。

② 倪思然、朱双一《"国声报"南光副刊与厦大校友作家群》，《新文学史料》2013 年第 1 期，人民文学出版社，2013 年。

灯火蕉林映绿莎,轻舒彩袖发清歌,铿锵踝佩舞婆娑。
稜粿和糖抓五指,旧醅家酿醉颜酡,细陈身世泪滂沱!①

1948年2月1日父亲与田汉从花莲港同返台北,寓版画家黄荣灿家,田汉即席草成《过清水断崖》七绝一首:"先民创业自艰难,鬼斧神工绝壁间。回首海云犹黯澹,好从风雨建台湾。"父亲情不自禁,当即依田汉此诗之韵,呈奉绝句两首:

一

一夕歌欢相见难,宁忘笑语浪花间?
嘘寒问暖荒山泪,顾曲谈词明月栏。

二

杯酒休歌世路难,椰城灯火闭荒寒。
天涯一纸辛酸句,留与他年仔细看。②

如此令父亲终生难忘的与田汉的相聚与诗会,留下的照片和田汉七绝手迹,十年浩劫期间,全被洗劫,令父亲耿耿于怀,痛惜不已。

1949年4月解放战争取得全面胜利,远在台湾的父亲接到同乡陈玉树密札,承告已与地下党接上线,嘱他即归。父亲归心如箭写下:"遥天尺璧落南皋,赤帜依山意气豪。欲振狂飙思健翮,莫愁夹岸有惊涛!"③

1949年5月上旬,父亲辞去台中农学院教职,值台湾已宣布封港,他潜赴梧栖港乘帆船秘密离开台湾返回大陆。父亲明知此

---

① 《浣溪沙——与田汉等访花莲港阿米族》,1948年1月30日。

② 父亲《依韵田汉〈过清水断崖〉一绝见赠,在台北黄荣灿家夜坐赋绝句二首呈奉》。

③ 《读密札有感》,1949年4月8日,台中。

征程充满风险，他却全然不顾，勇往直前："海云西望气如山，漫道征程九折艰。敢借天风三万里，梧栖僻港挂梯帆。"[①]父亲从台湾潜回大陆途中还一度遭遇"潮退，舟搁浅滩"之险，遭遇海盗，遇匪船三艘揽道，船被迫驶入惠安小岞港，入村投宿渔家康某。从5月15日离台一直到5月20日他乘坐的小帆船才驶入泉州湾。返回大陆后，父亲径往晋江县公署，动员时任县长的他的同乡起义投靠共产党，未果。之后，便直奔游击区，参加闽中游击队，在司令部服务团创作组工作。在那儿，他创作了《庆祝七一歌》、《欢迎你，解放军同志》两首歌词，均由郑德裕谱曲供歌咏队演唱。前者庆祝中国共产党生日，后者迎接解放军第三野战军侦察营进大洋与游击队会师。1949年8月，父亲被任命为福建莆田砺青中学解放后第一任校长。一年之后，父亲意识到把宝贵的时光耗费在繁杂的行政事务，实非己愿，于是请调到福建泉州第一中学任语文教员。

父亲虽然大学时攻读的专业是政法系，后来又长期从事中学语文教学，但他最为用心的却是中国古典文学研究。早在1957年当他再读《三国演义》时，对书中的几个主要人物有了深入的认识，撰写了《略谈〈三国演义〉里的几个人物》一文，在《解放军文艺》1957年第5期发表。由于它的独到见解，两年后，被收入人民文学出版社出版的《明清小说研究论文集》。该书"出版说明"说："收在这里的论文，在我们看来，其中有确有研究和独创见解的。"

父亲是一个极其勤奋好学的人。他教古典文学，有深厚的语言文字和文学修养功底，驾轻就熟，何等轻松！但他不满足于现状，旺盛的创作能力和倔强好胜的性格决定了他是不甘寂寞的。20世纪50年代至60年代中期是父亲从事文学创作和文学研究极为活跃的时期，他在繁忙的教学之余，刻苦读书，勤奋写作，不间断地在国内各大报刊杂志发表文章，体裁多样，有诗词、儿童文学、

---

① 《宿梧栖港》，1949年5月15日。

特写、戏曲曲艺、戏曲剧本、古典文学研究论文等等。他的学术成果及其影响越来越大，至盛年，他身兼多种社会职务：中国语文学会福建省总会理事、中国语文学会福建省厦门分会理事、中国语文学会晋江地区会员小组组长、泉州市文学艺术界联合会理事、泉州市作家协会主席 、中国作家协会福建分会会员。1965 年底，父亲以学术讨论的名义撰写了一篇《与姚文元同志商榷》的文章，投寄《文汇报》参加关于姚文元《评新编历史剧“海瑞罢官”》的讨论，文章虽没有发表，但父亲却为此备受迫害。“文革”期间，在劳改队劳动，因出汗要洗换上衣，将佩在胸前的“黑帮分子”的字条取下夹在当时桌上仅有的《毛泽东选集》内，而被打成现行反革命，送公安局拘留一个月。1972 年 3 月，父亲从泉州第一中学被遣送至泉州最北郊的马甲中学。那里交通不便，生活艰苦，父亲不但在那里度过了五年单调枯寂的时光，而且染上了乙肝，直接导致了他的早逝。

父亲在 1966 年至 1976 年十多年时间里，遭遇了被批斗、被抄家、家中藏书及个人几十年之已刊、未刊出之各种诗文稿件荡然无存的经历。直至 1978 年 9 月，父亲的冤案才得以平反。他在 9 月 15 日日记中写道：“回想这十多年来，造反派对我进行疯狂地摧残与迫害，但我绝不屈服，顽强地活了下来。一开始，我头脑便十分清醒地认为：我决不糊里糊涂地去自杀，坚决要忍辱地顽强再顽强地活下来，睁大眼睛看看我这被迫害者及那些迫害我的人下场，白白地死了，让仇者快，亲者痛，不行！这是弱者所选择的道路，我决不走！”那天在全市文教卫生系统的平反大会上，被平反的五个人中，一个跳井，一个绝食，一个自杀，一个被长期折磨、病逝，只有父亲一个人顽强地活了下来。

从马甲中学提前退休返回泉州后，父亲被返聘至《汉语大词典》晋江地区编写组，参加“寸”部词条的撰写工作。从 1976 年 10 月开始至 1980 年这四年时间里，父亲在紧张地参加《汉语大词典》编写工作之余，坚持文艺创作和古典文学研究。十年浩劫之后迎来了文学艺术的春天，他是何等的悲喜交集："桐花展靥，迓沪上嘉宾，南来江渤。灯映华堂泪影，诵声凄切。韶光十载空抛掷，问云天，芳菲谁设？跳梁群丑，人间地狱，愤悲难说。　　泣九秋，狂欢十月！庆航道新辟，坚冰初裂。力挽乾旋坤转，凯歌声彻。朱颜长驻春长在，九州装点锦千叠。画图凭绘，骄阳如海，壮心如铁！"父亲在这首《桂枝香·听秦怡朗诵〈我的青春〉》词作中，痛斥"四人帮"的罪恶，表达自己重获新生的喜悦，以及对美好未来的无限寄托。这期间，父亲除应上海古籍出版社之约，着手从事《高适岑参诗选注》的写作之外，专注于高适、岑参这两位唐代诗人生平思想及其诗歌的研究，撰写有关他们的论文，参加古典文学界关于唐代边塞诗问题的讨论。

父亲的目光是敏锐的，1980 年 5 月 28 日父亲给我来信说："最近一期《文学评论》刊登《边塞诗派评价质疑》一文，已读。该文中对岑诗之评价，企图以一概全，否定岑之边塞诗之爱国主义主题，是有偏颇的。我将写文章批驳之。"半年后，1981 年《文学评论》第一期便发表了父亲的《谈岑参的边塞诗——兼与吴学恒、王绶青同志商榷》，文章一开头就对《边塞诗派评价质疑》否定边塞派爱国主义精神予以有说服力的批驳。文章说：

> 岑参边塞诗的内容具有积极进步的意义，首先在于他在这些诗里表现了他热情地歌颂为了确保西北边境的安定、制止外来的侵扰，维护其途经西北的中西交通要道的畅通所进行的各项政治和军事措施，表现了他赞扬并积极支持当时平息西北边境叛乱的战争，以维护西北各族人民的和平生活，巩固唐帝国的统一事业的爱国主义精神。岑参头两次出塞从戎的时间，都在唐天宝年间。在这个时期内，唐帝国在西北地区加强了一系列的政治、军事措施，甚至进行过一系列激烈的军事冲突。在岑参边境诗中所反映的这些战争题材，究竟主要

> 是属于唐玄宗李隆基的好大喜功、轻启边衅的“侵略性战争”，还是属于唐朝镇压边境部族贵族集团的叛乱、保卫西陲境内的安全、确保中西交通要道的正义战争？一般说来，是属于后者而不是前者。对这个问题所作出的肯定或否定的答复，无疑的是对岑参边塞诗的思想内容将给予肯定或否定的评价的根本前提。

文章接着以充分的历史材料，论证了岑参边塞诗中所反映的一些战争题材，属于唐朝镇压边境部族贵族集团的叛乱、保卫西陲境内的安全、确保中西交通要道的正义战争。因而得出岑参边塞诗中的爱国主义精神是不容否定的结论。

1983年8月上海古籍出版社出版了父亲的《高适岑参诗选注》。今天读来，仍然可看出父亲古典文学研究的水平。《高适岑参诗选注》在选诗、注解和阐释三个方面都做得比较好，特别是在“说明”部分，更见出他对作品的深刻理解、独到见解及其流畅的文字表达。

父亲在选注此书的基础上撰写了《略论高适及其诗歌》和《岑参及其诗歌》两篇论文，分别对高适和岑参及其诗歌给予全面的综述和高度的评价。《略论高适及其诗歌》通过揭示“安禄山之乱”中高适、杜甫、李白的不同表现、不同遭遇的对比，有力地说明了高适一生在政治、军事上的胆识和实干才能，无论李白或杜甫都是不足以与他相比拟的。高适除了是杰出的诗人之外，还称得上是一位具有远见的政治军事实干家。高适的诗歌在艺术上也是有特色的。父亲在论文中指出：“高适的边塞诗便往往抒写了这种远戍万里、不畏艰苦、慷慨悲歌、勇往直前的战斗情绪和奋发有为、豪迈不羁的英雄气概，传达出盛唐时期积极进取、昂扬乐观的时代精神风貌，为当时诗坛开拓了崭新的境界。”文章特别指出，高适的边塞诗中最具代表性的是《燕歌行》这首长诗，称赞“《燕歌行》不愧为唐代诗坛上一朵光采照人、永不凋谢的奇花。无疑的，高适一生只须写出这首《燕歌行》，便足以千古不朽了！”父亲在《岑参及其诗歌》一文中概括了岑参诗歌的艺术特色及其对后代的影响：“岑参的边塞诗为唐代诗歌创作开拓了广阔的题材和崭新的思想境界，在诗歌艺术上，作者继承中国古典诗歌传统的比兴的表现技巧及积极浪漫主义的艺术手法而加以发展，从谋篇、立意、艺术构思到白描手法和通俗语言的运用，结合作者新奇的想象和大胆的夸张，均能匠心独运、别开生面，塑造出鲜明绚丽的艺术形象，特别是对七言歌行体和七言绝句的创作，无论在内容或形式方面，都取得了独特的成就，有所创新，有所突破，不但对唐代诗歌的繁荣与发展起了积极的推动作用，对后代诗歌创作，也产生了极其深刻的影响。”父亲还计划撰写《高适传》和《岑参传》两本书，可惜未能如愿。

父亲读书，专心致志。精于思考，勤于辨析。他做学问总在细小处求甚解，永远不去人云亦云，决不沽名钓誉。安于贫贱而不妄，勤于解难而不惑。1979 年 6 月在上海参加《汉语大词典》审稿期间，一天他从新华书店买来《唐宋传奇选》，回到住所，便立刻阅读起来。此书第 220 页《梅妃传》是他重点阅读的文章。父亲在这篇文字上画满红线。他为什么如此认真阅读这篇文章呢？因为传说梅妃是福建莆田人，正史虽无记载，但野史、古代戏曲和民间传说中却有不少有关她的故事。父亲曾经让我向复旦大学戏曲文学史家赵景深教授请教关于梅妃的几个问题。父亲早就有意写一出《梅妃》的剧本，因此他购得《唐宋传奇选》时如获至宝。

1979 年父亲到上海参加《汉语大词典》审稿会议，会议结束后，父亲在离沪返闽途中游览江浙一带名胜古迹，作诗 20 余首，取名为《江南纪游》；1981 年 2 月完成的近万言长文《漫话荔子》，都体现了他一生为学，孜孜不倦，毕力钻研，死而后已的精神。1981 年 4 月下旬，正当父亲为调进福建教育学院任中文组组长这一工作而高兴的时候，突然病倒了。1981 年 9 月 24 日病魔夺走了他的生命，年仅六十便离开了他无限热爱的学术生涯。1983 年 8 月上海古籍出版社出版他的《高适岑参诗选注》，1983 年 9 月子女自行印制他的《竹屋诗词》，1996 年 1 月台湾建宏出版社出版他的《高适岑参诗选注》的繁体注音今译本，他都没能亲眼见到。

《枫野集》内容分六辑，第一辑收专题论文八篇；第二辑收学术短文八篇，内容包括语言文字辨析、名物考证、传奇、民俗、戏曲研究等；第三辑为新诗，收入作者早期所著新诗集《垦殖的歌》；第四辑为旧体诗词集《竹屋诗词》，内容涵盖了父亲大半生的人生轨迹；第五辑为小说；第六辑为书画、篆刻选。作者在木刻、书法、绘画、篆刻等方面均达到相当成熟的水平，也创作有相当数量的作品，但因年代久远、疏于保存，至今流传下来的作品并不多，略收书法 10 幅、画作 4 幅、篆刻 95 枚。木刻作品因找不到现存资料，故暂付阙如。作者生前尚著有《文天祥》、《青梅怨》、《赵秋芳》三部戏曲剧本、《锦绣前程》话剧剧本一部，以及根据泉州地方戏《陈三五娘》编写的连环画脚本一部，均因原稿被抄走或遗失，也只能付阙。附录编有现存的“竹屋日记”的部分内容以及作者主要著述目录。本书的出版，是对作者刻苦勤奋、多才多艺的生命历程的纪念。

涂 石

2013 年 5 月 12 日

目　录

第　一　辑

第　二　辑

第 三 辑

第 四 辑

第 五 辑

第　六　辑

第　七　辑

附　　录

第一辑

略谈《三国演义》里的几个人物

《三国演义》这部作品在艺术上最主要的成就之一，便是它成功地塑造出一系列活生生的典型人物。三国时代为期还不到一世纪，在我国历史上不但不是什么特别辉煌的太平盛世，相反的，是一个“群雄”并起，“四海鼎沸”的兵荒马乱的年代。但是为什么在这个历史阶段里的许多历史人物，如刘备、关羽、张飞、赵云、诸葛亮、孙权、鲁肃、周瑜、黄盖以及曹操、阿斗等，特别为人们所熟悉、所津津乐道呢？并且当人们一提起这些人物的名字时，几乎内心立即就会激起一股强烈的爱与憎的感情来。毫无疑义，这是这部《三国演义》影响的结果。

《三国演义》中的基本态度是拥蜀反魏的。作者以最大的努力来肯定刘备的政权，以最大的热情来歌颂蜀汉许多杰出的历史人物。首先刘备，就是被描写为一位能“以天下苍生为念”、“宽仁厚德”的为广大人民所爱戴的“好皇帝”。他出生于贫苦的“织席编履”的农村手工业的家庭。他所治理的地方，政治清明，“与民秋毫无犯”，当他最初在安喜县任县尉的时候，因为他平时不妄取民间的财物，拒绝向督邮行贿，闹出张飞怒鞭督邮的事，终以丢掉官职逃亡了事。在新野时，因为“政治一新”，当地人民为他编出“新野牧，刘皇叔，自到此，民丰足”的歌来赞颂他。他为了避免老百姓受到曹操军队南下的蹂躏，竟不顾曹操大军的追击，自己只三千余军马，沿途共携带了十数万百姓，日行十余里。他治军“号令严明，如有妄取百姓一物者斩：于是所到之处，秋毫无犯。百姓扶老携幼，满路瞻观，焚香礼拜”。他入蜀后，自任益州牧，“杀牛宰马，大饷士卒，开仓赈济百姓，军民大悦”。他接受赵云的建议，“将成都有名田宅”，“归还百姓，令安居复业”。刘备就是以行这种“以人为本”的“仁政”而取得广大人民的拥护的。他自己常常说：“吾以仁义待人，不施谲诈”，“吾宁死不忍做负义之事”这类的话。在他的行动上，实际上也是这样去做的。有一次，他骑马一匹“的卢”马，单福认为这马“终必妨一主”，就劝刘备现将这马赐给与他“有仇怨的人”，“待妨过了此人，然后乘之，自然无事”。刘备听了，当面斥责单福不该教他去做这种“利己妨人之事”。又有一次，刘备和庞统正要分途出发去打雒城的时候，刘备看见庞统因骑一匹劣马，把庞统从马背上掀将下来，刘备怕庞统乘这马临阵会发生意外，就将自己所骑的一匹“性极驯熟”的白马，和庞统对换，自己骑上那匹劣马出发。他“恭己待人”，“宽仁爱士”。当他一发现派庞统去任耒阳县宰是“大贤”处“小任”的时候，他立即就叫张飞去请庞统来，改委庞统为副军师的要职。刘备在白帝城遗诏托孤的时候，诸葛亮对刘备说马谡是“当世之英才”。刘备却对诸葛亮说此人“言过其实，不可大用”。后来在街亭一役，以血的事实，证明了刘备生前在用人这方面有极独到的眼力。不但这样，他和下属之间，很明显地普遍存在着一种浓厚的知己的感情。如赵云、黄忠等都是在这种互相“留恋”的情感结合在一起的。刘备对徐庶郭外饯行，伐树相望；徐庶也“感其留恋之情”，特向刘备荐出“绝代奇才”的诸葛亮。后来徐庶虽然被曹操所诱骗，归曹操所有；但他对曹操“终身不设一谋”，以报刘备的旧恩。庞统对他是抱着“深感主公之厚恩，虽万死不能报也”的感情死在落凤坡阵地上的。而最突出的是他对诸葛亮的态度。虽然当时关羽、张飞几次劝他，但是这丝毫也不能改变他去隆中要求诸葛亮的主意。他亲冒风雪，三顾草庐，以这种无限“殷勤之意”感动了诸葛亮，使诸葛亮明明知道自己将为“享祭之牺牲品”而终于情不自禁地答应出山。刘备待诸葛亮“为师，食则同桌，寝则同榻，终日共论天下大事”。所有这些君臣之间的关系，从实质上说，它已经远远超出了封建制度所规定的君臣之间纲常秩序的范围，而反映了“朴素的农民的民主情绪”（列宁语）。刘备是汉朝“王室之胄”，但是更主要的是作者将他描绘成为在当时许多政治集团领袖中的一位最出色的新兴的人物。当他寄居在荆州刘表那里的时候，因为自己过了一段闲居的生活，看自己股上长出肉块来，他不觉流泪发出“日月蹉跎，老将至矣”的感叹。有一次，刘表与他论及功业，刘备在无意间吐露出“备若有基本，天下碌碌之辈，诚不足虑也”的话。当时他虽然“兵微军寡”，“身无立锥”，但是仍处处可以使人觉触到他是一位有雄心有气魄的人物。在那次青梅煮酒的席上，曹操对他说：“今天下英雄，惟使君与操耳”，这话也不是没有根据的。刘备具有“上报国家，下安黎庶”的远大的政治理想。在人们眼中，也一向将刘备看作是一位“仁德及人”、“仁声素著”的“仁慈之主”。像作品中所创造的刘备这个人物形象，显然是已经超过了历史生活的真实，但是我们从刘备这个形象中，仍可以看到在封建统治阶级残暴的压迫下的广大人民对“仁政”的幻想，对美满的生活的渴望以及对当时黑暗的政治无比仇视的态度。

张飞的性格，很接近《水浒》里的李逵，他是一个具有极鲜明的个性的、活生生的、极可爱的人物。他热情、豪爽、率真、疾恶如仇，是一位富有正义感、敢作敢为的“快人”。他看到卢植因拒绝行贿宦官左丰，被押回京问罪，就立刻要斩护送的军人，以救卢植。他看到董卓忘了他们兄弟三人救他性命的恩情，以刘备“白身”而轻慢不为礼，便要提刀入帐去杀董卓。他看到督邮到县“逼勒县吏”，就不管三七二十一，着力鞭打。他的一举一动，强烈地表现出他对周围不合理的现象抱着毫不妥协、积极战斗的心情。在张飞身上所表现的这些气质，难道不是当时农民长期在封建制度的压迫下所蓄积的强烈的愤怒与反抗的情绪的反映吗？他讲义气，但是他具有高度的政治原则性。他和刘备、关羽在桃园结义中便提出了一个共同的政治目标——“上报国家，下安黎庶”，而他始终为这个政治目标做不懈的斗争。我们当会记得张飞与关羽古城相会那段描写。那时的张飞对于由敌国归来的关羽，不是以礼相迎，而是“披挂持矛上马，引一千余人，径出城门……圆睁环眼，倒竖虎须，吼声如雷，挥矛向关公便搠。关公大惊，连忙闪过，便叫：‘贤弟何故如此？岂忘了桃园结义耶？’飞喝曰：‘你既无义，有何面目来与我相见！’关公曰：‘我如何无义？’飞曰：‘你背了兄长，降了曹操，封侯赐爵。今又来赚我！我今与你拼个死活！’”(第二十八回)

瞧！这是何等鲜明的爱与憎的态度！我们从这里也可以很清楚地看出刘、关、张三人这种结义，还远不是单靠所谓“救困扶危”、“誓同生死”的狭隘的“兄弟之情”来维系的，而更重要的是建立在共同的正义的事业上面。所以，他们这种结义，从本质上说，仍然是具有积极意义的。

诸葛亮是作者所要着意描写、大力颂扬的人物。从诸葛亮身上，极其集中地深刻地反映出人民的无限的才智和毅力。人们也一向将他看作是智慧的化身。例如在舌战群儒、草船借箭、安居平五路、七擒孟获、弹琴退仲达等节，都很成功地表现出他超人的聪明与智慧。他在新野时，当地老百姓将他看作拯救他们“生全”的“贤人”。他在成都时，“事无大小，皆亲自从公决断。两川之民，忻乐太平，夜不闭户，路不拾遗。又幸连年大熟，老幼鼓腹讴歌”。他南征时，“所经之处，秋毫无犯”。无疑的，诸葛亮是一位极有才能的军事家和政治家。他不居功，对待别人永远保持着谦逊的态度。他因为错用马谡，失了街亭，特表奏后主刘禅，请自贬降丞相的职位。后来费祎送诏到汉中，他担心诸葛亮因被降职而会感到羞赧，便故意先将他的功绩拿出来颂扬了一番，诸葛亮却当面正颜厉色地给他碰了一个大钉子，最后对下属诸将说："自今以后，诸人有远虑于国者，但勤攻吾之阙，责吾之短，则事可定，贼可灭，功可翘足而待矣。"这些朴素的民主作风，是极为可贵的。他重实际，十分鄙视那种"笔下虽有千言，胸中实无一策"的"腐儒"。在"舌战群儒"的场面里，在他回答严畯、程德枢的话里，给那些只会"寻章摘句"、"不知世务"的脱离实际的教条主义者予以彻底的揭露与辛辣的讽刺。他所以成为一位杰出的军事家，还不止因为他"通天文"、"识地理"、"知奇门"、"晓阴阳"、"看阵图"、"明兵势"，而更主要的是他能够正确地运用书本上所学到的知识去认识客观现实变化的规律，从而去掌握它，而不死背书本上的教条。他在隆中和刘备第一次的会见中，就给刘备正确地指出了军事斗争的策略。他说应"先取荆州为家，取西川建基业，以成鼎足之势，然后可图中原也"。他又说应"西和诸戎，南抚夷、越，外结孙权，内修政治"。诸葛亮所提出的这些策略，实际上在以后几十年中一直指导着刘备这个集团的政治、军事、外交等方面的斗争；在这几十年间蜀汉这边实力的发展与变化的实况，也充分证明了诸葛亮对以上种种预见的正确性。在赤壁之战中，他为了贯彻联吴御曹的外交路线，不惜冒着生命的危险，亲自到东吴去，极机智地解除了周瑜三番四次加给他的恶毒的陷害，说服了孙权，达成了刘、孙的军事联盟，给这次战役取得全面的胜利做出了巨大的贡献，表现了他具有胸襟开朗的政治家的风度，同时也表现了他高明的策略思想。如由于关羽骄傲自大，和东吴引起了军事纠纷，破坏了诸葛亮入川前交给他联吴抗曹的斗争路线，结果，关羽失败了；刘备因为要替关羽报仇，拒绝了诸葛亮等人的苦谏，贸然地亲自带兵出川去打东吴，破坏了诸葛亮所给他定下的联吴抗曹的斗争路线，结果，刘备也失败了。从这些描写，显示出诸葛亮是一位能够科学地去认识现实，正确地去掌握现实变化的规律的人。

诸葛亮由于刘备三顾草庐，一种知遇的情感，紧紧地支配着他，使他对刘备这个集团表现了无限的忠诚。在他最后一次出师祁山的时候，主簿杨颙劝诸葛亮应该照顾已经衰老的身体，不应该“亲理细事，汗流终日”。诸葛亮听了，哭着回答他道：“吾非不知，但受先帝托孤之重，惟恐他人不似我尽心也！”当诸葛亮在军中病得很沉重的时候，有一段这样的描写：

> 孔明强支病体，令左右扶上小车，出寨遍观各营，自觉秋风吹面，彻骨生寒，乃长叹曰：“再不能临阵讨贼矣！悠悠苍天，曷此其极！”（《三国演义》第一百零四回）

这些，都极其深刻地表现了诸葛亮对刘备帝业无比忠诚的内心世界。由于作品里所创造的刘备这个人物形象在一定程度上体现了人民的理想与希望，由于作品里所描写的蜀汉的帝业基本上是符合于人民对“仁政”的要求，这就决定了诸葛亮他那种为刘备所表现的“鞠躬尽瘁，死而后已”的无比忠贞的品质和他那种“知其不可而为之”的不可动摇的意志与毅力，是属于人民的。他这种高尚的精神，激动着千千万万读者的心灵。正如杜甫在一首怀念诸葛亮的诗里所写的“出师未捷身先死，长使英雄泪满襟”一样，人们对诸葛亮一生所惨淡经营的事业中途挫败所感到无限的同情与惋惜，不是没有理由的。

作者在《三国演义》里除了创造了许多正面人物典型之外，还塑造了许多反面人物的形象。这里，我要着重提出曹操。作为封建社会里一个残暴、权谋、奸诈、阴险、虚伪的统治者的形象来看，曹操算是一个具有高度概括性的不朽的典型人物。他出生在封建官僚的宦官家庭里，在幼年时代，就曾经以诈患中风诬陷他的叔父。虽然他表面上在打着“扶持王室，拯救黎民”的鲜明的旗帜，而实际上在发出“但得城池，将城中百姓，尽行屠戮”的号令；尽管他嘴里在说：“吾替天行道，安忍杀戮人民？”但是这仍没有妨碍他去干“军民共戮，玉石俱焚”的罪恶行为。在一次带兵和袁术在寿春作战的时候，因为他军队多，粮食接济不及，就命仓官王垕“将小斛散之，权且救一时之急”。王垕照他的话去做，结果各寨兵士，“无不嗟怨，皆言丞相欺众”。曹操明知这乱子是出在自己身上，却竟将王垕斩首，并且还“悬头高竿，出榜晓示”，栽诬王垕“故行小斛，盗窃官粮，谨按军法”，“以压众心”。类似这样的事他实在干得不少，而最使人不会忘记的，就他杀害吕伯奢一家大小的事。事后他对陈宫所说的“宁教我负天下人，休教天下人负我”这句话，算是极其深刻地道出了封建统治者共同的心理特征及阶级本质。由于他无限的权势欲，促使他就是对待他的僚属，也没有例外地采用最严厉、最残酷的血腥镇压。用曹操自己的话来说，就是所谓“顺吾者生，逆我者死”。凡是稍有违反他的意旨的，便是加以杀戮。像“在北海六年，甚得民心”的孔融，“久事曹操，多立功绩”的刘馥，才识敏慧的杨修，以及荀彧、荀攸、崔琰、耿纪、韦晃等这些正直不阿之士，都被他一一杀掉。就是像“世罕其匹”的当世“良医”华佗，也没有能够逃出他的魔掌。而他每次杀了人之后，总是痛苦懊悔一番，令“厚礼葬之”。更巧妙的，是他杀人了，而根本不算他的账。祢衡因为当面侮辱曹操，张辽问曹操为什么不把他杀掉，曹操说：“此人素有虚名，远近所闻。今日杀之，天下必谓我不能容物。”末了，这位“淑质贞亮，英才卓荦”的当代“贤俊”，还是被曹操借黄祖之手所杀。他善于耍两面派的手腕，“收买人心”，拉拢人才，不断地去扩大他整个统治集团的势力。有一次刘备被吕布追迫得无路可走，去投曹操，曹操特别以“上宾之礼”对待他。程昱劝曹操要及早将刘备杀掉，以绝后患。曹操却回答他道：“方今正用英雄之时，不可杀一人而失天下之心。”终于还让刘备去当了豫州牧。他怕当他睡的时候被人谋害，便故意编了一套“吾梦中好杀人”的话，吩咐下属不要在他睡的时候随便接近他。他在临死前交代替他“设立疑冢七十二，勿令后人知吾葬处”，使不致为后人所发掘。曹操和董卓

“原是一路人”，都是封建社会里残暴的恶魔。但是曹操的性格比起董卓，被刻画得更为复杂多样、丰富而完整。因此，在作品里曹操这个人物，便成为了我国古典文学中不朽的否定人物的典型形象。

（载《解放军文艺》1957 年第 5 期）

略论高适及其诗歌

一

高适(702? —765),字达夫,行三十五,沧州渤海蓨县(现在河北省景县南)人。父崇文,做过韶州(现在广东省韶关市西南)长史,早年"性拓落,不拘小节"(唐殷璠《河岳英灵集》),二十岁到长安求官,自认为"举头望君门,屈指取公卿"(《别韦参军》),现实却使他失望,他只好东归,长期浪游于梁、宋(现在河南省开封市、商丘市)一带,也种过田,曾"单车入燕、赵"(《酬裴员外以诗代书》),一度从戎,度过北地军旅的生活,但都失意潦倒,生活穷困,曾"以求丐取给"(《旧唐书·高适传》),或"隐迹博徒"(唐殷璠《河岳英灵集》),最后寓居淇上(现在河南省淇县)。天宝八载(749),得睢阳太守张九皋推荐,举有道科,入长安授封丘县(现在河南省封丘县)尉,以拜迎长官、鞭挞百姓使自己感到痛苦,不久便辞官而去。高适主要在这二三十年间写了大量杰出的边塞诗和反映民间疾苦、抨击朝廷权贵的现实主义的诗篇,诗名渐大。天宝十三载(754),河西节度使哥舒翰表高适为左骁卫兵曹,充掌书记。天宝十四载(755)十一月安禄山叛乱后,转入河东任绛郡长史。玄宗任高适为左拾遗,转监察御史,佐太子先锋兵马元帅哥舒翰扼守潼关。潼关失守,高适向玄宗陈述兵败的原因,并表示坚决抗击安禄山叛军,被擢为侍御史、谏议大夫。他在朝"负气敢言,权幸惮之"

(《旧唐书·高适传》)。他对玄宗封诸王镇守各地的措施,极力劝阻。永王李璘叛乱,他料定李璘必败,肃宗李亨任他为扬州大都督府长史、淮南节度使兼采访使。后因李辅国恶才谗毁,于乾元元年(758)被贬为太子少詹事,留司东京洛阳。后出任彭、蜀二州刺史,擢剑南西川节度使,摄东川节度使。广德二年(764),被召回京,任刑部侍郎,转散骑常侍,封渤海县侯。永泰元年(765)正月,病故。在唐代诗人中,高适算是唯一取得较高的政治地位的人。有《高常侍集》。

“喜功名”(《全唐诗·高适小传》),这大概是古今文学评论家对高适普遍所持的一种纯带着贬斥倾向的观点。我以为这是一种不甚公正的传统的文学批评的偏见。倘使对高适的“功名欲”持完全否定的态度,未免将古人的“功名”所包含的复杂曲折的内容简单化了。自然,我们也不应该否认高适所热衷的“功名”包含着部分庸俗的思想因素,这也与他没落的封建官僚家庭的出身所带给他的思想影响存在必然的联系。但是我们也不应忽视在当时历史条件下高适想追求的“功名”这一特定的内容所具有更多的积极向上的进步的政治因素。“我心胡郁陶,征旅亦悲愁。纵怀济时策,谁肯论吾谋。”(《东平路中遇大水》)“万事切中怀,十年思上书。君门嗟缅邈,身计念居诸。”(《苦雨寄房四昆季》)“身在南蕃无所预,心怀百忧复千虑。”(《人日寄杜二拾遗》)从这许多诗里不难概见他的确是不甘索居草泽,渴望“余当投魏阙”(《酬李少府》),“公侯皆我辈”(《和崔二少府登楚丘城作》),以便侧身朝廷,为皇帝动用谋略,施展他的政治才能,驱驰效命,扶危济民,为国立功的。自然,他这些政治抱负和政治才能从根本上说,都是为巩固封建地主阶级利益的,但在当时的历史条件下,“王权是进步的因素”(恩格斯《论封建制度的瓦解和民族国家的产生》),因而它仍具有积极的作用。“一朝愿投笔,世难激中肠”(韦应物《始建射侯》)。“男儿何不带吴钩?收取关山五十州。请君暂上凌烟阁，若个书生万户侯”（李贺《南园十三首》之五），后代有志之士如韦应物、李贺等都曾按捺不住平时所过的书生幽独的笔墨生涯，想投笔从戎，以身许国，建功立业。杜甫在《自京赴奉先县咏怀五百字》诗中写道：“穷年忧黎元，叹息肠内热。”诗人当时任右卫率府胄参军的小官，但他内心所关怀的不单是百姓的痛苦，国家的忧难，而且还想去改造这种现实。且看他晚年在夔州所写的《宿江边阁》：“不眠忧战伐，无力正乾坤！”连年的战乱使杜甫夜里睡不着觉，愁苦不堪，终于迫使这位伟大的现实主义诗人发出“无力正乾坤”的慨叹。这里明显地透露出他由于自己未能得到朝廷的重用，未能获得应有的权位来扭转乾坤、改变黑暗的社会现实的苦恼。“欲渡黄河冰塞川，将登太行雪满山。闲来垂钓碧溪上，忽复乘舟梦日边”（李白《行路难》）。李白当时凌云壮志，而功业未遂，在被迫离开长安，几乎处于走投无路、坎壈缠身的极度窘境中，还不甘完全放弃将来能再得到李唐王朝的提拔，入据要津的幻想，以期他的才学能为当世所用，实现他的政治抱负。对古代这些渴望在政治上有所作为的诗人如李白、杜甫、韦应物、李贺等，也包括边塞诗人高适、岑参之辈，尽管他们诗风各异、流派不同，但是在他们的诗篇中都表现出一个共同的特点：要求积极参加政治、干预朝政，从而去实现他们美好的政治愿望。正如《旧唐书·高适传》中所记载的：“（高适）尚节义，逢时多难，以安危为己任。”我们如能从高适这种富有积极奋发的进取精神出发去衡量他的热炽的功名欲，也许会认为这比诸葛亮在出山前孜孜以“苟全性命于乱世，不求闻达于诸侯”（诸葛亮《前出师表》）的“淡泊以明志”为念，置天下苍生于不顾而高卧隆中可贵得多吧。况且高适对功名的追求也还是有条件的。当他到了“百年已过半”的晚年时授了封丘县尉，虽然他给玄宗捧上了写着“捧日无阶，戴天何报”的《谢封丘县尉表》，表示叩谢天恩，并诚惶诚恐地“正衙辞讫，即今日赴官”，忍受三伏天的酷暑天气，从长安京城赶往汴州封丘县上任。但当他到任不久，虽自认为“州县才难适，云山道欲穷”（《封丘作》），发现自己的政治才能在州县里无法施展，而更主要的还是由于“拜迎长官心欲碎，鞭挞黎庶令人悲”（《封丘作》），终于发出失望的叹喟：“乃知梅福徒为尔，转忆陶潜《归去来》”（《封丘作》），最后还是毅然挂冠而去，以坚守他“浮沉各异宜，老大贵全真。莫作云霄计，遑遑随缙绅”（《答侯少府》）的信条。《旧唐书·高适传》称：“有唐以来，诗人之达者，唯适而已。”因此历来论诗家大都认定诗人高适之所以得居煊赫显达之高位，是由于他“一生徒羡鱼（贪图做官），四十犹聚萤”（《奉酬北海李太守丈人夏日平阴亭》），既热衷功名，又善于猎取的缘故，其实这是一个误会。高适自入哥舒翰河西节度使幕府任掌书记起到解左拾遗，转监察御史、淮南节度使、剑南西川节度使、刑部侍郎，封渤海县侯等职位，主要是由于当时唐王朝所处的一些历史关键时刻，他多能明辨是非，辅佐朝廷做出较正确的抉择，并竭力为之驱驰效命，从而节节擢升。安禄山叛乱，他向玄宗献策，主张应将库藏全拿出来，以招募士卒，集聚力量抗击叛军，自己还辅佐哥舒翰扼守潼关；玄宗使诸王分镇各地，高适竭力劝阻，而杜甫却亲昵于主张分镇的房琯这边，结果导致永王李璘的叛乱。永王李璘进兵江淮，高适料定李璘必败，在淮南节度使任上与江东节度使韦陟、淮南西道节度使来瑱誓师，共同会盟讨伐李璘。而这时李白正在接受李璘的征召，下了庐山，参加永王幕府，踌躇满志地高吟：“但用东山谢安石，为君谈笑静胡沙。”终于因此获罪，成了李璘的牺牲品，被流放夜郎。高适入蜀时期在蜀州刺史任上，削平了梓州刺史段子璋和剑南兵马使徐知道这两次地方军阀的叛乱，尤其以高适为主力削平徐知道之乱有功，唐代宗皇帝李豫擢高适为成都尹、剑南节度使。可见唐朝自“安史之乱”起所发生的这一系列重大历史事件，高适多能身预其事，在叛乱反治、安定边境、巩固李唐帝国的统一事业上，屡建功绩，实现了他早年所许下的“常怀感激心，愿效纵横谟”(《塞上》)的政治诺言，显示出他经时济世的才能。《旧唐书·高适传》：“累为藩牧，政存宽简，吏民便之。”也正是由减轻蜀人的负担，解除防戍西山边境士卒的艰苦生活出发，他提出“罢东川节度”的建议和“出西山三城置戍”的措施，岑参在《送狄员外巡按西山军》诗中写道：“兵马守西山，中国非得计。不知何代策？空使蜀人弊。”“八州崖谷深，千里云雪闭。泉浇阁道滑，水冻绳桥脆。战士常苦饥，糗粮不得继。胡兵犹不归，空山积年岁。”结果，吐蕃侵扰，西山诸州失陷，这是高适平生在政治生活中一大败绩。事后，杜甫在《王命》一诗中写道：“深怀喻蜀意，恸哭望王官。”诗里表示了对高适在这次西山前线军事上失利的惋惜，并渴望朝廷从速遣兵入蜀援救。高适亦因此丢了剑南节度使的官，被召回京城，去任刑部侍郎，转散骑常侍。名义上是晋升，实际是置闲不用。但是从总的看来，高适一生在政治、军事上的胆识和实干才能，无论李白或杜甫都不足跟他相比拟。因此，李、杜只能算是历史上杰出的诗人，而高适除了是杰出的诗人之外，还称得起是一位具有远见的政治军事实干家。从这里也足以概见高适的“达”，自有他自己所具备的独特的条件，并非历史上多次给他偶然的恩赐，明代胡震亨《唐音癸签·谈丛一》评道：“高适，诗人之达者也。其人故不同：(杜)甫善房琯，适议独与琯左；(李)白误受永王璘辟，适独察璘反萌，豫为备。二子穷而适达，又何疑也。”这话是颇为公正的。不过，这里只是针对高适一生中宦海沉浮的具体情况而言，并不意味着唐玄宗朝或封建专制下的王朝在对千官百爵在政治上的予夺奖惩已普遍达到严明公正的地步。就以唐玄宗开元、天宝间的情况而论，以“口蜜腹剑”著称的宗室李林甫完全是靠他“柔佞多狡数，深结宦官及妃嫔家，伺候上动静”(《资治通鉴·唐玄宗开元二十二年》)等阴谋手段，从而猎取到宰相的权位的。李林甫在位十九年,闹得朝政腐败、民不聊生,终于导致"安史之乱"的爆发,几乎将整个李唐王朝都葬丧掉,这是众所周知的。

二

高适的前半生过着浪游的生活,加以生计艰窘,仕途蹭蹬,促使他有机会去接触广大下层的穷苦人民,去熟悉农村的生活。"明时好画策,动欲干王公。今日无成事,依依亲老农。"(《东平路作三首》)这些诗正是他前半生所走过的生活道路的写照。因此,他的诗歌不少是描写农村的题材,反映农民的疾苦的。他在《自淇涉黄河途中作十三首》中第九首写道:

朝从北岸来,泊船南河浒。
试共野人言,深觉农夫苦:
"去秋虽薄熟,今夏犹未雨。
耕耘日勤劳,租税兼舄卤。
园蔬空寥落,产业不足数。"

在《苦雨寄房四昆季》中写道:

滴沥檐宇愁,寥寥谈笑疏。
泥涂拥城郭,水潦盘丘墟。
惆怅悯田农,裴回伤里闾。
曾是力井税,曷为无斗储?

在这些诗中,或写久旱无雨,土地硗瘠,租税苛繁,农民生计极端艰苦;或写大水成灾,里闾凋敝,作者将当时黄河地带广大农村在天灾人祸的严重摧残下所呈现的一派不堪的景象，真实地给描绘了出来。《东平路中遇大水》诗写道：

天灾自古有，昏垫弥今秋。
霖霪溢川原，澒洞涵田畴。
指途适汶阳，挂席经芦洲。
永望齐鲁郊，白云何悠悠！
傍沿钜野泽，大水纵横流。
虫蛇拥独树，麋鹿奔行舟。
稼穑随波澜，西成不可求。
室居相枕藉，蛙黾声啾啾。
乃怜穴蚁漂，益羡云禽游。
农夫无倚著，野老生殷忧！

从这首诗里，让人们看到这次齐鲁一带所发生的特大洪水的触目惊心的惨状：淫雨成灾，洪水横流，田园全被淹没，秋收无望，广大农民挣扎在死亡线上，这简直是一幅灾区的写生图。封建社会制度所带给广大农民无穷无尽的灾难，在这些诗篇里已暴露得淋漓尽致了。玄宗开元年间，号称唐朝全盛的黄金时期，所谓"海内富实，米斗之价十三"（《新唐书·食货志》卷五一），"家给户足，人无苦窳，四夷来同，海内晏然"（《通典·选举典》）。但从高适这些诗篇里，足以拨开古代史学家笔下所制造的重重粉红色的迷雾，让我们看到当时广大农村真实的面貌。高适对当时这一派农村凄苦萧条的景象，深有感受，勇于正视，并怀着同情、哀悯及激愤的心情，毫无掩饰地将它描绘下来。高适算是盛唐时期第一个去描写苦难的农村的田园诗人。而更可贵的是他不但能掬出诗人善良正直的良心，对广大穷苦农民表示忧伤与同情，并愿为之呼号呐喊："尚有献芹心，无因见明主。"（《自淇涉黄河途中作十三首》）"圣主当深仁，庙堂运良筹：仓廪终尔给，田租应罢收。我心胡郁陶，征旅亦悲愁。纵怀济时策，谁肯论吾谋？”（《东平路中遇大水》）在这里，高适不但在为广大的穷苦无靠的农民狂呼请命，简直想冲入兴庆宫，指着玄宗的鼻子，要迫使皇帝立即给灾区发出“开仓赈济、罢收田租”的诏书了。“濛濛洒平陆，淅沥至幽居。且喜润群物，焉能悲斗储？”（《苦雪四首》），在这诗里让我们看到在雪压穷庐，家无斗储，自己陷入极度窘厄与愁苦的时刻中，他却在真忱地为将给广大农村带来好收成的二月春雪的降临而尽情欢呼。这正如伟大诗人杜甫在《茅屋为秋风所破歌》中所写的：“安得广厦千万间，大庇天下寒士俱欢颜，风雨不动安如山。呜呼！何时眼前突兀见此屋，吾庐独破受冻死亦足！”在这些诗里表现了他们对农民或寒士的深切同情。高适在漫游燕、赵、梁、宋的旅途中，目睹东北广大农村中体力劳动者所过的贫穷困苦的痛苦生活，写了“独行备艰险，所见穷善恶。永愿拯刍荛，孰云干鼎镬”（《淇上酬薛三据兼寄郭少府微》），表示为了拯救这些穷困的劳动大众，自己甘愿挺身而出，甚至殉身殒命而无所悔恨。虽然作者无法去认识到这是封建制度所带来的结果，但作为封建地主阶级的诗人，高适对农民具有这样高度的同情心以及自我牺牲的精神，仍是十分可贵的。

高适大半生沦踬于下层的社会里生活，怀才不遇，报国无门，这激发了他对朝廷权贵的极度不满。他在《效古赠崔二》诗中，便充分地抒发了他这郁勃不平的情绪：

缅怀当途者，济济居声位。
邈然在云霄，宁肯更沦踬？
周旋多燕乐，门馆列车骑。
美人芙蓉姿，狭室兰麝气。
金炉陈兽炭，谈笑正得意。
岂论草泽中，有此枯槁士？

这里作者深刻地揭露了当时窃踞要职的李林甫之流把持朝政，“杜绝言路”，“妒贤嫉能，排抑胜己”，过着骄奢淫逸的腐朽生活，同时，也表示对崔二仕途失意的不幸遭遇的同情。在《行路难三首》里，他分别描绘了豪宦世家子弟和依仗勾结豪门权贵起家的富家翁所过的豪华糜烂、权势显赫的特权生活，来和空有满腹诗书的穷书生所过的颠踬潦倒的生活作鲜明的对比，从而揭示了长安都城里一个阴暗的社会侧面，抒发了诗人对当时政治现实的愤慨。高适所写的其他不少的赠别诗，也大多流露出这种怀才不遇、郁勃不平的义愤之情和他与朋友间深沉真挚的友谊。

三

高适的诗歌以抒写边塞的战争题材最具特色，并取得杰出的成就。他的边塞诗，歌颂过当时唐朝在边境上所发生过的民族战争，其中也包括一些李唐王朝对边境少数民族所发动的侵略性的不义之战，这需要我们善于去区别它。“行子对飞蓬，金鞭指铁骢。功名万里外，心事一杯中。虏障燕支北，秦城太白东。离魂莫惆怅，看取宝刀雄”(《送李侍御赴安西》)；“近关多雨雪，出塞有风尘。长策须当用，男儿莫顾身”(《送董判官》)；“万里不惜死，一朝得成功”(《塞下曲》)。高适的边塞诗便往往抒写了这种远戍万里、不畏艰苦、慷慨悲歌、勇往直前的战斗情绪和奋发有为、豪迈不羁的英雄气概，传达出盛唐时期积极进取、昂扬乐观的时代精神风貌，为当时诗坛开拓了崭新的境界。

高适长期漫游梁、宋，北走燕、赵，生活艰困，早年还曾投笔从戎，度过东北边防的军旅生活，培养出一副较清醒的政治头脑，使他能够较敏锐地感受到下层士兵的思想情绪。因此，在他的边塞诗中，写进了许多同情下层士兵的痛苦生活、揭露了边防军中黑暗面的题材。在《蓟门行五首》这组对东北戍边部队纪实的组诗里，他截取各种不同的生活侧面，揭露了朝廷长期对东北边的奚、契丹的用兵给帝国本身和广大戍边的士卒带来的祸害。例如他描绘了一位满头白发、孤苦伶仃的边防老兵的形象，表现了作者对他离乡远戍，至老归不得家乡的遭遇的极度同情；描写了“戍卒厌糠覈”的牛马不如的生活与“降胡饱衣食”作为对比，另一方面也跟边防将领所过的“人马亦轻肥”的骄奢无度的豪华场景相对照，揭露了军中将兵等苦乐悬殊的生活；“羌胡无尽日，征战几时归?”这里诉说了由于唐王朝长期在边境进行战争，使广大战士不得归家与亲人团聚的痛苦。组诗中还描述了东北健儿豪迈的行猎生活，和唐兵在前线奋不顾身、英勇作战的场面。而更可贵的是高适在这组组诗里还直截了当地指出所以发动这场罪恶战争的根源，全在于“汉家能用武，开拓穷异域”，这简直是将谴责的矛头直接指向唐王朝的最高统治者玄宗皇帝李隆基头上去了。“边兵若刍狗，战骨成埃尘”(《答侯少府》)，这里揭示了在这场民族战争中真正的牺牲品，仍然是这些从各地招募来的边防士卒。高适在《蓟中作》诗中写道：“一到征战处，每愁胡虏翻。岂无安边书，诸将已承恩。”这里作者直接揭露了玄宗的昏聩无能及对安禄山的宠信和安禄山骄横阻贤、飞扬跋扈的罪行。这些诗章实际已成为高适揭露安禄山即将发动一场叛乱的战争的政治预言。

高适是一位有远大政治抱负的诗人，凭他在边境所亲眼看到的边务不修，朝廷对边防一味采取和亲妥协的情况，表示极大的愤懑：“亭堠列万里，汉兵犹备胡。边尘涨北溟，虏骑正南驱。转斗岂长策，和亲非远图。”(《塞上》)这诗里表现了高适认为应该加强前线防御力量，击退胡兵的侵扰以安定边土的主张。高适在《同李员外贺哥舒大夫破九曲之作》和《九曲词三首》中，歌颂了哥舒翰收复九曲的功绩，也描写了这场战争的残酷性，而更值得我们注意的是：“解围凭庙算，止杀报君恩”；“许国从来彻庙堂，连年不为在疆场”；“万骑争歌杨柳春，千场对舞绣骐驎。到处尽逢欢洽事，相看总是太平人”;“青海只今将饮马,黄河不用更防秋”。在《自淇涉黄河途中作十三首》诗中也写道:“缅怀多杀戮,顾此生惨怆。圣代休甲兵,吾其得闲放。”在这些诗里,都明显地表露出高适对战争和和平一种比较进步的看法:战争不过是“不得已而用之”的一种手段,战争的最终目的是为了赢得永远的安定和平的生活。他还曾给祖国的边境描画出一幅平静繁荣、洋溢着民族友情的美好的蓝图:“边庭绝刁斗,战地成渔樵。榆关夜不扃,塞口长萧萧。”(《睢阳酬别畅大判官》)这也正如诗人岑参在《奉陪封大夫九日登高》诗中所写的:“横笛惊征雁,娇歌落塞云。边头幸无事,醉舞荷吾君。”他们都共同为争得一个没有战乱、和穆平静的边地环境而感到惬意庆幸。但这在当时纷至沓来的各种民族矛盾和阶级矛盾错综复杂交织在一起的社会现实里,要使边地长时期保持没有战争的和平状态,实际上是不可能的。因此,诗人的理想,在当时究竟只能算是体现了古代善良的人们对人类社会所企求向往的一种美好的愿望而已。

高适在他所写的边塞诗中最具有代表性的,还是《燕歌行》这首长诗:

汉家烟尘在东北,汉将辞家破残贼。
男儿本自重横行,天子非常赐颜色。
摐金伐鼓下榆关,旌旆逶迤碣石间。
校尉羽书飞瀚海,单于猎火照狼山。
山川萧条极边土,胡骑凭陵杂风雨。
战士军前半死生,美人帐下犹歌舞!
大漠穷秋塞草腓,孤城落日斗兵稀。
身当恩遇常轻敌,力尽关山未解围。
铁衣远戍辛勤久,玉箸应啼别离后。
少妇城南欲断肠,征人蓟北空回首。

边庭飘飖那可度，绝域苍茫更何有。
杀气三时作阵云，寒声一夜传刁斗。
相看白刃血纷纷，死节从来岂顾勋？
君不见沙场征战苦，至今犹忆李将军！

这首诗序中所写“御史大夫张公”，指的是河北节度副大使张守珪。开元间，张守珪部将被契丹所败，守珪虚报军情，并向朝廷派去调查战况的牛仙童行贿，替他掩盖败绩。高适的诗，便是针对这事隐寓讽刺的意思。其实，作为一件艺术品，必然需要作家更高度地集中概括，从而去塑造典型的形象，才具有普遍的典型意义。因此，诗人在这首诗里所反映的内容，自然要突破以上所指有关张守珪的真实题材的局限。高适在这首诗里描绘了东北边境战争的情况及军中将兵苦乐的悬殊，表现了作者对为保卫祖国而英勇作战的士兵的赞扬，对长期出征不得回乡与亲人团聚的广大士兵的痛苦的深切同情；抒发了对边将耽于歌舞，过着骄奢淫逸的腐朽生活的愤懑。诗的末后点出题旨，通过作者对智勇双全、能与士兵同甘共苦、为国屡立战功的汉代名将李广的怀念，藉以谴责朝廷任用边将的不当。本篇题旨深刻，内容丰富，格调随着景物的迁移而变换，时而苍凉悲壮、昂扬雄迈；时而忧伤哀怨、凄婉欲绝，情景交融、音节和谐。诗中还大量地运用对比的手法和对仗的语言，倾注作者鲜明热炽的爱憎感情，有强烈的艺术感染力。诗中“战士军前半死生，美人帐下犹歌舞”二句，极其深刻地揭示了当时军中将兵苦乐迥异的生活阴暗面，不愧为广被传诵的名句。殷璠《河岳英灵集》评高适的诗说“至如《燕歌行》等篇，甚有奇句”，足见这首诗在当时便已被人们所赞赏了。《燕歌行》不愧为唐代诗坛上一朵光彩照人、永不凋谢的奇花。无疑的，高适一生只须写出这首《燕歌行》，便足以千古不朽了！

《新唐书》、《唐诗纪事》、《唐才子传》等书都记载高适“年五十始为诗，即工”，这是不符合事实的。其实，高适集中许多较优秀的诗篇，也包括他的边塞诗，大多是在他五十岁以前创作的。而在他到了“百年已过半”解褐任封丘县尉前后，或且更准确地说大多是在天宝三(754)载当他五十三岁入哥舒翰幕府任职之后，由于他仕途渐趋显达，江郎才尽，文学的才华便随之凋谢，再也写不出多少如前期那样出色的作品了。“文章憎命达”(杜甫《天末怀李白》)，大概就是这个道理吧。如《部落曲》描写西北边塞的景物，应是作者在河西幕府时期的作品，内容便显得平淡不足观，无法与他入河西幕府前仕途蹭蹬时期所写的边塞诗相比拟。作家的地位变了，他的思想也往往随之发生了变化；作家逐渐跟劳苦大众疏远了，他创作的源泉也便随之逐渐枯竭。清代诗论家曾评高适、岑参的边塞诗说：“高悲壮而厚，岑奇逸而峭”(王士祯《师友诗传续录》)；“高常侍、岑嘉州两家诗，皆可亚匹杜陵。至岑超高实，则趣尚各有近焉”(刘熙载《艺概·诗概》)。这都是颇有见地的话，所谓“岑峭”、“岑超”，是指岑参的边塞诗富有豪放飘逸的浪漫主义的色彩；所谓“高厚”、“高实”，是指高适的边塞诗富有深沉浑厚的现实主义的特色。高、岑二人都是盛唐时期边塞诗派的最杰出的代表，他们的诗篇都存在着共通的特点：雄奇豪迈、奋发昂扬，表现了作者以身许国、积极乐观的爱国主义的热炽感情，正如严羽所说的“高、岑之诗悲壮，读之使人感慨”(《沧浪诗话》)。但是由于各自所走过不同的生活道路和诗人各自所具有独特的个性和气质，使各人的诗歌呈现出自己所特有的色泽。如岑参的《白雪歌送武判官归京》、《走马川行奉送出师西征》、《热海行送崔侍御还京》等名篇富有光彩斑斓、逸思飞动的浪漫主义的情调，而高适的《燕歌行》、《别韦参军》、《封丘作》等名篇则以雄厚浑朴、苍凉沉郁取胜，确是唐代诗坛中现实主义作品的典范。《唐才子传》评高适的诗说：“以气质自高，多胸臆间语，每一篇已，好事者辄传播吟玩。”这话是中肯的。从这里足以概见：即使在唐代边塞诗派中，如高适、岑参以至于王昌龄、王之涣、李颀等人，也各自存在独特的风格。要想取其共通的题材、内容为依据而划一其各人不同的艺术风格，难道不可以从此中探索到有益的借鉴？

（1981年6月28日）

岑参及其诗歌

唐代是我国文学史上诗歌创作空前繁荣的时代，真是“文质相炳焕，众星罗秋旻”（李白《古风第一·大雅久不作》）。据清代所编的《全唐诗》收录，唐代诗人共达二千余家，给我们留下各种不同体裁的诗篇近五万首，产生了许多不同的古典诗歌流派。其中边塞诗，通过初唐、中唐的孕育发展，到盛唐之后，已逐渐形成为当时诗坛上的一大流派，出现了不少杰出的边塞诗人，而岑参是唐代边塞诗人中卓越的代表者。

岑参诗歌的内容抒写了个人投笔从戎、奔赴边疆、为国立功的政治抱负，描绘了祖国边陲奇特壮丽的山川风物，歌颂了保卫西北各族人民和平安定的生活、维护唐帝国统一的正义战争，揭露了当时政治的黑暗腐朽，流露了诗人对处于社会下层的士卒和广大人民所寄予的极大同情心。岑参从各个不同的社会侧面，不同程度上反映了这个特定的历史阶段社会现实面貌。岑参的边塞诗为唐代诗歌创作开拓了广阔的题材和崭新的思想境界，在诗歌艺术上，作者继承中国古典诗歌传统的比兴的表现技巧及积极浪漫主义的艺术手法而加以发展，从谋篇、立意、艺术构思到白描手法和通俗语言的运用，结合作者新奇的想象和大胆的夸张，均能匠心独运、别开生面，塑造出鲜明绚丽的艺术形象，特别是对七言歌行体和七言绝句的创作，无论在内容或形式方面，都取得了独特的成就，有所创新，有所突破，不但对唐代诗歌的繁荣与发展起了积极的推动作用，对后代诗歌创作，也产生了极其深刻的影响。

一

岑参，荆州江陵县（今湖北省江陵县）人，排行二十七。先祖世居南阳棘阳（今河南省新野县东北）。以其晚年任嘉州（今四川省乐山市）刺史，世称他为岑嘉州。岑生于唐玄宗开元三年（715），卒于唐代宗大历五年（770），经历玄宗、肃宗、代宗三朝，这正是唐代处于从强盛繁荣走向没落衰亡的历史转折时期。岑参的诗歌采用传统的积极浪漫主义和现实主义的创作方法，在不同程度上反映了这个历史时期的面貌特征。岑参“早岁孤贫”（杜确《岑嘉州诗集序》），他父亲岑植曾任仙州、晋州刺史，大约于岑参十多岁时，病逝于晋州任上。岑参靠他哥哥的教养，过着贫苦的生活，“能自砥砺，遍览经史”（杜确《岑嘉州诗集序》），勤苦向学，力求上进。二十岁到长安献书阙下，想以文章获得朝廷的赏识，得到擢用，以寻求政治出路。但他起初所认为“云霄坐致，青紫俯拾”（《感旧赋》）的愿望，并未得实现，终于落第东归，后漫游河朔、邯郸、冀州、匡城、大梁等地，风尘仆仆地奔走于京、洛之间。唐代中下层的知识分子想在政治上寻找出路，除了参加科举，受到朝廷擢用之外，另一条途径是通过四处漫游，广泛地结交时贤师友，投赠诗文，以提高自己的声誉，争取得到别人的推荐，从而受到朝廷的征召。岑参这十年的奔走，正也是出于这个动机。但结果是“金尽裘敝，蹇而无成”（《感旧赋》）。三十岁，举进士，授右内率兵曹参军，“三十始一命，宦情多欲阑。自怜无旧业，不敢耻微官”（《初授官题高冠草堂》），在失意抑郁的心情下，他在京城当了四、五年“微官”。天宝八载（749），他毅然投笔从戎，到安西（今新疆维吾尔自治区库车）节度使高仙芝幕府任掌书记。正如他诗中所说的：“万里奉王事，一身无所求。也知塞垣苦，岂为妻子谋”（《初过陇山途中呈宇文判官》)；“丈夫三十未富贵，安能终日守笔砚”(《银山碛西馆》)；“功名只向马上取，真是英雄一丈夫”(《送李副使赴碛西官军》)，他想在边疆艰苦的戎马生涯中为维护西北边境的安定和李唐帝国的统一事业而建功立业，开拓自己的前程，以实现个人的政治抱负。显然，在他所表现的积极的爱国主义思想里，也夹杂着追逐个人功名富贵的观念，这是特别作为封建地主阶级诗人的岑参的阶级局限的表现。但是比之唐代卢藏用之流内心热衷利禄而外表上故作无意于仕途、淡泊明志的“高士”，依隐山林，通过“终南捷径”以骗取入仕具有更多的积极意义。岑参的世界观里所包涵的这两种思想矛盾，始终支配着他的一生的活动，并交互渗透在他各个时期的作品里。但是我们应该客观地看到，他反对地方叛乱分裂，维护帝国统一和安定；主张政治革新、反对因循积弊；颂扬并亲自投身卫国的正义战争，同情“常苦饥”的下层“战士”及疾苦的天下“苍生”，这些具有积极进步的政治主张和爱国思想，在他一生中总是占支配地位，这也是所以构成杰出的爱国主义边塞诗人岑参的主要因素。有人认为文学史上肯定岑参的边塞诗爱国主义思想是对岑参诗作的“美化”，对这点，我认为应从两个方面来考察。

首先，我们必须用历史主义的观点来认识这个问题。古代的知识分子对个人功名的观念和他进步的政治抱负这二者之间，既存在矛盾的一面，也存在统一的一面。历史上的事实难道不是这样吗？在封建社会里，一介书生的功名思想大多是跟他争取实现他为国立功、为民请命的政治抱负紧密地结合在一起的。岑参的“功名只向马上取，真是英雄一丈夫”(《送李副使赴碛西官军》)，正也反映了这个事实。古代的文人、武士一旦丧失了他们政治上的职位，他们进步的政治抱负往往便也随之付诸东流。诸葛亮倘不应刘备三顾之请，走出隆中草庐，辅佐刘备的事业，他那经营巴蜀、统一四海的将相的才能也便无从施展，虽然至终他们的事业是失败了。当岳飞从前线被召回解除了他前军统帅之职，被秦桧投入大理寺狱中，作了阶下囚而被杀害后，他的抗金的事业也便宣告结束。《十五贯》中的况钟只有在知苏州府的任上，才有可能去昭雪“十五贯”这一天大的冤狱，为民伸冤。每个朝代的首任皇帝的宝座几乎无不从马背上，从千百次的刀光剑影中，或者从无比复杂的政治权力的较量中夺取过来的，但是我们去判定每个皇帝的好坏，主要不是从他夺取皇帝这个宝座的手段上而是从他登上这座宝座之后所做的事业是否对人民、对历史发展有利上去衡量。秦始皇运用权谋与暴力，在历史上第一次统一了中国，在这点上，我们肯定他是“千古一帝”。但是他也要弄权谋与暴力，焚书坑儒，厉行愚民政策，我们责之以“独夫”、“暴君”。“彼可取而代之”，夺取“政治职位”或“权力”，不过是施行“仁政”或“暴政”的一种手段而已。因此，我们似乎也不必要过分地去计较古代“书生”对功名这一观念是“热衷于怀”或是“淡泊处之”，而更重要的应该从他解褐入仕后的所作所为——对人类历史所起的作用上去评价。对历史上的人物应该作如是观；对岑参，似亦不宜例外而有所苛求。

其次，要正确地评价岑参边塞诗的主题，也取决于天宝年间唐王朝对西北地区所采取的一系列军事、政治措施的性质。为了要探索这个问题，我们有必要对汉、唐先后对西域的经营做个简略的回顾。汉武帝刘彻凭恃其强盛的国势，发动了对北方匈奴的战争，并取得了决定性的胜利，建置河西四郡，结束了北方匈奴长期以来带给中原广大地区武装侵扰的威胁。接着他便着手对西域的经营，先后击败亲附匈奴的楼兰、大宛等国，取代了匈奴奴隶主长期在西域的统治权。汉宣帝时，又设置西域都护，进一步巩固了汉朝在西域的统治，打通了陆路上中西交通的通道，开辟了历史上有名的“丝绸之路”，为中外经济、文化交流迎来一个新纪元，对当时中亚及欧洲生产力的发展，对人类文化做出重大的贡献。汉朝建置河西四郡，切断北方匈奴与西羌的军事结盟，汉朝对北方边境的安全，才取得可靠的保证。因此，汉朝之通西域，无疑的，是具有自卫性质的。匈奴奴隶主对西域诸国实行极其野蛮的奴役和残酷的掠夺，“敛税重利，诸国不堪命”，这也导致西域广大人民及其多数统治者都背离匈奴，自愿谋求汉朝对他们的卫护。因此，汉朝经营西域的军事、政治等措施，也体现了西域广大人民的愿望。

唐代初期，西突厥逐渐强大，控制了西域各地，截断中西往来的通道。要恢复中西往来道路的畅通，首先遇到的障碍是在西突厥控制下的高昌国王麹文泰对西域各地经高昌到唐朝行人的阻拦、拘留。唐太宗派兵击败高昌，灭麹氏王朝，唐于其地置西昌州(后改为西州)，并在吐鲁番西北的交河城设安西都护府，以辖其地。这标志着唐初统治权进入了西域。后又击败为西突厥所制的焉耆(今新疆维吾尔自治区焉耆西南)、龟兹(今新疆维吾尔自治区库车县)。唐高宗初年，终于灭了西突厥，在其故地天山北路一带置北庭都护府；于天山南路，分置十六都督府等，归安西都护府管辖。唐朝取代西突厥在西域的统治权，结束了西突厥在祖国西陲的侵扰，维护西北各族人民的和平生活，维护唐帝国的统一，对西域经济文化的繁荣发展、促进中西文化交流，都起了巨大的积极作用。只有较系统地了解汉、唐对西域的开辟和经营在历史进程中所起的进步作用，才能对岑参赴西北从戎及其所写的边塞诗的思想内容作出正确的评价。自然，如唐天宝十载(751)五月，石国等勾结大食(古阿拉伯帝国)欲攻四镇(龟兹、毗沙、疏勒、焉耆四都护府)，安西节度使高仙芝闻讯，率汉、蕃士卒三万人进击大食，在怛罗斯城一役，丧师大败而归。此次西征目的固多在于保卫安西四镇，但石国等之所以勾结大食反唐，实自高仙芝先自轻启战衅，进袭石国，并俘斩石国王所致。似此攻石国之役，即使给大食人传入了中国的造纸术，促进了西方文化的发展，但仍非义战，这究竟是较个别的战例。从总的说来，唐朝于天宝间加强对西北军事上的措施，主要目的在于维护安西镇，从而确保西陲边防的安全。显然，这是属防御自卫性质的。请读一读中唐诗人所写的反映这方面题材的一些诗：

张籍《陇头行》写道：

陇头路断人不行，胡骑夜入凉州城。
汉兵处处格斗死，一朝尽没陇西地。
驱我边人胡中去，散放牛羊食禾黍。
去年中国养子孙，今著毡裘学胡语。
谁能更使李轻车，收取凉州入汉家。

王建《凉州行》写道：

凉州四边沙皓皓，汉家无人开旧道。
边头州县尽胡兵，将军别筑防秋城。
万里征人皆已没，年年旌节发西京。
多来中国收妇女，一半生男为汉语。

这些诗都真实反映了中唐时期李唐国势衰落，吐蕃占领了安西四镇及陇西、河右等广大地区之后给广大人民带来巨大灾难的情景。难道对天宝年间旨在确保安西镇的安全，对西北所进行的一些军事措施，可以简单地指之为“穷兵黩武”吗？自然，这是从战争的基本性质来说。在封建社会里，即使是正义的战争，也仍不免存在其黑暗面，需要诗人们去深入地揭露。正如伟大的诗人杜甫对平息安史叛乱的正义战争，自然是极力赞颂和支持的，因而他写了“送行勿泣血，仆射如父兄”、“勿为新婚念，努力事戎行”等诗句，去勉励青年入伍，赴前线杀敌。但当他亲眼看到人民在这场严峻的战争中所遭受到的种种苦难时，又深表同情，不免激愤，不免直笔予以揭露，予以谴责。他就在这种矛盾交织的心情下，写下了不朽的名篇“三吏”、“三别”。岑参在他的边塞诗中就比较缺少如杜甫的“三吏”、“三别”和高适的《燕歌行》中那样能明辨是非、有爱有憎、有歌颂有暴露的“史笔”。这不能不算是岑参的边塞诗的一个缺憾。但这并不是说岑参便没有写过暴露现实的作品,这点我在后面将会提到。

岑参于天宝年间两度出塞奔赴西北,在安西、北庭幕府中任事,对保卫西北边陲的安定,巩固李唐帝国统一的事业所做出的贡献,仍须加以肯定。

岑参初次赴边的两年多的边塞生活,并未实现他的政治理想,他又回到长安。天宝十三载(754),他已四十岁,再度从军,跟随封常清赴北庭(今新疆维吾尔自治区吉木萨尔北破城子)任安西、北庭节度判官。至德元载(756),他出任伊西、北庭支度副使。这次出塞,历时三年,他大多居留轮台(今新疆维吾尔自治区轮台县),并经常往返于轮台和北庭之间,扩大了他的生活领域,促使他有较多的机会去领略西北的山川形胜,较广泛地去接触边塞社会各阶层人民的生活、风情习俗、文化艺术的风貌以及边塞战争的情况。这段生活的经历给他提供了诗歌创作上极其丰富的养分,促使他写出了大量的热情奔放、气势磅礴、内容丰富多彩的优秀的边塞诗。无疑的,这三年是岑参一生中诗歌创作最丰盛的时期。从这些作品中可以看出,无论从他的作品的题材到形式,从思想内容到语言风格,跟他早期的作品比较,都产生了极其深刻的变化。这种变化自然与诗人的思想、气质和艺术造诣存在密切的联系。但是从根本上说,跟他两度出塞从军给他提供深厚的生活土壤是分不开的。唐代边塞诗人中如高适、王昌龄、王之涣、李颀等人也写过一些优秀的边塞诗,但是从总的成就去衡量,这些人都无法跟岑参相媲美,其主要原因便在于高适等人缺乏岑参那样比较长期地亲自置身于边塞的艰苦的生活历程,他们无法如岑参那样从严峻的边塞生活的磨炼中去获得应有的生活感受和战斗激情，从而去培养出他那开阔豪迈的胸襟和雄伟粗犷而又细腻清密的艺术风格。正如高适那样，他结束了“单车入燕赵”、“北上登蓟门”的北方塞垣生活，中了“有道科”，入河西节度使哥舒翰幕府之后，政治上开始踏上了在当时诗人中少有的青云直上的显达道路，他的创作的泉流也随之枯竭了，再也写不出其前期《燕歌行》之类不朽的诗篇了。

至德二载(757)，即安史之乱爆发的后一年，岑参从西北东归，这时长安杯安禄山叛军所占领，他从酒泉到凤翔——唐肃宗李亨皇帝的住所，得到杜甫、裴荐、孟昌浩、魏齐聃、韦少游等人的赏识，以“识度清远，议论雅正”被推荐任右补阙，后扈从肃宗李亨返长安。岑参在任谏官时，“频上封章，指述权佞”(杜确《岑嘉州诗集序》)。据他后来追述这个时期生活的诗中也写道：“史笔众推直，谏书人莫窥。”(《佐郡思旧游》)足见他当时面对着权贵，是履行了“平生抱忠义，不敢私微躯”(《行军诗》)的政治信条，敢于直言进谏，以“豁怀抱”的。难免也因此为当道所忌，转为起居舍人，终于被排挤出离京城，贬为虢州(今河南省灵宝县南)长史。在虢州三年的任上，他常发出愤懑郁悒的悲叹：“佐郡竟何成？自悲徒碌碌”(《郡斋闲坐》)；“微才弃散地，拙宦渐清时”、“寂寞山城暮，空闻画角悲”(《虢中酬陕西甄判官见赠》)。虽然有时他也产生挂冠归隐的念头，“平生沧洲意，独有青山知”、“因怀东溪老，最忆南峰缁。为我多种药，还山应未迟”(《虢州送郑兴宗弟归扶风别庐》)，但是在这三年任长史期间，经常出现在他诗中的还是这类具有强烈的时代感的政治上的呼声：“胡尘暗河洛，二陕震鼓鼙”(《虢州郡斋南池幽兴因与阎二侍御道别》)；“明主虽然弃，丹心亦未休”(《题虢州西楼》)；“君去试看汾水上，白云犹似汉时秋”(《虢州后亭送李判官使赴晋绛》)。足见当时使诗人梦寐萦怀而内心不能自安的，还是胡寇未灭，大河两岸，生灵涂炭，权奸当道，朝政不修。他所迫切期望的是起用贤良，平息战乱，安定社会，刷新朝政，扭转乾坤，恢复安史之乱前的繁荣强盛的盛唐时期的局面。

唐代宗宝应元年(762)，岑参任关西节度判官，后任雍王李适(即唐德宗)的掌书记，参与征讨安史的余部史朝义叛军的战争。大历元年(766)，岑参被表为剑南西川节度使杜鸿渐的幕僚，随军同入蜀郡平崔旰的叛乱。“平生抱忠信，艰险殊可忽”(《江上阻风雨》)；“此行为知己，不觉蜀道难”(《早上五盘岭》)；“圣朝无外户，寰宇被德泽。四海今一家，徒然剑门石”(《入剑门作寄杜杨二郎中时二公并为杜元帅判官》)。在这些诗里抒写了他对参加平定叛乱的战争所持的积极乐观的态度和对消灭藩镇分裂割据、维护唐帝国的统一所表现的不畏艰险的自我牺牲的英雄气概。这是岑参从西北边塞东归回内地后诗歌内容的另一主要特点。

大历二年(767)五十三岁，岑参任嘉州刺史。大历三年(768)七月被罢职寓居成都，准备取道陆路北归。第二年春天，他写了《西蜀旅舍春叹寄朝中故人呈狄评事》诗道：

生平未得意，览镜心自惜。
四海犹未安，一身无所适。
自从兵戈动，遂觉天地窄。
功业悲后时，光阴叹虚掷！
却为文章累，幸有开济策。
……
穷巷草转深，闲门日将夕。

在这晚年里，即使他官职被罢，个人处于十分窘厄的困境里，内心充满着怀才不遇、壮志未酬的郁悒失意的愤懑之情，但是使他耿耿于怀的，主要仍是兵戈扰扰、四海未安的天下局势。

大历五年(770)正月，五十六岁，他病逝于成都旅舍。诗人一生留下三百多首诗，有《岑嘉州集》。

二

岑参诗歌的内容具有积极进步的意义，首先在于他在大量的边塞诗里表现了他热情地歌颂为了确保西北边境的安定，制止外来的侵扰，维护其途经西北的中西交通要道的畅通所进行的各项政治和军事措施，表现了他赞扬并积极支持当时平息西北边境叛乱的战争，以维护西北各族人民的和平生活，巩固唐帝国的统一事业的爱国主义精神。岑参两次出塞从戎的时间，都在唐天宝年间，在这个时期里，他写出了大量的边塞诗，格调高昂、气派豪迈，给人以积极奋发的感受。“功名只向马上取，真是英雄一丈夫。”（《送李副使赴碛西官军》）“万里奉王事，一身无所求。也知塞垣苦，岂为妻子谋。”（《初过陇山途中呈宇文判官》）从这些诗中，透露出诗人决心许身报国的强烈的爱国情绪。为了保卫祖国边境的安全，为了维护唐帝国的统一，诗人不惜抛妻别子、远离家乡，去迎接边地艰苦的生活，接受战争严峻的考验。显然，这些诗句，诗人以开阔的胸襟、炽热的感情，唱出了豪迈高昂的时代的强音符，构成了岑参边塞诗的主旋律。请看：

勤王敢道远，私向梦中归。

（《发临洮将赴北庭留别》）

自逐定远侯，亦著短后衣。
近来能走马，不弱并州儿。

（《北庭西郊候封大夫受降回军献上》）

诗人为了适应边疆战斗的需要，为国家建功立业，接受了种种艰苦的磨炼，体现了不屈不挠的意志和坚忍不拔的毅力。

将军金甲夜不脱，半夜军行戈相拨，风头如刀面如割。
马毛带雪汗气蒸，五花连钱旋作冰，幕中草檄砚水凝。
虏骑闻之应胆慑，料知短兵不敢接，车师西门伫献捷。
（《走马川行奉送封大夫出师西征》）

亚相勤王甘苦辛，誓将报主静边尘。
古来青史谁不见，今见功名胜古人。
（《轮台歌奉送封大夫出师西征》）

汉代李将军，微功合可咍。
（《使交河郡郡在火山脚其地苦热无雨雪献封大夫》）

诗人也写了不少歌颂封常清及其士卒出师西征平定播仙叛乱的诗篇。这部分诗歌的内容，大多是赞扬戍边的将士不畏艰险、勇往直前的英雄气概和坚贞不拔的爱国精神。“故园东望路漫漫，双袖龙钟泪不干。马上相逢无纸笔，凭君传语报平安。”（《逢入京使》）；“送子军中饮，家书醉里题”（《碛西头送李判官入京》）。诗人写了塞外征夫的乡愁，并不回避去触及多情的“思乡泪”，但不流于缠绵凄恻，诗中以昂扬的格调，表现了作者豪迈的胸怀和爱国的情绪，这也是可取的。

岑参也写了不少与友人赠别酬答的诗：“轮台东门送君去，去时雪满天山路。山回路转不见君，雪上空留马行处。”（《白雪歌送武判官归京》）“正是天山雪下时，送君走马归京师。雪中何以赠君别，惟有青青松树枝。”（《天山雪歌送萧治归京》）诗中写塞垣战友依依不舍之别绪，而不流于低徊怅惆，将彼此间的友情，喻以白雪、青松，显得谊情高洁、万古不凋，反映了作者开阔的胸襟和高尚的情操。自然他们之间的友谊首先都得建立在爱国的政治基础之上。过去有人指摘岑参的诗歌太多地去写与友人投赠之作。岑参诗中这类酬赠之作，的确其中一部分是属献谀庸俗的内容的。但我们也应该看到，岑参在这类形式的作品中，不少是用以写其高洁的情怀，抒其爱国的胸臆的。光从诗歌的某种形式特征以究责其内容，不免南辕北辙、了无所得。鲁迅先生说："汉、唐虽然也有边患，但魄力究竟雄大，人民具有不至于为异族奴隶的自信心，或者竟毫未想到，绝不介怀。"岑参的边塞诗里所表现的豪迈不羁、高昂奋发的气魄和积极乐观、勇往直前的精神，和鲁迅先生上面所说的汉、唐所具有的这种雄伟的气魄是相一致的。

天宝年间，唐玄宗李隆基耽于淫乐，不理朝政，政权旁落入宗室李林甫、外戚杨国忠等手中，政治黑暗，社会阶级矛盾进一步激化，终于爆发了安、史之乱，李唐王朝急遽走向衰落，朝政腐败，地方藩镇割据。岑参在朝中任右补阙，以敢于忠言直谏，被罢黜出任虢州长史。这些生活经历，使他对政治现实深有体会。他在《送张秘书充刘相公通汴河判官便赴江外觐省》诗中写道："因送故人行，试歌行路难。何处路最难？最难在长安。长安多权贵，珂珮声珊珊。"诗中对朝中权贵那副盛气凌人的丑态的揭露，充分地反映了诗人对李林甫、杨国忠之流的极度愤懑的感情。他在出任虢州长史任上，在他政治上处于极度窘厄的境遇中，写下了苍劲沉郁、气派不凡的政治诗《虢州后亭送李判官使赴晋、绛》，诗中借用汉武帝刘彻游汾水作《秋风辞》的故实，寄托了诗人对当时动荡的时局所怀的不安的情绪和平定战乱、复兴帝国的热切的期望。他随杜鸿渐入蜀平崔旰之乱，在行军途中，他写下了广为传诵的名句："相国临戎别帝京，拥麾持节远横行。朝登剑阁云随马，夜渡巴江雨洗兵"(《奉和杜相公发益昌》)和《江上阻风雨》、《早上五盘岭》、《入剑门作寄杜杨二郎中时二公并为杜元帅判官》等诗，都表现了作者对平定叛乱所持的积极乐观的态度和要求消灭藩镇割据、国家统一的爱国精神。

岑参，作为一位正直的爱国诗人，对当时政治、军事、社会上的腐朽黑暗面，是深有感受而敢于大胆地暴露、无情地鞭挞的。请看："军中宰肥牛，堂上罗羽觞。红泪金烛盘，娇歌艳新妆"（《武威送刘单判官赴安西行营便呈高开府》）；"暖屋绣帘红地炉，织成壁衣花氍毹。灯前侍婢泻玉壶，金铛乱点野酡酥"（《玉门关盖将军歌》）；"旌旗遍草木，兵马如云屯。圣朝正用武，诸将皆承恩。不见征战功，但闻歌吹喧"（《潼关镇国军句覆使院早春寄王同州》）；"九月天山风似刀，城南猎马缩寒毛。将军纵博场场胜，赌得单于貂鼠袍"（《赵将军歌》）；将军们在军中的生活是何等骄奢无度、贪婪腐朽！再看："战士常苦饥，糗粮不相继"（《送狄员外巡按西山军得雰字》），广大的士卒们却在枵腹荷戈，忍饥作战。这是何等鲜明的对比！我们大约也很容易联想到古代名家给我们留下类似的名句："战士军前半死生，美人帐下犹歌舞"（高适《燕歌行》）；"战士死蒿莱，将军获珪组"（李白《古风》之十四）；"边将皆承主恩泽，无人解道取凉州"（张籍《凉州词三首》）等等。大凡正直的诗人，必将具有泾渭分明的爱憎的感情，爱其所当爱、憎其所当憎、颂其所当颂、伐其所当伐。诗人对现实的黑暗面所激起的愤慨，正如一股急流冲击着岩石所激起的浪花那样，都将迸射出耀眼夺目的光彩，照耀着人类前进的道路。自然，对真正进步的事业、光明的现实、时代先进的人物，作家完全有责任执笔去讴歌之、赞美之。任何时代都需要人民的"歌德派"，如关汉卿歌颂他笔下的妓女赵盼儿、杜蕊娘、谢天香、侍婢燕燕、寡妇谭记儿、童养媳窦娥等一群普通的妇女善良的性格和她们敢于向黑暗势力展开搏斗以及至死不屈的英勇崇高的行为；曹雪芹歌颂封建主义叛逆者贾宝玉和林黛玉纯真忱挚的爱情；孔尚任歌颂生活在封建社会底层的被侮辱和被损害的歌妓李香君善良聪慧的性格和敢于向黑暗势力进行勇敢斗争的反抗精神。但是特意去粉饰太平，无视于民间的疾苦，竭力去咒骂暴露现实生活中的黑暗面的"歌德派"，都将是跟广大人民的根本利益背道而驰的。这早已被古今中外的文学艺术的社会效果所证实的了。岑参在《寄左省杜拾遗》诗中写道:"圣朝无阙事,自觉谏书稀。"他所写的这类替李唐王朝粉饰太平而客观上成了"阿谀奸佞"的话,至终是逃不过后人"以是知凡造意立言,不可不预为天下后世虑"的指摘的(宋黄彻《䂬溪诗话》)。在《北庭贻宗学士道别》、《送祁乐归河东》等诗中,诗人以饱满的感情、细腻的笔触,叙写如宗学士、祁乐之类才华卓磊、怀才不遇的爱国志士坎坷的遭遇,以揭露当时"妒贤嫉能,排抑胜己"(《资治通鉴·唐纪三十二》),权奸当道、黑暗腐朽的政治现实,反映了作者对这些被抑压的知识分子的无限同情,给当时腐朽的社会以无情的鞭挞。

有人指摘岑参的作品未去反映安、史之乱的社会现实,但事实并非如此。对安、史之乱,岑参在不少诗篇中都有所暴露,而更集中地反映在《行军诗二首》中。该诗的第一首写道:

吾窃悲此生,四十幸未老。
一朝逢世乱,终日不自保。
胡兵夺长安,宫殿生野草。
伤心五陵树,不见二京道。
我皇在行军,兵马日浩浩。
胡雏尚未灭,诸将恳征讨。
昨闻咸阳败,杀戮净如扫。
积尸若丘山,流血涨丰镐。
干戈碍乡国,豺虎满城堡。
村落皆无人,萧条空桑枣。
儒生有长策,无处豁怀抱。
块然伤时人,举首哭苍昊!

这无疑是征讨安、史叛军的檄文。作者在诗中愤怒地揭露了叛军凶残的暴行和破坏国家安定与统一的罪恶行径。连同第二首，都表现了诗人对国家面临着动荡不安的危机的极度忧虑及自己怀才不遇不能为国建功立业的抑郁的心情。作为现实主义的爱国诗人，岑参面对当时“干戈碍乡国，豺虎满城堡。村落皆无人，萧条空桑枣”的社会现实是不可能无动于衷的，且很自然地反映到他的作品当中。

岑参也写了一些咏史、怀古之作。作者借吟咏史事及所游的古迹以抒写他忧国忧民的感怀和自己怀才不遇的愤懑。如他在蜀中访先主武侯庙写道：“先主与武侯，相逢云雷际。感通君臣分，义激鱼水契。遗庙空萧然，英灵贯千岁。”(《游先主武侯庙》)。作者在这诗中赞扬刘备和诸葛亮的雄才大略，二人相遇于四海鼎沸之时，君臣怀有鱼水相得之情，而其壮志未酬，功业未遂，不免深为惋惜，从而流露出自己的才略不得为当世所用之坎坷遭遇。作者在《登古邺城》中写道：“城隅南对望陵台，漳水东流不复回。武帝宫中人去尽，年年春色为谁来。”诗人有感于韶光流逝、霸业消歇，流露出忧时伤事之情调；而对曹操所颁关于望陵台的《遗令诏》所表现之贪婪愚妄，亦有所揭露与讥讽。其他如《文公讲台》、《张仪楼》、《扬雄草玄台》、《司马相如琴台》、《春事二首》等诗，其意旨亦大抵皆吊古讽今，抒个人不平之胸臆。

岑参的诗篇中，作者以奇特变幻的笔触，描绘了祖国辽阔的山川形胜、自然风光、民情习俗，所以读岑参的诗作，犹如掀开了祖国大西北、黄河两岸和蜀中的山水画卷，雄奇绚丽、光彩夺目，给读者以奇拔清新、醇厚和谐的艺术享受。“北风卷地白草折，胡天八月即飞雪。忽如一夜春风来，千树万树梨花开”(《白雪歌送武判官归京》)，在作者笔下，西北草原严寒的秋景，给描绘得像江南二月绚艳和煦的春天，显得清奇峭丽、美不胜收。

君不见，走马川行雪海边，平沙莽莽黄入天。

轮台九月风夜吼，一川碎石大如斗，随风满地石乱走。

（《走马川行奉送封大夫出师西征》）

天山雪云常不开，千峰万岭雪崔嵬。
北风夜卷赤亭口，一夜天山雪更厚。
能兼汉月照银山，复逐胡风过铁关。
交河城边鸟飞绝，轮台路上马蹄滑。
晻霭寒氛万里凝，阑干阴崖千丈冰。

（《天山雪歌送萧治归京》）

在诗人的笔下，祖国西北边陲的山川关塞，或则八月飞雪、万树梨花；或则胡风卷地、飞沙走石；或则突兀峥嵘、千峰竞秀；或则平沙无垠、寒冰覆野，显得奇特壮丽、变幻万千，显示出巨大的艺术魅力！

诗人在西北佐幕期间，由于公务上的需要，经常戎马奔驰于火山山脚。火山即今新疆维吾尔自治区吐鲁番境内火焰山。他在诗中多次描绘了火山的奇景：

火山今始见，突兀蒲昌东。
赤焰烧虏云，炎氛蒸塞空。

（《经火山》）

暮投交河城，火山赤崔嵬。
九月尚流汗，炎风吹沙埃。
何事阴阳工，不遣雨雪来。

（《使交河郡郡在火山脚其地苦热无雨雪献封大夫》）

火山突兀赤亭口，火山五月火云厚。

火云满山凝未开，飞鸟千里不敢来。
平明乍逐胡风断，薄暮浑随塞雨回。
缭绕斜吞铁关树，氛氲半掩交河戍。

（《火山云歌送别》）

诗中写了火山的地理位置，写了火云烧空，炎氛蒸塞的气势等，将西北草原上火山奇丽雄伟的景色，描绘得变幻莫测、飞动多姿，何等迷人！

再看诗人笔下热海的景色：

侧闻阴山胡儿语，西头热海水如煮。
海上众鸟不敢飞，中有鲤鱼长且肥。
岸傍青草常不歇，空中白雪遥旋灭。
蒸沙烁石燃虏云，沸浪炎波煎汉月。
阴火潜烧天地炉，何事偏烘西一隅？
势吞月窟侵太白，气连赤坂通单于。

（《热海行送崔侍御还京》）

诗人的足迹纵然未到达热海，但由于他积累了多年边塞生活的经验，对西陲的自然环境做了深刻细腻的观察，诗中凭他传闻所得，将热海地带的风物，刻画得有声有色、仪态万方，充分地显示出边地山川瑰奇的特色。

诗人于大历年间随杜鸿渐入蜀平乱，对蜀中之山川景物，也描绘得极有特色。岑参笔下所描绘山水的诗，长于表现山川景物所特有的风情韵致，以扣动读者的心弦，激发人们对祖国河山折腰膜拜的情感。

岑参诗歌的思想内容，也掺杂一些消极的因素。唐代帝王贵族为了麻醉广大人民以巩固其统治权力，到处营造寺院，大力倡导佛教。如岑参的诗歌中就存在着佛教思想的痕迹。“净理了可悟，胜因夙所宗。誓将挂冠去，觉道资无穷”(《与高适薛据同登慈恩寺浮图》)；“愿割区中缘，永从尘外游。……一官讵足道，欲去令人愁”(《登嘉州凌云寺作》)。在这类诗里，都表现了作者受佛教影响所产生的超脱尘世、弃官归隐的出世消极的思想。

三

岑参的诗歌继承了中国古典诗歌传统的表现技巧和浪漫主义的艺术手法，加以创造发展，语言通俗、形象鲜明、色彩绚丽、风格清新，显示出自己独特的艺术特色。

岑参多年边塞从戎的生活，孕育了他具有一股热情奔放的思想感情和豪迈不羁的胸襟。而要在诗歌中较适宜地去表达这种思想感情的古典诗歌体裁，要算是七言古体诗了，因此，岑参在诗歌体裁上运用得最有特色而成功的，也就是七言古诗，例如《白雪歌送武判官归京》、《走马川行奉送封大夫出师西征》、《轮台歌奉送封大夫出师西征》、《天山雪歌送萧治归京》、《热海行送崔侍御还京》等诗，都属这类体裁的名篇。也只有在七言古诗这种较大的篇幅里，才足以容纳作者所要抒写的较丰富的生活内容和奔放不羁的思想感情。岑参的七言歌行，即使不少是属于赠友送别的作品，也写得纵横驰突、波澜壮阔，显得神奇瑰丽、摇曳多姿，在唐代诗歌艺术的领域里放射出特异的光彩。宋刘克庄称岑参的七言古诗堪“与杜公(杜甫)相颉颃，歌行皆流出肝腑，无斧凿痕”(《后村先生全集·诗话后集》卷一七六第一五七三页)；清施补华《岘佣说诗》云：“岑嘉州七古劲骨奇翼，如霜天一鹗，故施之边塞最宜。”前人这些话，均非溢美之词。

岑参又是创作七言绝句的圣手。他的不少七言绝句，例如《春梦》、《逢入京使》、《碛中作》、《虢州后亭送李判官使赴晋绛》、《赵将军歌》等，都能运用极其凝练的语言，熔铸入深刻的生活题材，寓情于景、意在言表、质朴浑雄、耐人寻味，确属唐代七言绝句中的珍品！

岑参的律诗，如“朝登剑阁云随马，夜渡巴江雨洗兵”（《奉和杜相公发益昌》），情景交融、形象鲜明，充分表达出作者希望平定叛乱，要求国家统一的爱国思想和乐观的战斗精神，不愧是广被传诵的名句。如“楼台重蜃气，邑里杂鲛人。海暗三山雨，花明五岭春”（《送张子尉南海》）等，写得也富有特色，但究竟缺乏完整的名篇。岑参的律诗远不如他在七言古诗和七言绝句上的成就。

岑参善于运用我国诗歌创作中比兴的手法，采用比喻、象征的修辞技巧，去揭示事物内在的特征。“月如眉已画，云似鬓新梳。春物知人意，桃花笑索居”（《夜过盘石隔河望永乐寄闺中效齐梁体》），作者通过比喻拟人的手法的运用，将春夜旅途的景物，刻画得栩栩如生、淡雅有致，从而表现了作者对漫游生活的厌倦和对年轻妻子的思念。岑参在《白雪歌送武判官归京》中写轮台秋天的雪景，以“一夜春风”吹开了“千树万树”的梨花来比喻西北草原八月初雪的图景，显得奇特峭丽，意境辽阔，化严寒的塞上为和煦的江南，道他人之所未能道者，可谓别开境界。“银山碛口风似箭，铁门关西月如练”（《银山碛西馆》），在这对偶的比喻句中，诗人形象地概括出西北边陲生活的艰苦，而自己深感岁月蹉跎，未能为国立功，表现了作者无所施展其政治抱负的悒郁心情。“床头苍梧云，帘下天台松。忽如高堂上，飒飒生清风”（《送祁乐归河东》），岑参以比喻和夸张的笔法，突显了祁乐绘画艺术的造诣，表现作者对这位年青画家怀才不遇、落魄风尘的无限同情。在《天山雪歌送萧治归京》诗中写道：“雪中何以赠君别，惟有青青松树枝”，诗人以“青青松树枝”来象征他与萧治之间高尚的情操和永存的友谊，显得含意深刻，形象鲜明。岑参笔下的景物或瑰奇的雪野、凝寒的营幕，或喧闹的离筵、飘雪的山路，或边风塞月，或旌竿骢马，均能发挥其丰富的想象力，驰骋其豪放不羁的思想的野马，以比兴夸张的手法，刻画出生动的形象，注入深厚的感情色彩，使诗歌中的每一个景物和细节，构成全篇诗歌的有机组成部分，充分地去为表现主题思想服务。

岑参的咏史和怀古之作，亦大量采用比兴的艺术传统的手法，以至于扩展至全篇，借对古代史事的吟咏以寄托忧国忧时的情愫和个人对现实生活遭遇的慨叹。如《登古邺城》，诗人借登邺城面对铜雀台人去台空、漳水东逝的荒凉景物的凭吊，对曹操在《遗令诏》中所表现的贪婪无餍和自私愚蠢的腐朽的享受欲进行揭露与讽嘲。在《先主武侯庙》中，作者借咏怀古迹，表现对刘备、诸葛亮"感通君臣分，义激鱼水契"的际会风雷、建功立业的无限倾慕与赞叹之中，寄寓了自己怀才不遇的愤懑之情。其他如《山房春事》、《扬雄草玄台》、《司马相如琴台》等篇，都是这类的作品。

岑参的诗歌往往表现其多样的风格，或感情充沛、语言明快、波澜壮阔、一泻万里；或言语婉丽、情思缜密、立意含蓄、旨在言表。前者多表现在他的歌行体中，后者则多表现在他的绝句中。如《春梦》中的末二句"枕上片时春梦中，行尽江南数千里"，诗人写了他在一场春梦中行尽数千里的江南水乡，体现了他对远方挚友的缱绻的情思。这种缜密巧妙的艺术构思，无疑的是来自委婉含蓄的立意的。"九月天山风似刀，城南猎马缩寒毛。将军纵博场场胜，赌得单于貂鼠袍。"在《赵将军歌》这首绝句里，诗人描述了诗中所要写的事件的时间、地点、气候特征和这位赵将军善赌取胜的情景，将边将不事边务、恣肆贪婪的可耻的丑态揭露无遗。"君去试看汾水上，白云犹似汉时秋"，在《虢州后亭送李判官使赴晋绛》中末后这两句，作者引用汉武帝刘彻当年巡游汾河作《秋风辞》的故实，采用古今盛衰对比的手法，揭露了李唐经历安、史之乱，处于风雨飘摇、岌岌可危的国势，表现了诗人要求平定叛乱，统一国家的愿望和他对当时腐朽的朝政愤懑的心情。以上这二首绝句，都属政治讽刺诗，寓严肃的议论于艺术形象之中，诗人的议论，既有揭露，也有讽嘲与鞭挞，但在诗歌的艺术表现上，却写得蕴藉委婉、曲折含蓄。诗歌总是靠形象思维而存在的。诗人的议论，主要是通过诗中的艺术形象去表现的。在岑参的绝句里，可以说已充分地突显了这个艺术特色。如用议论——哲学或政治的说教去代替形象思维，诗歌便将成为有韵的哲学论文或政论文。宋人的诗，颇多一反唐人所辟的这一蹊径，终难免走上如严羽在《沧浪诗话·诗法》中所指出的"以文字为诗，以才学为诗，以议论为诗"的歧途。

岑参善于运用白描的手法，敏锐地抓住生活中最具有特征的事物，勾勒出生动明快的画面，给人们以深刻的感受。"异域阴山外，孤城雪海边。秋来唯有雁，夏尽不闻蝉。雨拂毡墙湿，风摇毳幕膻。"(《首秋轮台》)在这首诗里，诗人以精炼的语言，抓住了边垣景物的特色：阴山、孤城、雪海、秋雁、毡墙、毳幕，加以描绘，显示了轮台特异的秋景。

"中军置酒饮归客，胡琴琵琶与羌笛。"(《白雪歌送武判官归京》)这里仅用二句诗，尤其在后一句中连缀三个器乐名，将在边陲的离筵上急管繁弦的热闹场面，描绘得跃然纸上，如闻其声，如临其景。唐殷璠在《河岳英灵集》中指出："参诗语奇体峻，意亦造奇"，并举"长风吹白茅，野火烧枯桑"、"山风吹空林，飒飒如有人"之句，加以赞赏，但以岑参于出塞前早期生活之局限，即使具备了较高的艺术技巧，也终于难以弥补其思想内容上苍白无力的缺憾。因之，殷璠所举以上的诗句，实不足以显示岑参在诗歌艺术上的造诣。殷璠以上所言，自非知人论世之论！

总之，岑参的诗歌，尤其是他的边塞诗，从思想内容到艺术风格，都有其特异的特色和卓越的成就。杜甫在《寄岑嘉州》诗中写道："谢朓每诗堪讽诵"，以谢比岑，表示杜甫对岑参诗歌的高度评价。南宋陆游在摄知嘉州事时，"既画公(岑参)象斋壁，又杂取世所传公遗诗八十余篇刻之"，并写《夜读岑嘉州诗集》一诗云：

公诗信豪伟，笔力追李杜。
常想从军时，气无玉关路。
至今蠹简传，多昔横槊赋。
零落才百篇，崔嵬多杰句。
工夫刮造化，音节配韶頀。

陆游在这诗中对岑参的边塞诗从思想内容到艺术风格，给予全面的赞许，这自然也是由于他们二人在思想感情上存在共通之处，由于他们内心具有同样的政治抱负，胸怀里激动着不同的历史时期所带给他们大体相同的不平之鸣的缘故。用陆游自己的话来说："逆胡未灭心未平，孤剑床头铿有声。"其实，这也正显示出岑参的诗歌中所蕴含的强烈的爱国主义精神和不朽的诱人的艺术魅力。

（此篇写于1980年9月15日，并请参见作者《谈岑参的边塞诗——兼与吴学恒、王绶青同志商榷》一文，载《文学评论》1981年第1期，因内容多取材于此文，为避免内容重复，本书未予采录。）

《高适岑参诗选注》前言

高适、岑参，是盛唐诗坛上两位卓有成就的诗人。

一

高适，字达夫，《旧唐书》上称他为渤海蓨（今河北省景县）人，约诞生于公元702年。祖辈做过大官，其父曾任韶州长史。高适早年“性拓落，不拘小节”（唐殷璠《河岳英灵集》）。二十岁时，赴京求官，自以为“举头望君门，屈指取公卿”（《别韦参军》），然而现实偏不使他如愿。于是北上蓟门，漫游燕赵，想在边塞寻求报国立功的机会，结果也没找到出路。高适长期浪游于梁、宋一带，遭遇础蹬，生计艰窘，一度“以求丐取给”（《旧唐书·高适传》）。在此期间，他曾与李白、杜甫等人在齐赵一带饮酒游猎，怀古赋诗。后来寓居淇上。天宝八载（749），由睢阳太守张九皋推荐，高适举有道科，授封丘县尉。他因不能忍受“拜迎长官”、“鞭挞黎庶”的精神痛苦，不久便辞官而去。

在这二三十年间，高适有机会接触下层社会，对现实有比较深刻的感受，写了大量杰出的边塞诗和反映民间疾苦、抨击朝廷权贵的作品，诗名渐著。玄宗开元年间，号称是唐朝全盛的黄金时期，所谓“家给户足，人无苦窳，四夷来同，海内晏然”（《通典·选举典》）。但是，我们从高适所写的《自淇涉黄河途中作》、《苦雨寄房四昆季》、《东平路中遇大水》等诗中，可以看到另一种景象：久旱无雨，土地硗瘠；大水成灾，里闾凋敝；租税苛繁，民不聊生。由于他拨开了古代史学家所制造的重重迷雾，使我们看到了当时广大农村的真实情景。高适在他的一些诗中，还向统治者提出了开仓赈济、罢收田租的要求，表达了“永愿拯刍荛，孰云干鼎镬”（《淇上酬薛三据兼寄郭少府微》）的心愿，并在《效古赠崔二》、《行路难》等诗中，对李林甫之流把持朝政、妒贤嫉能的罪恶，对豪门权贵骄奢淫逸的特权生活进行了揭露和谴责。高适还写有不少怀古、赠别篇什，流露了怀才不遇、报国无门的愤懑和痛苦的情绪。

天宝十三载（754），河西节度使哥舒翰表高适为左骁卫兵曹，充掌书记。次年十一月安禄山叛乱后，转入河东任绛郡长史。此后，玄宗任高适为左拾遗，转监察御史，佐太子先锋兵马元帅哥舒翰扼守潼关。潼关失守，高适向玄宗陈述兵败原因，并表示坚决抗击安禄山叛军，被擢为侍御史、谏议大夫。他在朝“负气敢言，权幸惮之”（《旧唐书·高适传》）。永王李璘叛乱，肃宗任他为扬州大都督府长史、淮南节度使兼采访使。后因李辅国忌才谗毁，于乾元元年（758）被贬为太子少詹事，留司东京洛阳。后出任彭、蜀二州刺史，擢剑南西川节度使，摄东川节度使。广德二年（764），被召回京，任刑部侍郎，转散骑常侍，封渤海县侯。永泰元年（765）正月病故。

在唐代重要诗人中，高适算是唯一取得较高政治地位者。他自入哥舒翰幕府起，仕途渐趋显达，这主要是由于他在所处的一些历史关键时刻，多能明辨是非，辅佐朝廷作出较正确的抉择，并竭力为之效命的缘故。正如《旧唐书·高适传》中所说：“（高适）尚节义，逢时多难，以安危为己任。”安禄山叛乱，他向玄宗献策，主张将库藏全拿出来，以招募士卒，集聚力量抗击叛军；玄宗使诸王分镇各地，高适竭力劝阻；永王璘进兵江淮，高适料定李璘必败，并在淮南节度使任上与江东节度使韦陟、淮南西道节度使来瑱誓师，共同会盟讨伐。可以这么说，高适不仅是一位杰出的诗人，还是一位颇具胆识的政治军事实干家。当然，他所热衷的“功名”，包含着部分庸俗的思想因素，这也是毋庸讳言的。

二

岑参，南阳（今属河南省）人，生于公元715年。父亲岑植两任州刺史，去世较早。岑参自幼从兄受书，“能自砥砺，遍览史籍”（杜确《岑嘉州诗集序》）。二十岁到长安，以文求仕，然而他那“云霄坐致，青紫俯拾”（《感旧赋》）的愿望，很快成了泡影。此后十年，他漫游河朔、邯郸、冀州、匡城、大梁等地，风尘仆仆地奔走于京、洛之间，结果“金尽裘敝，蹇而无成”（同上）。三十岁，举进士，授右内率兵曹参军，在失意郁悒的心情下，做了四、五年的小官。“丈夫三十未富贵，安能终日守笔砚。”（《银山碛西馆》）天宝八载（749），岑参毅然投笔从戎，到安西节度使幕府掌书记，想在边地戎马生涯中为维护唐帝国的统一而建功立业，开创前程，实现自己的政治抱负。但两年多的边塞生活，并未遂愿，他又回到长安。天宝十三载（754），岑参年已四十，再度从军，跟随封常清赴北庭，任节度判官。至德元载（756），他出任伊西、北庭支度副使。这次出塞，历时三年，扩大了生活领域，有较多机会去领略西北的山川形胜，较广泛地去接触边塞社会各阶层人民的生活、风情习俗、文化艺术的风貌，以及边塞战争的情况。这三年成了岑参一生中诗歌创作最丰盛的时期，写了大量气势磅礴、丰富多彩的边塞诗。

至德二载（757），岑参从酒泉到达凤翔（唐肃宗行在所），在杜甫等人推荐下，任为右补阙，后扈从肃宗返长安。岑参任谏官时，“频上封章，指述权佞”（《岑嘉州诗集序》），终为当道所忌，被贬为虢州长史。在虢州三年，他的诗中，时有愤懑郁悒的感叹，但更多的还是具有强烈时代感的政治呼声：“胡尘暗河洛，二陕震鼓鼙”；

“明主虽然弃，丹心亦未休”；“君去试看汾水上，白云犹似汉时秋”。诗人当时梦寐萦怀的是期望起用贤良，平息战乱，安定社会，革新朝政，恢复安史之乱前的强盛局面。

代宗宝应元年（762），岑参任关西节度判官，后任雍王李适（即唐德宗）的掌书记，参与征讨安史余部史朝义叛军的战争。大历元年（766），他被表为剑南西川节度使杜鸿渐的幕僚，随军同入蜀郡平崔旰的叛乱。当时他在《江上阻风雨》、《早上五盘岭》、《入剑门作寄杜杨二郎中》等许多诗中，抒写了他对平定叛乱所持的积极乐观态度，表现了他对消灭藩镇分裂割据、维护唐帝国统一而不辞艰险的英雄气概。大历二年（767），岑参任嘉州刺史，可是次年七月，就被罢职。当时他寓居成都，准备取陆路北归，一直未能成行，大历五年（770）正月终于病逝在成都旅舍，终年五十六岁。他的《西蜀旅舍春叹寄朝中故人呈狄评事》等诗中，抒写了晚年窘厄困顿的怨愤心境，表达了他对兵戈扰扰、四海未安的局势的担忧。

三

唐代是我国文学史上诗歌创作空前繁荣的时代，真是“文质相炳焕，众星罗秋旻”（李白《古风第一·大雅久不作》）。其中边塞诗，至盛唐时已逐渐形成当时诗坛上的一大流派，高适、岑参就是边塞诗派的两位卓越代表者，诗史上以“高岑”并称。他们的边塞诗，为唐代诗歌创作开拓了广阔的题材和崭新的思想境界，也是他们全部作品中成就最著、价值最高的部分。

高适曾两度出塞，岑参更是久佐戎幕，这就为他们的诗歌创作提供了坚实的生活基础，表现在作品中的，就是丰富的内容和真切的感情。

高岑的不少边塞诗，格调高昂、气势豪迈，给人以积极奋发的感受。请看：“近关多雨雪，出塞有风尘。长策须当用，男儿莫顾身”（《送董判官》）；“万里不惜死，一朝得成功”（《塞下曲》）；“功名只向马上取，真是英雄一丈夫”（《送李副使赴碛西官军》）；“万里奉王事，一身无所求。也知塞垣苦，岂为妻子谋”（《初过陇山途中呈宇文判官》）。这些诗篇，表现了诗人以身许国的开阔胸襟、昂扬乐观的爱国主义热情，反映了时代的强音，构成了他们边塞诗的主旋律。

高岑诗中，分别有一些歌颂哥舒翰、封常清等著名边将及其士卒收复失地、平定叛乱的篇章，赞扬了他们勇往直前的英雄气概和坚贞不拔的爱国精神，气势壮阔，令人鼓舞。与此同时，他们的许多描写下层士卒的痛苦生活、揭露边防军中黑暗的作品，也有着很深的感人力量。比如高适的《蓟门行》组诗，截取不同的生活侧面，揭示了长期的战争给戍边士卒带来的祸害，描写了军中将士苦乐悬殊的生活。高适在著名的《燕歌行》中，更以鲜明的对比，深刻地揭示和抨击了这种不平的现象：“战士军前半死生，美人帐下犹歌舞。”诗人的爱憎之情，泾渭分明。岑参的边塞诗中，虽缺少《燕歌行》中那样是非清晰、爱憎鲜明的“史笔”，但他的《玉门关盖将军歌》、《送狄员外巡按西山军》等诗中，或对边将的骄奢无度、贪婪腐朽，予以大胆暴露，或对士卒的枵腹荷戈、忍饥作战，寄寓深厚同情。

高岑边塞诗中，虽有若干反映李唐镇压边境部族贵族集团的叛乱、保卫西陲境内的安全的战争，但就其总体来说，主要是歌颂那些制止外来侵扰、维护国家统一、确保畅通中西交通要道的各项政治和军事措施。“汉家能用武，开拓穷异域”（高适《蓟门行》），对于最高统治者这种炫耀武力，致使“边兵若刍狗，战骨成埃尘”（高适《答侯少府》）的严酷事实，诗人是持谴责态度的。他还曾给祖国的边境描画出一幅平静繁荣、融合着民族友情的美好蓝图：“边庭绝刁斗，战地成渔樵。榆关夜不扃，塞口长萧萧。”（《睢阳酬别畅大判官》）这也正如岑参在《奉陪封大夫九日登高》诗中所写的：“横笛惊征雁，娇歌落塞云。边头幸无事，醉舞荷吾君。”为争得一个没有战乱、和穆安定的边地环境而感到庆幸。诚然，这些只是诗人的一种良好愿望，在当时纷至沓来的各种民族矛盾和阶级矛盾纵横交织的社会现实里，要使边地长期保持和平状态，实际上是不可能的。

高岑的边塞诗，在描绘祖国辽阔边地的山川形胜、自然风貌、民情习俗方面，也很出色。尤其是岑参，他以奇特变幻的笔触，绘写了大西北雄伟绚烂的山水画卷，给读者以奇拔清新、醇厚和谐的艺术享受。“北风卷地白草折，胡天八月即飞雪。忽如一夜春风来，千树万树梨花开。”(《白雪歌送武判官归京》)你看，西北草原严寒的秋景，是那么的峭丽，简直堪与明媚的江南早春二月比美。诗人的笔下，祖国西北边陲的山川关塞，无论是平沙无垠、寒冰覆野，还是火云烧空、炎氛蒸塞；无论是胡风卷地、飞沙走石，还是突兀峥嵘、千峰竞秀，无不蔚为壮观，显示出巨大的艺术魅力。

高岑的诗，尤其边塞诗，继承了中国古典诗歌传统的表现技巧，又各自在创作实践中形成不同风格。王士祯说：“高悲壮而厚，岑奇逸而峭。”(《师友诗传续录》)刘熙载说：“高常侍、岑嘉州两家诗，皆可亚匹杜陵。至岑超高实，则趣尚各有近焉。”(《艺概》)这些都是颇有见地的论断。所谓“岑峭”、“岑超”，是指岑参诗富有豪放飘逸的浪漫主义的色彩；所谓“高厚”、“高实”，是指高适作品饶有深沉浑厚的现实主义气息。如岑参的《白雪歌送武判官归京》、《走马川行奉送封大夫出师西征》、《热海行送崔侍御还京》等作，奔放热烈、逸思飞动；而高适的《燕歌行》、《别韦参军》、《封丘作》等，则雄厚浑朴、苍凉沉郁。高适岑参均擅七言歌行，却又在作品中呈现出各自特有的色泽。高善于夹叙夹议，直抒胸臆，语言朴质精炼，撼人心弦；岑长于描写，寓情于景，语言明快自然，耐人寻味。不仅如此，他们的七绝小诗，也写得很出色。如高适的《别董大》、《塞上听吹笛》、《营州歌》，岑参的《逢入京使》、《春梦》、《碛中作》、《赵将军歌》等，都堪称唐诗中的精品。

对于高岑作品的思想性和艺术性，当时和后世都曾给予高度评价。杜甫称赞高适诗“方驾曹刘不啻过”，赞美他的诗才如“骅骝开道路，鹰隼出风尘”。杜甫又以谢朓比拟岑参，称他“每诗堪讽诵”（《寄岑嘉州》）；陆游更把岑参称为“太白、子美之后一人而已”（《跋岑嘉州诗集》）。再如殷璠在《河岳英灵集》中称高适诗“多胸臆语，兼有气骨，故朝野通赏其文”；杜确在《岑嘉州诗集序》中说，岑参“每一篇绝笔，则人人传写，虽闾里士庶，戎夷蛮貊，莫不讽诵吟习焉”。这些，也都说明高岑的诗深受人们的重视和喜爱。

本书选高诗五十三首，岑诗七十二首，并加以简略的分析和注释，希望能有助于读者对原作的理解和欣赏，编排上略以写作时间先后为序。

（1981年5月）

谈古典诗歌形式

诗歌的形式，是诗歌整体的不可分割的部分。我国古典诗歌的形式，是由多种艺术因素所组成，在优秀的诗人妙手运用下，常能起到充分表达内容的作用，使之具有较强的艺术感染力。我国古典诗歌形式各个方面的问题，还是比较复杂的。为了在阅读古典诗歌时对其形式有所了解，这里作些简略的介绍。

一、各种诗体的形成

我国古典诗歌的种类，按体裁分，有古体诗和近体诗（或称今体诗）两种。近（今）体诗是在唐代产生的。唐人根据他们所处的时代，把以前所产生的诗体，称为古体诗，把在唐代所产生的新诗体，称为近（今）体诗。如按句式分，有五言诗（一字为一言）和七言诗。把体裁同句式二者结合起来划分，则又有五言古体、七言古体；五言近体、七言近体。近体诗包括律诗和绝句两种，即五言律诗、七言律诗；五言绝句、七言绝句。

（一）古体诗。各种诗体是在很长的历史时期中形成的。较早的人民歌咏，为适应抒发感情的需要，句子是长短不齐的。但在长期创作的探索过程中，句式逐渐趋向整齐。最初形成的普遍形式是四言，这从我国最早的诗歌总集《诗经》可以看出。在《诗经》中，虽然看到有不少长短不齐的句子，但大体是四言。例如：

蒹葭苍苍，白露为霜，所谓伊人，在水一方。溯洄从之，道阻且长，溯游从之，宛在水中央。

（《诗经·国风·秦风·蒹葭》第一段）

这种语言形式一直影响到汉初文人的诗歌创作。汉初的诗歌一般也都是四言，就是公认四言为通行的诗歌体裁。例如：

鸿鹄高飞，一举千里。羽翼已就，横绝四海。
横绝四海，当可奈何？虽有矰缴，尚安所施？

（汉高祖刘邦《鸿鹄歌》）

汉初文人的四言诗成就并不高，这时只有人民的歌咏表现得生气勃勃。他们的句式仍是长短不齐的，这些情况，我们从保存下来的汉乐府民歌可以清楚地看到。

从汉乐府民歌中，我们还可看到，句式从杂言逐渐向五言整齐化的倾向。虽然其中句式长短不齐的很多，但完整的五言篇章也不少，甚至最后出现象《孔雀东南飞》这样长篇的五言诗。

这种在人民长期探索创造中形成的五言诗，从东汉初起，即逐渐为文人所接受学习。到了东汉晚期，便出现了较多的文人创作的五言诗。建安时代，文人创作的五言诗盛极一时，于是五言诗成了当时文人通用的诗体。例如曹操的《蒿里行》、蔡琰的五言体《悲愤诗》、曹植的《美女篇》等。

七言诗的产生比五言诗要晚些。在汉乐府民歌中，虽可见到一些七言的句子，但没有整篇七言的。在汉代人民的谣谚中，曾有许多七言的，也只是零星的一两句，能大致成篇的极少。现在看到最早的完整的七言诗，要算是曹丕的《燕歌行》二首。到了晋代，民歌中出现了一些七言诗，而文人还在大力作五言诗。南北朝初期，鲍照写了一些七言诗，这时七言诗才在文人中受到较多的注意，作者渐渐多了起来。这段时间，可说是五言诗提高、七言诗发展的时期。七言诗的盛行时在唐代。

还有一种叫“乐府诗”的。“乐府”本是汉武帝刘彻创设的一个专管音乐的机关，它的任务是搜集民间的诗歌并把一些诗配上乐曲，供统治者享乐的，后来就将这些诗叫做“乐府诗”，或简称“乐府”。后来文人袭用“乐府”诗题的名称而创作的诗歌，虽不必配合音乐，也称为“乐府”。唐代许多诗人取前代的“乐府”诗题，依据题意，进行创作，称为“古题乐府”，或“古乐府”。到了杜甫继承“古乐府”的现实主义精神，根据所反映的现实社会生活内容，自立新题，为《石壕吏》、《垂老别》等，称为“新题乐府”或“新乐府”。

以上所说的五七言诗，包括汉代的“乐府诗”，在唐人看来，都称之为古体诗。

（二）近体诗。近体诗，主要的是“律诗”。律诗是在两晋到南北朝这段时期逐渐形成，而在初唐确定下来。

律诗的显著而重要的特征是讲究声律和对仗，以及词句的精炼。

建安时代的诗人曹植，就已开始讲究诗歌的修辞。以后从西晋到南北朝，一般诗人都极力在锤炼诗歌语言上下工夫，在运用语言的技巧上争高下，力求做到“以少总多”，即以极精简的语言，概括广阔的社会生活，塑造鲜明的艺术形象。他们在这方面逐渐积累起来的创作经验，为律诗的语言的表现形式和技巧打下了良好的基础。

在西晋初期，陆机已意识到文字声音高下轻重的错综之美。到了南齐，周颙、沈约、王融等即明确了四声的分辨，并在文学创作中有意识地讲究音节的和谐，从一句到全首，如何使音节协调，不断摸索出其中的规律。当时有些诗渐渐接近了律体。到南北朝后期，已可看到有些作品具有了律诗的雏型。

唐初，诗人们在继承和总结前人在上述各方面成就的基础上，确立了五言律诗的体式，并进而确立了七言律诗的体式。在肯定了律诗体式的同时，也肯定了绝句的体式。绝句是截取律诗中的四句所形成的体式，因此也称为“截句”。至于前人不大讲求声律的绝句，则成为“古绝”。

二、古、近体诗的区别

古体诗除了必须押韵外，在形式的其他方面都可自由，近体诗在形式的各方面都有严格的规定。二者的区别，表现在以下几个方面：

（一）篇幅：古体长短不拘，少可仅二、三句，如北朝乐府《地驱乐歌》只有二句，韦应物的《采玉行》只有六句；多可至百句以上，如杜甫的《北征》有一百四十句。近体限定律诗为八句，绝句为四句。

（二）句式：古体在大体为七言的篇幅中，可以杂入三言以至十一言，如李白的《蜀道难》；大体为五言的篇幅中，也可以杂入七言，如李白的《杨叛儿》。近体诗的句式须一致，不可有字数不同的句子。

（三）韵律：古代诗歌中有所为押韵，就是把同韵母的字放在同一篇的句子的最末后一个字位上。古人曾将韵母相同的字收集起来，成为一个韵部，把所有的字分属于若干韵部，凡属同一韵部的字，即可押韵，就是用作同一首诗的韵脚。

我国现存最早而完整的韵书，为北宋初年陈彭年等修订的《广韵》。它将平、上、去、入四声的字，按韵母分为206个韵部。到了南宋末年，有所谓“平水韵”（平水人刘渊、王文郁修订），将206部合并为107部，后又并为106部，即平声得上平15部，下平15部，上声29部，去声30部，入声17部。每部取一个字作为韵目，并冠以次序的数字，如“一东”、“二冬”、“三江”、“四支”等。每一首诗中所用的韵脚必须是在同一韵部的字，为东、同、中、雄等“一东”中的字,不能和冬、农、攻、宗等“二冬”中的字混用在同一首诗里。但由于古今语音的变迁,有些过去同在一韵部的字,现在读起来并不同属一个韵部了;也有些过去不属于同一韵部的字,现在读起来却是韵部相同。这种现象很多,所以古代韵部的限制,现在看来并不全是必要的。

古、近体诗,一般除首句可用韵也可不用韵外,都是双数句押韵,即在第二、第四、第六、第八等句押韵。古体诗也可句句押韵,如岑参的《走马川行奉送封大夫出师西征》。古体诗用韵平仄都可,既可一韵到底,如杜甫的《自京赴奉先县咏怀五百字》,也可每四句或八句换韵,或平韵仄韵相见使用,如杜甫的《石壕吏》。也有两句一换韵的,如岑参的《轮台歌奉送封大夫出师西征》;或三句换韵的,如岑参的《走马川行奉送封大夫出师西征》。通常是每四句换韵。总之,古体诗在押韵上是很自由的。近体诗的律诗和七绝,必须用平声韵,而且要一韵到底,不可中途换掉。五绝可用平声韵,也可用仄声韵。

(四) 声律:古体诗的音节纯任自然,没有严格的要求和限制。近体诗从每句到整篇,字声的平仄安排都有一定的规律,必须严格遵守。

古代汉语依声调的高低,分为平、上、去、入四声,而平声又分阴阳二种,如于(阴平)、鱼(阳平)、雨(上声)、芋(去声)、域(入声)。但在今天普通话中,入声已不存在,都被分散到平、上、去三声中,如“域”字今普通话读为阳平。四声应用于诗中,只分平和仄(侧)两类。平声分阴平和阳平两种,仄声包括上声、去声、入声。

(五) 对仗:“仗”是仪仗的意思。仪仗队是两两相对,整齐排列的。所以文学作品在句法修辞上,两个词或句子成对偶地整齐排列即称为“对仗”。

对仗一般的规则是:名词对名词,动词对动词,形容词对形容词,副词对副词,总之,是词性相同的词语才相对。

律诗必须讲究对仗，对仗使用于中间四句，即第三句和第四句，第五句和第六句，必须两两相对。如杜甫的《蜀相》中间四句：

映阶碧草自春色，隔叶黄鹂空好音。
三顾频烦天下计，两朝开济老臣心。

其中“映阶”对“隔叶”，“碧草”对“黄鹂”，“自春色”对“空好音”；“三顾”对“两朝”，“频烦”对“开济”，“天下计”对“老臣心”，都是取词性相同的词语作对仗的。在律诗中的中间四句的对仗句，头一对即第三句和第四句，叫做“颔联”；后一对即第五句和第六句，叫做“颈联”。

在律诗里的开头两句和末后两句，是不要求对仗的，但这不等于不可以使用对仗句。例如：陈子昂的五律《度荆门望楚》中的开头两句：

遥遥去巫峡，望望下章台。

杜甫的五律《旅夜书怀》中的开头两句：

细草微风岸，危樯独夜舟。

杜甫的七律《闻官军收河南河北》中的末尾两句：

即从巴峡穿巫峡，便下襄阳向洛阳。

便都是用对仗句的。

在绝句里对对仗句的使用，便更自由了。在一首绝句中，可以采用，也可以全不采用。采用对仗句的绝句，可以用在开头两句，也可以用在末后两句，也可以开头及末后两句各都采用对仗句的。现分别举例如下：

① 全不采用对仗句的如李白的《早发白帝城》：

朝辞白帝彩云间，千里江陵一日还。
两岸猿声啼不住，轻舟已过万重山。

② 开头两句采用对仗句的，如杜甫《江南逢李龟年》：

岐王宅里寻常见，崔九堂前几度闻。
正是江南好风景，落花时节又逢君。

③ 结尾二句采用对仗句的，如南宋杨万里《晓出净慈寺送林子方》：

毕竟西湖六月中，风光不与四时同。
接天莲叶无穷碧，映日荷花别样红。

④ 全诗采用两联对仗句的，如杜甫的《绝句》：

两个黄鹂鸣翠柳，一行白鹭上青天。
窗含西岭千秋雪，门泊东吴万里船。

古体诗一般都是单行，不要求对仗，但也有些在行文需要时，间或使用对偶句，增强语言的气势，如高适的乐府诗《燕歌行》中就有许多对仗句：

校尉羽书飞瀚海，单于猎火照狼山。

山川萧条极边土，胡骑凭陵杂风雨。
战士军前半死生，美人帐下犹歌舞。
大漠穷秋塞草腓，孤城落日斗兵稀。

但这类对仗句还只是适用于古体诗，在律诗中并不适合。

三、近体诗的声律

声律是近体诗的一个较重要的条件。诗在声调上必须具有音乐性。如上所言，诗的声音只分平仄两类，就是要将平仄两类的字间换使用，表现出音节的错综回旋之美。平仄的位置如何安排？这里即着重谈谈七律的格式。明白了七律的格式，其他五律和绝句的声律格式都可迎刃而解了。

先谈一个句子的平仄安排。一句七个字可分为四个音节，即一二、三四、五六、七各为一个音节。第七字极易确定，如在第一句和以后的双数句，则一定是韵，那就应是平声；如在单数句则应是仄声；如第一句不用韵，也应是仄声。前面三个音节，按照声音高下相间的原则，如一、二字是平平，则三、四字是仄仄，五、六应是平平，如“寒衣处处催刀尺”（杜甫《秋兴》第八首第七句）；如一、二是仄仄，则三、四应是平平，五、六应是仄仄，如“塞上风云接地阴”（同上第四句）。但第五字和第六字的声调有时不能一致，这就要看第七字的情况，这点下面将要谈到。在每一个音节中，关键性的还在第二个字的声调，前一个字的平仄一般是可通融的，即是可平可仄的。

在律诗中，每两句为一联。每一联里，两句的平仄应是对立的。如上句为平平仄仄平平仄，即平起句，则下句应为仄仄平平仄仄平，即仄起句，如：“出师未捷身先死，长使英雄泪满襟。”（杜甫《蜀相》）就是说，如上句为平起，则下句应为仄起；如上句为仄起的，则下句应为平起，如“丞相祠堂何处寻？锦官城外柏森森”（杜甫《蜀相》），它的句式应是仄仄平平仄仄平，平平仄仄仄平平。但在这两句中，下句第三字“城”字乃是平声，因此这句的调子成了平平平仄仄平平。这种改动也是可以的。关于这个问题，下面还要谈到。

律诗的句式，不外仄起和平起两种，由两种平仄对立的句子构成一联。律诗的联式，也不外仄起平对或平起仄对两种，整首律诗的四联，就是由这两种联式相黏掉换（上联的第二句和下联的第一句句式一致为黏），构成整首的格式，以格式表明如下：

（一）仄起式（以○表示平，以●表示仄，以Δ表示韵脚）：

●●○○●●○（△）
○○●●●○○（△）
○○●●○○●
●●○○●●○（△）
●●○○○●●
○○●●●○○（△）
○○●●○○●
●●○○●●○（△）

杜甫的《蜀相》就是属于这种格式的：

丞相祠堂何处寻？锦官城外柏森森。
映阶碧草自春色，隔叶黄鹂空好音。
三顾频烦天下计，两朝开济老臣心。
出师未捷身先死，长使英雄泪满襟！

（二）平起式：

○○●●●○○(△)
●●○○●●○(△)
●●○○○●●
○○●●●○○(△)
○○●●○○●
●●○○●●○(△)
●●○○○●●
○○●●●○○(△)

杜甫的《咏怀古迹》其三：

群山万壑赴荆门，生长明妃尚有村。
一去紫台连朔漠，独留青冢向黄昏。
画图省识春风面，环珮空归月夜魂。
千载琵琶作胡语，分明怨恨曲中论。

以上两式都是首句入韵的。此外还有仄起式首句不入韵和平起式首句不入韵的两种。仄起式首句不入韵的格式，只是将仄起式首句入韵的格式的第一句“仄仄平平仄仄平”，改为“仄仄平平平仄仄”就行了。其余七句的平仄格式是完全相同的。平起式首句不入韵的格式，也只是把平起式首句入韵的格式的第一句“平平仄仄仄平平”，改为“平平仄仄平平仄”就行了，其余七句的平仄格式也是完全相同的。

过去曾将掌握七律的平仄格式简单地归纳为两句口诀：“一、三、五不论，二、四、六分明。”就是说，每句的第一、第三、第五个字可一不管，而第二、第四、第六个字的平仄是不能含糊的。这对于初学掌握律诗的声律规律是有帮助的，但还不尽然。前面曾谈到，律诗中每个音节的关键在第二个字，前面一个字可通融，那就是一句诗中每个音节的关键在第二、第四、第六等三个字。如第二字是平，则第四字是仄，第六字又是平；如第二字是仄，则第四字是平，第六字是仄，于是一句中二、四、六字的声调可以归纳为仄平仄或平仄平两种格式，而一、三、五等三个字则是可平可仄的。这样对于七言句声律确是概括得简要而易于掌握。但一句中的第五个字不可不论，那就要看第六第七字，即不能与六、七字同声调，如上举第二句式的最后一句，不能作平平仄仄平平平，而一定要作平平仄仄仄平平。如“分明怨恨曲中论”（杜甫《咏怀古迹》其三），“曲”字位置一定要用仄声字，不能用平声字。

另外，在律诗中有所谓拗体，即在一首律诗中，有的地方声律不顺，不合格式的，如“蜀主窥吴幸三峡”（杜甫《咏怀古迹》其四），句式应是仄仄平平平仄仄，这里却是仄仄平平仄平仄，即第五和第六两字（即“幸三”二字）的平仄颠倒了。又如“伯仲之间见伊吕”（同前题其五），“见伊”二字的情况也是一样。之所以产生这种情况，乃因“三”和“伊”没有适当的仄声字可一代替，为了不损诗意，只好牺牲声律，去迁就内容，破格用了不合律的平声字。但按句的声调，“幸”和“见”两字都应是平声的，如依句式都用了平声字，则这句的三、四、五、六字都是平声，一连四个字都是同一种声调，这就损伤了句子音调的抑扬之美，所以在这句中的第五字不能再用平声字，一定要换个仄声字，用以补救声律的缺陷，因而这两句的五、六两字的声调是正相反拗的，所以称为“拗句”。也有在一首律诗中，不仅有的句子的声律有反拗处，而且在一联里或联与联之间声律也是反拗的，这就是所谓的“拗体”。如杜甫的《白帝城最高楼》：

城尖径仄旌旆愁，独立缥缈之飞楼。

峡坼云霾龙虎卧，江清日抱鼋鼍游。
扶桑西枝对断石，弱水东影随长流。
杖藜叹世者谁子？泣血迸空回白头。

这首诗除了第二联外，其余各联在一句中，句与句间，联与联间，都存在“拗”的现象。

五言律诗的声律，可以按照七言律减去每句前面的二个字，即减去开头的一个音节，其他一切类推下去就是了。五言律句的第一字平仄不拘，第三字就要斟酌情况，不能与第四、五字同声，就和七言律句的第五字要论一样。五言律句的第三字也是要论的。

在五、七律以外，还有排律，或称“长律”，就是句数在四联以上，可以增加到多联，只是每联必须是整对的。绝句的声律，相当于律诗一半的篇幅。律诗的前半和后半，就声律言，完全是重复一致的。绝句除了不讲对仗，只有四句，其余的要求和律诗一样。不过五言绝可以用仄声韵。

毛泽东说：“诗当然应以新诗为主体，旧诗可以写一些，但是不宜在青年中提倡，因为这种体裁束缚思想，又不易学。”又说：“律诗要讲平仄，不讲平仄，即非律诗。”因此，我们懂得一些古典诗歌的形式，主要目的在于便于阅读鉴赏。

（1978 年 12 月 15 日）

谈词的格律

词是唐代新兴起的而极盛于宋代的一种新的诗歌的体裁，它的产生、发展与唐代的音乐有着密切的关系。汉代乐府诗是用以配上乐曲以便演奏歌唱的，词的产生也正是适应唐代音乐上的需要的，但是它究竟不同于古乐府诗。南宋王应麟《困学纪闻》云："古乐府者，诗之旁行也。词曲者，古乐府之末造也。倚声制词，起于唐之季世。"这段话概括了古乐府与诗、词的共同性与特殊性。据《旧唐书·音乐志》云："自开元以来，歌者杂用胡夷里巷之曲。"唐代正是由外来的，特别是从西域传进了音乐促进了这些外来音乐与中国传统的及民间的音乐之融合，丰富了并发展了中国的音乐。为了适应这个时期极度繁荣的音乐的需要，作为乐曲的歌词的词这个诗歌的新体裁就应运诞生并逐渐发展了起来。

词究竟是如何诞生的呢？让我们读一读元胡震亨的《唐音癸签·词曲》中所引述遯叟的一段话：

> 古乐府诗，四言、五言，有一定之句，难以入歌，中间必添和声，然后可歌，如"妃呼豨"、"伊何那"之类是也。唐初歌曲，多用五、七言绝句，律诗亦间有采者，想亦有剩字剩句于其间，方成腔调。其后即以所剩者作为实字，填入曲中歌之，不复别用和声。则其法愈密，而其体不能不入于柔靡矣，此填词所由兴也。

《唐音癸签·词曲》又引朱子的话说：

> 古乐府只是诗，中间却添许多泛声，后来人怕失了那泛声，逐一声添个实字，遂成长短句。今“曲子”便是。

从这些记载中都透露了从唐代五七言派生出词的具体过程。唐代教坊伶工所唱的歌词，大多采用文人所写的五、七言绝句，间或也采用律诗，由于唐代音乐之繁荣、发展，逐渐感到句式整齐的近体诗不能适应音乐上参差不齐的声律的要求，而那些新制的曲调的原有的歌词，大都俚俗，艺术性不高，需要按照曲调重新填写新的歌词，以便入乐歌唱，这些新写的歌词，就叫做“词”，或叫做“长短句”、“曲子”、“曲子词”。因为是按现有的曲调声律去写歌词，所以叫做“倚声制词”，也叫“填词”。民间和教坊中填词，大概可以溯源到陈、隋，从甘肃敦煌发现的《菩萨蛮》（“枕前发尽千般愿”）等“曲子词”，可以概见早期民间填词的面目。到了唐代文人动手填词，词这才开始作为新出现的文学体裁开始得到人们的重视。文人填词，相传始于李白的《菩萨蛮》、《忆秦娥》，被誉为“百代词曲之祖”。但后人疑为伪作，非真正出自李白之手笔。不过从白居易、刘禹锡、张志和等人所写的词看来，从中唐起，文人填词之风，已逐渐盛行起来了。尽管词兴于唐而盛行于宋，但它并没有完全取代诗，而是与诗成为共存并行的文学形式，永远流传下来。兹将词的形式作个简单的说明：

（一）篇幅：词有“令”、“引”、“近”、“慢”等。“令”一般比较短，在文人创作中盛行比较早。“引”和“近”一般较长。“慢”又比“引”、“近”长，它虽在唐五代时已有，但盛行在北宋中叶以后。随后又出现“小令”、“中调”、“长调”的名称。清代毛先舒《填词名解》说：“五十八字以内为小令，五十九字至九十字为中调，九十一字以外为长调。”

词除一部分字数的较少的小令如《十六字令》、《如梦令》等外，都要分段落。一段叫一“片”。一部分词分两段，少数词分三段、四段。两段的词，第一段被称为“上片”或“上阕”、“前阕”，第二段被称为“下片”、“过片”或“下阕”、“后阕”。不分片的称单调，分两片的叫双调。

词调的格式，句数多少不一，句子长短不齐，韵字多少不等，韵部大多错综变换，从这些形式上看，似乎词比诗的格律自由。其实不然，无论是从字句、平仄，还是从押韵等的限制，由于处处都得适应每首歌谱声律上的入调合拍，词的形式的要求就来得比诗更为严格。每首词调都有固定的严格的形式，所谓“调有定句，句有定字，字有定声”。

（二）句式：词的句式，字数多少不一，如《十六字令》首句只用一个字，多的如《浪淘沙》末句便达九个字。一些词调中的句子，如《忆江南》中的七言两句，规定以对仗为宜。有的字除限定用平字或仄字外，还限定在仄声中只宜用某一种声调的字，如《桂枝香》中前后片第二句第一字，并是领格，只宜用仄声的去声字。

（三）韵律：词中除每首词调按谱所规定押平声或仄声韵外，有时对韵部还做了更严密的规定，如《桂枝香》限定用入声部韵，《满江红》则限定一般例用入声韵。《西江月》分用平声仄声韵，但又进一步作了这样的规定：“《西江月》起头押平声韵，第二、第四句就平声切去，押侧声韵。如平声押‘东’字，侧声须押‘董’字、‘冻’字方可。”

（四）词调或词牌：每首词调除了有以上的各项不同格式的严格要求外，还有词调和内容所抒写的思想内容、感情色彩的关系。如长调《满江红》、《沁园春》、《念奴娇》、《贺新郎》、《水调歌头》等词调，较适宜于表现豪壮激越的感情，而如《梦江南》、《满庭芳》、《木兰花慢》等便适宜于表现委婉含蓄、缠绵纤丽的情致。

写律诗、绝句主要掌握了仄起式、平起式两种七律的格式，便足以应付了，而填词则不然。因为每首词调都有它自己独特的格式要求，所以要填哪一首词调，便非熟悉该首词调的格式不可，没有什么简易的规律可循。填词押韵所用的韵书，也不同于写诗所用的韵书，词人大多依据清戈载的《词林正韵》，里面将平、上、去、入归纳为十九部。诗的每个字的声调，只区分平和仄两种，而在词调中，不但要区别平和仄，而且有的词调限定只适宜用仄中的“去”声，或限用入声的韵部。

这里列举几首词调的格式于下（△表示韵，▲表示叠韵，○表示平声，●表示仄声，◉表示可平可仄）：

一、平韵格

十六字令（又名《苍梧谣》、《归字谣》）

共十六字，三平韵。

【定格】

○(△)	天！
◉●○○●●○(△)	休使圆蟾照客眠。
○○●	人何在？
◉●●○○(△)	桂影自婵娟。

——宋·蔡伸

忆江南（又名《望江南》、《梦江南》、《江南好》、《谢秋娘》）

共二十七字，三平韵，中间七言两句，以对偶为宜。宋人多用双调。

【定格】

○●◉	江南好，
◉●●○○(△)	风景旧曾谙：
◉●◉○○●●	日出江花红胜火，
◉○◉●●○○(△)	春来江水绿如蓝。
◉●●○○(△)	能不忆江南？

——唐·白居易

二、仄韵格

如梦令(又名《忆仙姿》、《宴桃源》)

共三十三字,五仄韵,一叠韵。

【定格】

◉●◉○○●(△)	昨夜雨疏风骤,
◉●◉○○●(△)	浓睡不消残酒。
◉●●○○	试问卷帘人,
◉●●○○●(△)	却道海棠依旧。
○●(△)	知否?
○●(▲)	知否?
◉●●○○●(△)	应是绿肥红瘦。

——宋·李清照

念奴娇(又名《百字令》、《酹江月》、《大江东去》、《壶中天》、《湘月》)

共一百字,前后片各四仄韵。宜用入声韵部,另有平韵格,下面所录为变格。

【变格】

●○○●	大江东去,
●○●	浪淘尽、
○●○○○●(△)	千古风流人物。
●●○○	故垒西边,
○●●	人道是,
○●○○●	三国周郎赤壁。
●●○○	乱石穿空,
○○●●	惊涛拍岸,
●●○○●(△)	卷起千堆雪。
○○○●	江山如画,

●○○●○●(△)　　一时多少豪杰！

○●○●○○　　遥想公瑾当年，
●○○●●　　小乔初嫁了，
○○○●(△)　　雄姿英发。
●●○○　　羽扇纶巾，
○●●　　谈笑间，
○●○○○●(△)　　樯橹灰飞烟灭。
●●○○　　故国神游，
○○○●●　　多情应笑我，
●○○●(△)　　早生华发。
○○○●　　人生如梦，
●○○●○●(△)　　一樽还酹江月。

——宋·苏轼《赤壁怀古》

三、平仄韵转换格

菩萨蛮(又名《子夜歌》、《重叠金》)

共四十四字，前后片各两仄韵，两平韵，平仄递转。

【定格】

◉●◉●○○●(△)　　平林漠漠烟如织，
◉○◉●○○●(△)　　寒山一带伤心碧。
◉●●○○(△)　　暝色入高楼，
◉○○●○(△)　　有人楼上愁。

◉○○●●(△)　　玉阶空伫立，
◉●○○●(△)　　宿鸟归飞急。
◉●●○○(△)　　何处是归程？

◉○○●○(△)　　　　长亭连短亭。

——唐·李白

四、平仄韵通叶格

西江月(又名《步虚词》、《江月令》)

共五十字,上下片各两平韵,结句各叶一仄韵。沈义父《乐府指迷》:"《西江月》起头押平声韵,第二、第四句就平声切去,押侧声韵。如平声押'东'字,侧声须押'董'字、'冻'字方可。"即在此词调中所押平声仄声韵字,限押同部中之平声字和仄声字。

【定格】

◉●◉○○●　　　　明月别枝惊鹊,
◉○◉●○○(△)　　　　清风半夜鸣蝉。
◉○◉●●○○(△)　　　　稻花香里说丰年,
◉●○○◉●(△)　　　　听取蛙声一片。

◉●◉○○●　　　　七八个星天外,
◉○◉●○○(△)　　　　两三点雨山前。
◉○◉●●○○(△)　　　　旧时茅店社林边。
◉●○○◉●(△)　　　　路转溪桥忽见。

——宋·辛弃疾《夜行黄沙道中》

五、平仄韵错叶格

诉　衷　情

共三十三字,六平韵为主,五仄韵两部错叶。

【定格】

○●(△)　　　　莺语,〔第四部仄声六语〕

○●(△)	花舞，
○●●(△)	春昼午，
●○○(△)	雨霏微。
○●●(△)	金带枕，
○●(△)	宫锦，
●○○(△)	凤凰帷。
●●●○○(△)	柳弱燕交飞，
○○(△)	依依。
○○○●○(△)	辽阳音信稀，
●○○(△)	梦中归。

——唐·温庭筠

宋以前词人填词，要求合乎音乐腔调，又要求合乎一定格律，如字数、平仄、句式、韵位等。格律的规定和音乐的腔调是相关联的，它是通过合乎格律来达到合乎音乐的腔调。但格律又有相对的独立性。有许多的词人只懂格律不懂音乐，他们只是按照格律填词，这样就走上了和音乐脱离的道路。词到了南宋，逐渐脱离了音乐的歌唱用途，成为单独在书面上供阅读欣赏的文学体裁，但在词调格式的严格规定上，仍相沿袭下来，并未改变，也就是说仍得“依声填词”。唐宋的燕乐，到了元代趋于衰落，代之而起的是北曲。明代以后，宋词曲谱大抵失传，而按照格律填词却继续不断。词就成为一种单纯的诗歌形式了。

（1978年12月）

竹窗联话

文章谈诗的叫“诗话”，论词的叫“词话”，这里想来谈谈楹联，依理推之，亦可以称它为“联话”。

楹联，也叫“楹贴”、“对联”、“对子”，它是运用对仗的诗文语言形式创作出来的一种独特的文学体裁。对仗，即诗文词句的对偶，由上下两句构成一联的修辞学上一种辞格。我国古代诗歌从最早的诗歌总集《诗经》起到楚辞、汉乐府、魏、晋五言诗，都已广泛地运用这种修辞手法，以增强诗歌的感情色彩，增强音乐节奏感，从而以提高艺术性，突出主题思想。例如《诗经》中的《卫风・硕人》：

手如柔荑，肤如凝脂，
领如蝤蛴，齿如瓠犀。

《卫风・木瓜》：

投我以木瓜，
报之以琼琚。

投我以木桃，
报之以琼瑶。

投我以木李，
报之以琼玖。

汉代最盛行的文体赋及后来的骈体文，简直全是采用对仗的修辞方法写出来的。但是从《诗经》到有韵的散文汉赋和骈体文中所采用的对仗句式，格律从宽，字句不限。到了唐代创造出五言、七言格律诗，开始严格地限定平仄音调，每首八句，中间四句要求对仗，第三、四句称颔联，也叫上联；第五、六句称颈联，也叫下联，如沈德潜在《说诗晬语》中所说的："对仗固须工整"，可以说如果取消了格律诗中的上、下联的对仗的语言形式，也便等于格律诗的消亡。这跟毛主席给陈毅同志谈诗的一封信中所说的"因律诗要讲平仄，不讲平仄，即非律诗"的道理是一样的。因此，五、七言律诗，包括绝句中的对仗联句，都具备了楹联的语言形式了。不少杰出的楹联，便是直接从五、七言格律诗或骈体文中摘取来的，例如，苏州著名的园林拙政园里有明书法家文徵明书写的著名的一副楹联：

蝉噪林逾静，
鸟鸣山更幽。

便是从梁代王籍《入若耶溪》诗中拈出。当前盛行一副楹联：

横眉冷对千夫指，
俯首甘为孺子牛。

便是摘自鲁迅七律《自嘲》中的颈联。但是，楹联并非全部来自诗词或韵文的对仗联句。不少楹联超出五言七言的限制，多至几十字以至一百余字的。因此，楹联实际已是诗词或有韵散文以外的独立存在的一种文学体裁。

作为独特的一种文学体裁的楹联，相传其祖源来自春联。据《蜀梼杌》所载，五代后蜀主孟昶在寝门上挂着的桃符，即桃木板上一副对联写道：

新年纳余庆，
嘉节号长春。

这叫做“题桃符”，它便是历史上第一对的春联。

北宋王安石《元日》一诗中所写：

爆竹声中一岁除，
春风送暖入屠苏。
千门万户曈曈日，
总把新桃换旧符。

这诗中所述，便是当时春节家家贴春联的实况纪录。据说也在宋代，已经将这门上贴春联的习俗，推而广之，将对联贴在楹柱上，因而也叫“楹联”、“楹贴”。同时，楹联的内容也从春联专写迎春纳福之类的吉祥语扩大到更广泛的范围上去。足见楹联作为独立的一种文学形式的出现，可以追溯到春联的诞生的五代后蜀，距今已有一千多年的历史了。

楹联与其他各种诗词、韵文等文学作品一样，内容广泛，或用以绘景状物，或用以言志抒怀，或用以讽政刺时，或用以颂德歌功。因此，一副绝妙的楹联，无异一幅美妙的山水画，一首优美的抒情歌，一篇隽永的小品文，一章辛辣的政治讽刺诗。它既具有极高的艺术价值，又具有深刻的思想内容，加以得名家之书写，或以木雕石琢，或以精工裱褙，制成珍品，妙联佳字，互为辉映，简直是艺苑中的瑰宝，书林中的奇珍！这在世界文学艺术中是绝无仅有、独树一帜的。自然，它与其他的文学作品一样，每一副楹联，从它的艺术风格到思想内容及其所产生的社会效果，无不反映了作者的个性气质、艺术风格和思想境界。尤其是古典楹联，往往其中既含有民主性的精华，又夹杂封建性的糟粕。今天我们来读它，都得持独立思考的态度，有所批判地接受。

无锡太湖畔鼋头渚澄澜堂悬挂陈夔龙撰写的一副楹联：

山横马迹，渚峙鼋头，尽纳湖光开绿野；
雨卷珠帘，云飞画栋，此间风景胜洪都。

另一副是长乐林开谟撰写的：

吴越有具区，襟江带湖，经始楼台都入画；
春秋多佳日，陶元浴素，默参龙象欲逃禅。

以上两联，语工意宏，摄太湖之胜景于眼际，自有其特色。但推敲其思想内容，还存在着局限性，尤以后者，透露作者出世的消极思想。

苏州园林秀丽，风情特异，驰誉中外，素有“江南园林甲天下，苏州园林甲江南”之称。苏州园林里的一些楹联，便描绘了这些具有代表性的江南园林的胜概。狮子林为苏州名园之一，始建于元代，以太湖石垒砌成的假山，石峰挺秀，玲珑剔透，以风格特异著称。据《苏州府志》载，当时初建寺时，寺僧曾邀请名画家倪瓒（云林子）、朱德润、赵善长、徐幼文等共同设计。倪瓒曾作《狮子林图卷》传世。园内有萧澍霖写的一副楹联：

吴会名园此第一，

云林画本旧无双。

另有一副写道：

石品洞天标题海狱，
钟闻古寺境接嫏嬛。

园内“揖峰指柏轩”，轩对假山，假山上植古柏数株，苍秀遒劲，是元代遗物。轩即以此得名，轩内悬挂一副楹联，写道：

看十二处奇峰依旧，遍寻云虹雪月溪山，最爱轩前千岁柏；

喜七百年名迹重新，好展朱赵倪徐图画，并赓元季八家诗。

这些楹联，遣词工巧，内容大体上都能勾勒出园中胜景之特色，为江南园林艺术中不可或缺的点缀珍品。

苏州沧浪亭为苏州历史最悠久的一所名园，原为吴、越时广陵王元璙的花园。北宋著名诗人苏舜钦因参加当时较进步的范仲淹政治集团，遭到朝廷权贵的迫害而罢官，退隐于此，始建沧浪亭。南宋时，又为抗金名将韩世忠的住宅。因之。沧浪亭其地，一直为人们所传诵。亭筑于水旁假山之顶，四周古木荫翳，藤萝披石，亭上刻有清代俞樾手书的“沧浪亭”三字的匾额，旁悬有一副楹联，写道：

清风明月本无价，
近水遥山皆有情。

不知此联出于谁人之手，但题写于沧浪亭中，有心人如能联系建亭主人苏舜钦一生坎坷的政治遭遇和他作品的思想倾向，便不至于将此联作为一般的山水对子等闲视之。据《宋史》载，苏氏少负“大志”，曾多次上书皇帝，纵抨时弊，群奸为之侧目，以致终遭朝廷所忌，被长期放逐，闲居此亭。曾作《沧浪亭记》传世。苏氏寂居林下，虽放怀风月，寄情山水，实则并未忘怀于政治现实，他写了不少反映民间疾苦、谴责朝政腐败的政治诗，暴露了当时黑暗的社会现实，表现他的爱国热情和被放逐后与朝廷腐朽势力决不妥协的战斗精神，抒发他政治上愤激不平的思想及愤世嫉俗的情绪。知苏氏其人，知苏氏其诗，然后来读这副联语，便不难透过笼罩在此联中吟咏风月山水的一重脉脉温情的轻纱，而觉察到其所寄寓的苏氏“其人虽憔悴，其志独昂昂”（梅尧臣《读蟠桃诗寄子美、永叔》诗）的樽前“余愤”了。题写此联于苏氏沧浪亭中的佚名作者，算是对子美知人知世的有心人，亦属难能可贵！

杭州西湖中山公园内一座亭子，悬有一副楹联：

水水山山，处处明明秀秀；
晴晴雨雨，时时好好奇奇。

清沈德潜《说诗晬语》卷下说：“写景写情，不宜相碍，前说晴，后说雨，则相碍矣”。此联全用叠字的修辞手法，写西湖湖山晴雨之美，“前说晴，后说雨”，却并不相碍，连用叠字，徒眩人耳目，略无写景之韵致，究其语意，只是从北宋诗人苏轼的《饮湖上初晴后雨》一诗隐括而来，意境了无创新。且读苏氏这首著名的山水诗：

水光潋滟晴方好，
山色空蒙雨亦奇。
欲把西湖比西子，
淡妆浓抹总相宜。

两相比较，顿使此联黯然失色。这是专事语言技巧上的猎奇而忽视造意的必然结果。

杭州西湖边的岳坟岳庙，是全国重点文物保护单位。“四人帮”出于反革命的罪恶目的，对这位古代杰出的民族英雄岳飞横加种种莫须有的罪名；对象征着中华民族精神脊梁的岳坟岳庙，破坏无余，捣毁碑石，铲除陵墓，蓬蒿满地，杂草萋萋，庙门紧闭，拒绝人们前往瞻仰，甚至连反剪双臂跪在岳坟前的秦桧、王氏、万俟卨、张俊这四个遗臭千古的奸贼铁铸像，也被毁坏搬移，企图逃避人们对他们的唾骂，是可忍孰不可忍！如今，岳坟岳庙重修一新，继续开放。岳坟前的四奸铁铸像，根据有关的历史资料及遗存的奸逆图像，已重新设计铸造，比之过去第八次所造，更接近四贼奸刁阴险的原貌。历史是最公正的裁判者，这四奸铁像的重铸和今天岳坟岳庙的重新开放，将永远宣判秦、王、万、张四奸贼和今天的王、张、江、姚“四人帮”是中华民族的一代奸贼，千古罪人！历史就是按照自己的规律前进的，不信，请看岳庙大门边新添的一副楹联：

山河光复十七年，忽四害兴祸，毁坟废像，忠魂遭浩劫；
魔魅逞凶双五载，赖群英仗义，除恶诛邪，墓庙得重修。

岳坟的墓门上一副楹联写道：

青山有幸埋忠骨，
白铁无辜铸佞臣。

据最近修复岳墓时，发现墓道两侧，各埋有宋代石翁仲一具，这足以征信现在的岳飞墓址，就是南宋孝宗赵昚诏葬岳飞的原地点。但岳飞的“忠骨”，最初并非埋在这里。岳飞于南宋绍兴十一年(1142)十二月二十九日被秦桧杀害在大理寺狱中，狱卒隗顺负尸出钱塘门，初葬于九曲城下五显神祠附近的北山崖畔，即今昭庆寺之北。南宋孝宗赵昚即位，始为岳飞这一冤案平反昭雪，恢复其官爵，于绍兴三十二年起岳飞的地下遗骨以礼改葬于今之栖霞岭。此联上句所书，亦属纪实之笔。

岳坟前的望柱上，新刻一副楹联：

正邪自古同冰炭，
毁誉于今判伪真。

这两对楹联，不唯功力深厚，且揭示了生活的真理，扬善抑恶，足以告诫世人，伸张正气，实为楹联中的杰作。每联视之为由两句构成的一首政论诗，亦无不可。

我于今年七月间自西湖三潭印月乘船重谒岳坟岳庙，值在重修，尚未开放，不免触怀感慨，成七绝一首，特抄于下：

铁铸权奸垢不削，
仰贤重叙劫余桡。
鄂王自有千秋业，
未许泉丘属野蒿。

云南省昆明市西滇池滨的大观楼，建于清康熙年间，楼阁飞峙，湖光澄碧，古木掩映，景色秀丽，是我国西南著名的风景区。大观楼上有一副楹联：

五百里滇池，奔来眼底。披襟岸帻，喜茫茫空阔无边！看东骧神骏，西翥灵仪，北走蜿蜒，南翔缟素。高人韵士，何妨选胜登临。趁蟹屿螺州，梳裹就风鬟雾鬓；更苹天苇地，点缀些翠羽丹霞。莫辜负四围香稻，万顷晴沙，九夏芙蓉，三春杨柳；

数千年往事，注到心头。把酒凌虚，叹滚滚英雄谁在？想汉习楼船，唐标铁柱，宋挥玉斧，元跨革囊。伟烈丰功，费尽移山心力。尽珠帘画栋，卷不及暮雨朝云；便断碣残碑，都付与苍烟落照。只赢得几杵疏钟，半江渔火，两行秋雁，一枕清霜。

这副长达一百八十字的对联，字数之多，在楹联创作史中，可能是首屈一指，堪称楹联中的鸿篇巨制。作者高屋建瓴，纵观千古，横瞰大千，写景咏怀，蔚为奇观，简直是古典楹联中的绝唱。

郭沫若于建国前夕，从香港经东北赴北平途中，曾撰一对联赠李一氓，联语写道：

国有干城扶赤帜，
民之喉舌发黄钟。

郭沫若此联与他的其他的诗词一样，总是旗帜鲜明，热情奔放，用语工巧，风格清新。

厦门大学建大礼堂等五幢大型建筑物，于楼前濒海筑半圆形的大广场，取名“上弦场”，诗人兼书法家虞愚教授应邀为之撰写楹联一对，写道：

自饶远势波千顷，
渐满清辉月上弦。

虞愚早岁便以诗词与书法闻名。诗宗杜甫，格律严谨，意境清新，侯官陈衍于所著《石遗诗话》中曾收虞诗多首，颇得赞赏。此联用语纤巧，立意峭拔，境界空阔，深得少陵之味。虞愚往日曾取集句书写一副楹联：

骏马秋风冀北，
杏花春雨江南。

于十二字中，刚健纤丽概括无余。虞老平时所制诗词、楹联，亦大抵皆如此，亦诗词楹联家中之射雕手。

厦门市鼓浪屿前哨公园，依山临海，曲槛回廊，长桥卧波，云天无际，实为“花园中之花园”。海上石桥亭桓上刻有一副楹联：

长桥支海三千丈，
明月浮空十二栏。

铸景明丽，文亦潇洒可观，而去刻意雕琢之痕迹，可称佳构！

（1979年9月8日）

太平天国的政治思想[①]

绪　　论

中国封建社会的基础，发展到清代末年，已开始呈现出急剧崩溃的状态，促成这崩溃的基本原因，是由于社会经济形态的本质，发生了重大的变化的缘故，当时欧洲帝国主义国家对古老的中国金融上的榨取，使中国的经济、政治等的内在矛盾愈趋尖锐化，因此，反映在社会上的一次大骚动，是势所难免的，由社会下层阶级的群众意识的觉醒，直接起来行动的太平天国革命运动，就是在这样的情况之下，波澜壮阔地被扩展开去。

满人得吴三桂之引导，乘机入关，取得中国统治之政权后对汉人的歧视与压迫，是无微不至的，杀戮之惨，尤为史所空前，如"扬州十日"，"嘉定三屠"，和后来屡次大兴的文字狱，简直将汉人的生命，视同草菅，但是由这些事实的另一面，也可以看出汉民族不屈不挠的坚毅不拔的精神。虽然，当时一般的士大夫，多已为清廷利禄的利诱，给统治者收买去做帮凶帮闲的家奴，但是，下层社会的群众，几乎是无时不在水深火热的生活里过日子，他们知道，这种牛马奴隶的痛苦的生活，是拜自私荒淫的统治者所赐，而亡国的烙痕，就在他们的身上印下一个永抹不掉的耻辱的标志。

---

① 本文系作者大学毕业论文。

只有贫苦的群众，才是明室最忠实坚强的支持者与复国运动者。南方天地会的创立，北方白莲教的复起，这都是藉着“颠满兴汉”为号召国人，利用宗教的团体所组织的爱国秘密的集团，在暗中积极进行反叛清朝的革命工作。太平天国的前身上帝会，也就是承袭着这些秘密革命团体的衣钵而组织起来的，这是太平军革命爆发的纵的方面原因的叙述。

在横的方面，清代经过康熙、雍正和乾隆三朝政治上的粉饰，政权已渐趋稳定，社会人口与财富，都在急剧地增加，但是，说明了这一点，并不足以显示当时社会经济的繁荣，相反的，恰好映现出中国农村金融的破产，与数千年以来传统的封建经济形态的没落的惨景。

这话是怎么讲的呢?

尽管社会资本的累积在日渐增加，但是，这些资本的所有权，不是属于整个社会，而是属于少数的商贾、地主及官僚。这些资本，因为遭逢到外洋输入的大批商品对中国商业市场所加的压力，使它无法迅速地变成生产资本，而呈现停滞的状态，所以，只好采用高利贷等静态的生产方法，剥削贫苦的农民，大批的资本像决堤的洪流似的毫无遮拦地直向农村倾泻。还有一点，随着国外机器制造品的输入，垄断了中国的商场，使中国农村的手工业生产，全部陷于瓦解的境地。农民身受着这国内国外双重的榨取，就有两种情形出现：一种是土地大量地集中于大商贾、地主及官僚的手中，自耕农日渐减少，佃户及手工业生产者最起码的生活水准，也无法保障；另一种是国内纹银的外溢，使钱币值直线下滑，再加上各地荒灾频仍、捐税繁重，以及吏治的贪污，将农村的人民，一步步赶上饥寒与死亡之路。

中英的鸦片战争，是清代命运的转折点，也是太平天国革命势力酝酿的开始。结束鸦片战争后的“南京条约”宣告了古老的中国“闭关政策”的失败，暴露了清廷外交的懦怯无能。被列为五口通商口岸之一的广州，无形中成为英国鸦片进口的主要转运栈，中国地方官、奸商与洋贾，为达到发财的目的，就勾结在一起，干着走私、包庇、行贿等的勾当，使南方数省的政治更趋于糜烂。一些饥寒无望的农民，与其面对着死亡，不如勇敢地朝向死亡的路上，去寻觅一线生存的希望——广西金田村的革命，就是在这时诞生的。

有的人认为，太平天国的革命，只是跟中国过去历史上的那些农民暴动一样的性质，这话，至少我认为还不够充分。因为太平天国在政治思想上所表现的精神，是有它特殊的价值，绝非一般的农民暴动可比拟的。比如，它对封建制度中一切旧礼教伦理道德观念的否定，对腐败无能的统治者的声讨，对政治制度的新设施，对社会理想的建立，以及大刀阔斧的革命作风和带有民主色彩的改革，已经给后来孙中山所领导的国民革命打下一个稳固的基石。

所以，太平天国这个有声有色的革命，在那批清室雇佣的汉人臣仆的歼剿之下，虽然在短短的十四年间（1850—1864）就宣告失败了，而它的政治思想，在中国历史上，永远占有一个重要的地位！

太平天国政治思想的时代背景

一、人口的增加

清代经康熙、雍正所谓是“太平盛世”的朝代，人丁繁殖很快，可是因为没有加以统计，增加的数额，也就无从知道。到了乾隆五年（1740），户部请行全国举办报造户口编册制度，自此以后，人口的增加，才得到较为精确的统计数字。这里依据《东华录》之所载，开列于后，藉见自乾隆六年（1741）至太平军革命爆发后的一年（1851），国内人口增加的数额。

年　　度		人口数（名口）
乾　隆	六年（1741）	一四三四一一五五九
	十六年（1751）	一八一八一一三五九
	廿六年（1761）	一九八二一四五五五

（续表）

年　　度		人口数(名口)
乾　隆	卅六年(1771)	二一四六〇〇三五六
	四十六年(1781)	二七九八一六〇七〇
	五十六年(1791)	三〇四三五四一一〇
嘉　庆	六年(1801)	二九七五〇一五四八
	十六年(1811)	三五八六一〇〇三九
道　光	元年(1821)	三五五五四〇二五八
	十年(1830)	三九四七八四六八一
	廿一年(1841)	四一三四五七三一一
咸　丰	元年(1851)	四三二一六四〇四七

由上表看来，自乾隆六年到咸丰元年，其间相隔不过一百一十年，而人口由一四三四一一五五九名，增至四三二一六四〇四七名，加添了三倍以上。

人口的增加，表示着国民消费量与生产力二者同时并进。中国当时还是一个专靠农业生产给养的国家，所以我们不得不注意全国耕地面积，有没有跟着扩大，农业生产量，有没有跟着增益。

海宇承平日久，户口日增，地未加广。（康熙五十一年谕）

我国家休养生息，数十年来，户口日繁，而土地只此数。（雍正二年谕）

其实，全国耕地面积，不但没有增加，反而日在减退。据统计的结果，嘉庆十七年，全国耕地总面积为七百九十一万五千余顷，到道光十三年，减至七百三十七万五千余顷（据《太平天国革命文化史》引王庆云《石渠余记》所载），耕地面积的减少，及连年各地灾歉的发生，使农业生产力，日益减退，这是必然的道理。据东华续录载，乾隆六年通共存仓米谷三千一百七十二万一千余石，到道光二十九年，反而减到二千五百七十二万六十余石，这恰好跟当时人口的递增，成了强烈的对照。结果怎么样呢？乡村人口过剩，容纳不了，一部分只好背乡离井，流为失落的游民，太平天国这支浩大的革命队伍，大部分就是由这批生活无依的游民所汇合成的。

二、灾荒的发生

当时农业生产量的减退，除了受耕地面积减缩的影响之外，连年各地的灾荒，也是一个重要的因素，灾荒的种类包括旱灾、水灾、风灾、风沙灾等，灾区极为广大，如直隶、河南、山东、山西、陕西、甘肃、两湖、安徽、江苏、浙江、江西、广西等地，其中湖北、安徽、江苏、浙江四省的水灾，尤为严重，“水之势大为百年所未有”（《清史纪事本末》卷四十），河南的大旱灾，情势也不轻：

> 鄂顺安奏豫省缺雨，灾民亟应筹款赈恤一摺，已饬户部速议具奏矣，因思河南两次大工之后，元气未复。民鲜盖藏，当此苦旱异常，小民颠沛情形，不忍设想，若待该部筹议章程，恐缓不济急，即使拨运近省库款，亦觉难救燃眉，朕焦灼之余，几废寝馈。（《东华续录》道光朝，卷五十六）

> 本年河南省开封等府属，雨泽稀少，二麦歉收，叠经加恩抚恤，昨又据鄂顺安奏到该省亢旱异常，报灾几及通省，当即降旨，饬户部发给银十万两，并于邻近省筹拨银二十万两，星速解往备赈，著领解各员，无分昼夜，迅解该省验收，毋得延误干咎。（《东华续录》道光朝，卷五十六）

根据这些记载,情况之严重,也就可以想见一斑了。再如道光二十六年间山东的旱灾和风沙灾,道光二十七年直隶的水旱灾雹灾,灾区都是异常宽广的。

回头再来看看太平天国策源地广西一带的情形,究竟是怎样的:

干旱水溢,人民流离,白骨丛积,而政府不之恤也。(《太平军在永安布告》)

旱虐连年,水灾屡降,民不聊生,人皆思乱。(《讨清诏书》)

初道光二十七年间,粤西岁饥多盗。(杜文澜《平定粤寇纪略》卷一)

是时,广西岁洊饥,群盗蜂起。(王定安《湘军记》卷一,页四～五)

像这种遍地的灾荒,加急促成农村经济的全线的崩溃,一般本来已经很贫苦的农民,更无法度日了。于是,摆在他们面前的,只有两条路:为饥寒而死亡或"铤而走险",以谋一线的生机,所以,当时"群盗蜂起",是太平天国革命的一个最大的助力。

三、金银的外溢

中国本来不是产银的国家,所有的银子,都是由外国输入的,在十九世纪初期,中国对外的贸易,往往是占着优势,输出茶、丝、瓷器等,以大量地吸收海外的银子,但是自从英国自印度将大批的鸦片向中国输入以后,因为用以交换鸦片,使国内的纹银,不断地向外漏去,现在先让我们来看当时全国对鸦片的消费增加额(*H*·

B • More: International Relations of the Chinese Empire Vol. 1, p. p. 210)：

年　　份	消耗箱数	洋银价值(元)
一八二一～一八二二	五〇一一	八八二二〇〇〇
一八二五～一八二六	九六二一	七六〇八二〇〇
一八三〇～一八三一	二〇一八八	一三七四四〇〇〇
一八三七～一八三八	二八三〇七	一九八一四八〇〇

此外,还有走私进口的消耗量没有统计在内。

于是,输入日增,而民间吸食之害亦日甚,嘉庆时,屡下圣旨,禁其输入,故秘密卖买愈盛,英商私设屯船于广州湾一带,粤省奸商,即以快蟹砲艇,为之包揽走漏,分布各地,所在勾通吏役,结纳哨兵,终日与沿海各官衙,私缔契约,每输入鸦片一箱,纳贿若干,于是鸦片潮流,与年俱进,鬻者愈多,吸者愈众,耗财伤人,日甚一日。

自嘉庆至道光,凡二十年之中,输入额之增加,几至五倍,而现银之流出外洋者,岁以数千万两计,自道光三年以前,广州一海口,岁漏银数百万两;三年至十一年,岁漏银千七八百万两;十一年至十四年,漏银二千余万两;十四年至十八年,渐漏至三千余万两。此外,福建、浙江、山东、天津各海口,合之又数千万两。(《清鉴纲目》道光朝,卷十,页三六〇)

至鸦片烟一物,流毒滋甚,该处伪标他物名色,夹带入粤,每岁易银至数百万两银子之多,此岂寻常偷漏可比?(《东华续录》道光朝"章沅奏文")

洋银大量地向国外流，使中国国内的银子储量，大形匮乏，银价递增，民间流通的制钱，价值大贬，“银昂钱贱”，这里面的亏损，当然还是归到老百姓的身上去。

> 于是，内地银价递增，每银一两，至易制钱，一千六百文有奇，国计民生，均受其困。（《清鉴纲目》道光朝，卷十，页五六一）

> 一日银价太昂，钱粮难纳也……收本色者少，收折色者多。即使漕粮或收本色，而帮费必须折银，地丁必须纳银。小民力田之所得者米也。持米以售钱，则米价苦贱而民怨；持钱以易银，而银价苦昂而民怨。东南产米之区，大率石米卖钱三千，自古迄今，不甚悬远。昔日两银换钱一千，则石米得银三两。今日两银换钱二千，则石米仅得银一两五钱。昔日卖米三斗，输一亩之课而有余；今日卖米六斗，输一亩之课而不足。朝廷自守岁取之常，而小民暗加一倍之赋。此外如房基如坟地，均须另纳税课。准以银价，皆倍昔年。无力监追者，不可胜计。（曾国藩《备陈民间疾苦疏》，《曾文正公全集》二，奏稿，卷一，页十五～十六）

> 从前银价，乾隆嘉庆年间，每银一两，易钱一千文；道光初年，每银一两，尚止易钱一千三四百文；自后渐次增长至二千文，近更增至二千三四百文。农民以钱易银，完纳钱漕，暗增一倍有余之费。咸丰元、二、三、四等年，钱粮之多，实由于此。迨五年秋后，收成稍稔，每谷一石，仅值钱四百余文，尚苦无从销售。农民以谷变钱，须粜谷五石，始得银一两。计有田百亩，可收租谷百石者，非粜谷二十石，不能完纳钱漕。农末俱困，群情汹汹。（骆文忠《湘中奏稿》，卷十二，页十七～二十）

由于“以外夷之泥土，易中国之货银”，而使“银昂钱贱”，终于形成农村经济的破产，全国金融的大恐慌，于是生活痛苦的鞭子，将一批批失业的农民，赶上革命的路上去了。

四、吏治的黑暗

清代政治上贪污之风的盛行，固然由于行政机构的松懈和监督制度的不够严密，但是清代统治者本身，实在有故意地奖励的意思。他们因为要羁縻汉人，软化汉人排满的气焰，于是创立卖官鬻爵的制度，这个制度一经实行，真是所谓“纵千百虎狼于天下，而尽吮天下之苍生”，政治上贪污的气息，乃风靡海内了。

> 朝为白丁，上一千七百两，而暮则堂堂县令矣；再上一千两而先用矣，再上一千两而即用矣。通计不过三千七百两，即授一小县，而烟火万家，司其政令，光荣极矣。（《皇朝经世文编》卷十七，顾琮《请分繁简重名器疏》）

这种卖官鬻爵的例子一开，使做官的途径，由科举而变为纳钱。我们可以想象得到，像这种捐纳出来的官吏，自多昏庸之辈，其在职之时，要希望他不渔利老百姓，是不可能的，这正如王命岳在《惩贪议》中所说的：

> 盖其一能鬻朝廷之爵，而使天下无廉吏；其一能卖朝廷之法，而使天下之贞良无所劝，污黩无所惩也。夫天下无廉吏，而又善者无所劝，恶者无所惩也。几何不纵千百虎狼于天下，而尽吮天下之苍生哉！（《皇朝经世文编》卷十九）

到了英人以大宗的鸦片输入中国以后，因为官商的互相勾结，从事鸦片的贩卖、走私、行贿、包庇、敲诈，以分肥巨利，使中国地方政治，更趋于不可收拾的局面：

今天下兴贩者，不知几何，开设烟馆者，不知几何，而各省办此案者绝少。盖粤省总办鸦片烟之人，据设窑口，自广东以至各省关口，声势联络。各省贩烟之人，其资本重者，窑口包送，关津胥吏，容隐放行。转于往来客商，藉鸦片为名，恣意留难勒索。其各府州县开设烟馆者，类皆奸猾吏役兵丁，勾结故家大族不肖子弟，素有声势，于重门深巷之中，聚众吸食。地方官之幕友家人，半溺于此，未必不庇其同好。(《夷氛闻记》"黄爵滋奏文"，卷一，页七)

虽然，当时的政府对这事，很是留意，屡颁法令，严为杜防，事实上不但无效，情势反而愈来愈加严重：

盖法令者，胥役之所藉以为利也。立法愈峻，则索贿愈多，其包庇如故，护送如故，贩与食者卒如故也。否则，获十百而报一二，夺人之禁物而鬻之，犹自贩耳。而况伪官假役，百弊丛生。(《夷氛闻记》"吴兰修论文"，卷一，页五)

当时鸦片大部分由广州进口，所以南方沿海各地，影响最烈，这些事实，在外人的记述里，也可以证明出来：

余游历汕头、厦门、福州、上海各处，与华人杂居，渐察其对于现政府的怨望。华人之性质，本和蔼可亲，其残虐欺诈，皆政府之不良政治致之耳。彼人民痛心疾首于虐政之下，身受其祖若父二百年来所受之痛苦，官吏恣睢，征敛苛刻，形骸则垂尾之奴隶，精神则萎靡不振之病夫，其生命财产，几视酷吏之喜怒为有无，夫懦弱而恃欺诈，迫压而为

暴戾，人之情也，于中国曷怪焉？（林利《太平天国外记》卷上，页十～十一）

中国的人民，本来已经穷得不能再穷了，再加以官僚与奸商的搜刮，立刻使他们陷于求生不得求死不能的地步，“官迫民反”，洪秀全革命军之所以起义于南方，也不是偶然的。

五、民族意识的潜伏

清政府取得中国的统治权之后，对汉人的歧视与压迫可以说是无孔不入的，如顺治元年的“圈地政策”，简直将对汉人财产的掠夺公然定为满人的特权，又如科举上、政治上、文化上、军事上、经济上等，满人无不居于最优越的地位。明代的覆亡，本来已够使汉人感到亡国亡种的痛苦了，这样一来，更加激起汉人的反感，民族的意识，于是有如一朵野火，在古老的国土上蔓延开去，只要一有机会，人民就会将反抗的情绪，勇敢地表露出来，例如，“扬州十日”、“嘉定三屠”、文字狱以及反对“薙发令”等所演成之诸惨剧，都不知道抛掉多少汉人的头颅，洒了多少汉人的热血，这许多生命壮烈的牺牲，固足以显示清代对汉人大屠杀的成功，但是，也可以看出汉人对异族统治者的憎恶与反抗的力量。王夫之曾经说过：“即令桓温功成而篡，犹贤于戴异族以为中国主”，这是何等痛切的话语！

但是，光有民族意识，而没有实际武力的集团，还是无济于事的。明社军事的主力，既已为清兵所扫荡，于是，民间反清的组织，就应运而起，这种革命的力量，是在下层社会的贫苦大众群里，繁殖生长起来的，他们的宗旨，很明显地标明说“反清复明”、“排满兴汉”，其中声势最为庞大的，就是天地会。

天地会创始于康熙十三年（1674），崇奉崇祯之三太子朱洪英为始祖，目的在推翻清的统治权，会里所流行的诗，词句很俚俗，宗旨很明确，比方说：

新造木杨城，惊动众洪英，
干戈重重起，反清又复明。
——《反清复明诗》，《天地会文献录》，页五

三点暗藏革命宗，入我洪门莫通风，
养成锐气复仇日，势灭清朝一扫空。
——《三点革命诗》，同上，页六

三房插草马起兴，落在云南剿灭清，
四海九州皆兄弟，去杀清朝一扫空。
——《白碇香炉插草诗》，同上，页七

忠义堂前兄弟在，城中点将百万兵，
福德祠前曾起义，乾坤一转又复明。
——《洪门总诗十二句》，同上，页八

在广西贵县修志局所发现的天地会文献里，这一类的诗多得不胜枚举，可以看出天地会革命的目的，是要推翻当时的统治阶级，以恢复明朝的社稷。当时清政府对这事自然是极为注意，特颁行严刑峻法，以期收到压服的效果。但是事实上却并不如此，这类组织由福建少林寺起始，渐渐向各地传播，终于遍及江南各省，汇成倒清驱满的一个有力的革命集团。

当时，在北方反清革命的大本营是白莲教。

白莲教原是创于元代末年，藉佛教的团体，企图推翻元朝，等到元朝亡了以后，这种组织也就渐渐被人忘记了。明朝覆亡，满人入关建立清朝，这过去秘密革命的团体白莲教，又被人们拿来利用

了。它曾经作军事上的行动，以对抗清廷，战区蔓延湖北、河南、四川、陕西、甘肃等省，时间前后共计达十年之久，后来虽为清廷所平定，但是它那种壮烈的事迹，是永远不可磨灭的。

北方的白莲教及南方的天地会的革命运动，已经使清廷坐卧不安了。到了道光年间，南方各省由于外人来华的贸易，也带来了基督教。基督教的教义，以平等博爱为旨归，恰好很投契中国贫苦群众的心理，于是，很快地就被下层社会所接受。洪秀全起初就是靠着传播上帝教，招收许多教徒，后来太平天国起义的基本军，也就是由这些基督教徒所编成的，不过已由纯粹宗教的活动，变为实质上的军事与政治的斗争罢了。

六、军备的废弛

清朝是用武力奠定帝位的，清初叶军事上还延续东征西讨、大扩规模的统治方式。随着天下日渐太平，武力就不大为人们所重视，统治阶级渐耽于骄侈淫佚、逸乐无度的生活。过去关外儿女马上英勇的锐气，也就随着流逝了。三藩的事变，八旗军的弱点就已经暴露无遗。到了嘉庆时，川楚白莲教之役全靠乡男的力量去平定，绿营兵的不可用，已可概见了。到了道光时候，鸦片战争之役失败，清兵的懦怯无能更加无从掩饰了。

现在，我们来看看当时绿营军的情形：

> 奉调之初，沿途劫夺，诉之领兵官，无从查问，甚至指骂长官，捶挞贫民，将弁瞠目视之，不能发一语。抵粤以后，喧呶纷扰，兵将不相见，遇避难百姓，指为汉奸，攘取财物。教场中互相格斗，日有积尸，莫之究诘……夏初，楚兵昼夺十三行，背负肩担而去，呼群结党，散赴各乡，累日不归，不知所事。军书虽在，从无案籍稽查者。时都守以上，驻扎城中，守台兵丁，望见夷船，急发空炮数声，卷包而遁。大帅许逃兵入城，而百姓不

许出，一二守军法、恤民隐者，略加约束，忘平日縻饷之恩，衔一时肃法之怨，不变则溃矣。（黄钧宰《金壶浪墨》，卷二）

这种毫无纪律的军队，其战斗力的薄弱，是可以想象得到的，所以几乎未打一仗，就将一面白旗，升上广州城头，当时这种不战自降的情形，激起一般将洋人看做眼中钉的老百姓的愤怒。在三元里一带，人民自动起来抗战，给英国兵一个严重的打击，这样一来，在人民的心目中，官兵的威严几乎全部扫地了。

三战皆民勇之力，广勇著名自此始，然百姓以兵不击贼（英兵），反阻民勇截杀，自是咸怀愤激，益轻视官兵矣。（黄钧宰《金壶浪墨》，卷二，引《太平天国革命文化史》所载，页五二）

因此，当时粤东一带，流行一首民谣：

官怕洋鬼，洋鬼怕百姓。

准此观之，在鸦片一役，不但天朝万古不朽的迷信已为国人所揭穿，同时，老百姓也已经真正地认识到自己集体力量的伟大，在人民心里，无形中增强了推翻清政府的勇气与信心。

太平天国的政治思想

一、政治制度的设施

太平天国既然是一批下层的农民采取革命的手段而建立的朝廷，同时他们又力图为贫苦的大众缔造幸福，所以他们所提出来的政治理想，可以说是非常前进与合理的。他们说：“有田同耕，有饭同食，有衣同穿，有钱同使，无使不均匀，无人不保暖”（《天朝田亩制度》，页二，引《太平天国丛书》第一集第四册）。因此，在政治制度的设施也正如他们所说的“新天新地新人新世界”，自然也有一番新鲜的气象出现。照这样说来，中国的民主政权，在这个时期，总该应运而生了，但是事实恰恰相反，我可以在这里做个大胆的预言，太平天国的政权，如果没有被清廷扑灭，而好好地握掌下去，在政体上，洪秀全不过将过去的“皇帝”二字改为“王”字罢了，“君主至尊”的专制思想根本未曾去掉：

> 朕奉上帝圣旨，天兄耶稣圣旨，作天下万国独一真主。（李秀成亲供）

但是这不过是对太平天国整个政治制度作一个概念的说明，在它的内容上，仍然还有不少新的设施，比方男女考试机会均等，就是一个例子。现在分为下面数点，加以分别叙述：

甲．官制

依照《天命诏旨》一书中所记，洪秀全在永安的时候，就开始封王，封杨秀清为东王，韦昌辉为北王，冯云山为南王，萧朝贵为西王，石达开为翼王，共同辅政。奠都金陵后，又封了数十个王，这种封王的性质，还不能跳出“家天下”的藩篱。

> 中国君主即天下之君主，他是上帝次子，全世界人民必须服从及跟随他。（《逸经》第十期，页廿九，《太平天国革命文化史》）

王以下，封六等爵：

> 今之义安福燕豫侯六爵，胜过古之公侯伯子男爵多倍矣。（《英杰归真》，页十三，引《太平天国丛书》第一集第十册）

伪王以下，伪爵之尊者有六：曰义，曰安，曰福，曰燕，曰豫，曰侯等名，每字加一天字，天称复加以某字。（李圭《思痛记》，页卅六）

有军功者，大则封丞相、检点、指挥、将军、侍卫，至小亦军帅职，累代世袭。（《命诏旨书》，《太平天国丛书》）

这些丞相以下的官，是听命于诸王侯的，这就是"朝内官"的体系。至于地方政府的官吏，当时称作"守土官"，设置总制、监军等，此外还有女官，设军师、丞相、总制、监军、军帅等职，开妇女参政的先声。

乙. 考试制度

科举制度，是政府选材取士的一个很好的良模，也是我国历代政制上的特色，太平天国初建新朝，在这方面自然也有许多新之创立，《钦定士阶条例》里说：

立政任人，揆文奋武，两科取士之盛，惟在在革除凡例，俾人人共证天心，法至良，意至美也。粤稽古昔，其设科拔擢，亦有制定章程，第名实不符，士风日下。值此天命维新之会，道既切乎性命身心，制自超乎古今前后，岂若承讹袭谬、因陋就简之所为哉？（《钦定士阶条例》，页四，《太平天国丛书》第一集第九册）

当时科举晋升的名称，重新制定如下：

改秀才为秀士，谓士人荣显之初，如草木之方秀也；改补廪为俊士，谓智过千人，为俊也；改拔贡为杰士，谓才过万人，为杰也；改举人为博士，谓其博雅淹通也，今于庚申十一月蒙诏改为约士，谓能通彻四约也；改进士为达士，谓其通达事变，足以善天下也；改翰林为国士，谓其学识超乎一国，以国士待之，自克以国士报也。(《钦定士阶条例》，页七)

至于武的名称，另有规定：

至武秀才等，则改称英士、猛士、壮士、威士之殊，英谓其英，磊落也；猛，谓其猛可济宽也；壮，谓其克壮大猷也；威，谓其有威可畏也；是文武统名为士。(《钦定士阶条例》，页八)

考试的科目，跟过去纯限于《四书》、《五经》之类的儒家书籍范围之内的情形，迥然不同，他们重在耶稣的经典，考文的要熟读《旧约》、《前约》、《诏旨书》、《三字经》、《钦定书》；考武的还要加读钦定的《武略》、《兵要四则》等，所以场试所出的题目，也往往带有极浓重的宗教色彩，如"天父七日造成山海颂"、"立整纲常醒世，莫教天光鬼迷解"、"四海之内皆东土，真道岂与世道相同论"等。

虽然是这样，但是对那些过去所沿用的儒家著述，仍间有采取，并未全部扬弃。

天父前降有圣旨云，孔孟之书不必废，其中有合于天情道理亦多，既蒙真圣主御笔钦定，皆属开卷有益者，士果备而习焉，则焕乎有文，斐然成章。(《钦定士阶条例》，页十三)

凡前代一切文契书籍，不合天情者，概从删除。即六经等书，亦皆蒙御笔改正。非我真圣主不恤操劳，诚恐其诱惑人心，紊乱真道也。

考期的规定,确是很奇怪的:

> 其试以各渠贼生日为期,石达开二月生,试期以初一为翼试;韦昌辉六月生,试期以二十日为北试;杨秀清八月生,试期以初十日为东试;洪秀全十二月生,试期改于十月初一日为天试,以其子乃十月生也,一年凡四试。(《贼情汇纂》,卷三,《伪科目》)

太平朝还订定妇女参加考试的制度,这一点在本章第六节里有详细的叙述,这里就不多谈了。

丙. 选举制度

取用人士,除采考试的方法外,还兼用地方保举的办法:

> 凡天下每岁一举,以补诸官之缺。举得其人,保举者受赏,举非其人,保举者受罚。其伍卒民,有能遵守条命及力农者,两司马则列其行迹,注其姓名,并自己保举姓名于卒长。卒长细核其人于本百家中,果实,则详其人,并保举姓名于旅帅,旅帅细核其人于本五百家中,果实,则尚其人,并保举姓名于师帅,师帅实核其人于本二千五百家中,果实,则尚其人,并保举姓名于军帅,军帅总核其人于本军中,果实,则尚其人,并保举姓名于监军,监军详总制,总制次详将军、侍卫、指挥、检点、丞相,丞相禀军师,军师启天王。天王降旨,调选天下各军所举为某旗,或师帅、或旅帅、或卒长、两司马、伍长。凡滥保举人者,黜为农。(《太平天国丛书》第一集第四册,《天朝田亩制度》,页四)

保举和黜陟的标准,是规定:

凡天下官民，总遵十款天条及遵命令，尽忠报国者为忠，由卑升至高，世其官。官或违犯十款天条及逆命令、受贿弄弊者则为奸，由高贬卑，黜为农。（同上）

这种忠奸升贬的办法，定每三年执行一次，在执行之前，须经过层层很详细的成绩总考核，方法可以说是相当周密的：

当升贬年，各首领各保升奏贬其统属，卒长细核其所统之两司马及伍长，某人果有贤迹，则列其贤迹，某人果有恶迹，则列其恶迹，注其人，并自己保升奏贬姓名于军帅，至若其人无可保升并无可奏贬者，则姑置其人不保不奏也。旅帅细核其所统属之卒长及各两司马、伍长，某人果有贤迹，则列其贤迹，某人果有恶迹，则列其恶迹，详其人，并且保升奏贬姓名于师帅。师帅细核其所统属旅帅以下官，某人果有贤迹，则列其贤迹，某人果有恶迹，则列其恶迹，注其人，并自己保升奏贬姓名于军帅。军帅将师帅以下官所保升奏贬姓名，并自己所保升奏贬某官姓名详于监军。监军并细核其所统军帅，某人果有贤迹，则列其贤迹，某人果有恶迹，则列其恶迹，注其人，并自己保升奏贬姓名于钦命总制。钦命总制并细核其所统监军，某人果有贤迹，则列其贤迹，某人果有恶迹，则列其恶迹，注其人，并自己保升奏贬姓名一同达于将帅主将。将帅主将达六部掌及军师，军师直启天王主断。（《天朝田亩制度》，页五）

二、军制的改革

太平天国是采征兵制度，所以军队的组织，也可以说就是社会的组织，这当然也是进步的一个表现，这里分为军队的编制和征兵制度两方面来说：

甲. 军队的编制

凡设军，每一万三千一百五十六家，先设一军帅，次设军帅所统五师帅，次设师帅所统五旅帅，共二十五旅帅。次设二十五旅帅各所统五卒长，共一百二十五卒长。次设一百二十五卒长各所统四两司马，共五百两司马。次设五百两司马各所统五伍长，共二千五百伍长。次设二千五百伍长各所统四伍卒，共一万伍卒，通一军人数，共一万三千一百五十六人。凡设军以后，人家添多，添多五家，另设一伍长，添多二十六家，另设一两司马；添多一百零五家，另设一卒长；添多五百二十六家，另设一旅帅；添多二千六百三十一家，另设一师帅，共添多一万三千一百五十六家，另设一军帅。未设军帅前，其师帅以下官，仍归旧军帅统属，既设军帅，则划归本军帅统属。(《天朝田亩制度》，页七，《太平天国丛书》第一集第四册)

乙. 征兵制度

征兵制度的实施，是采用按户抽丁的办法：

凡天下每一夫有妻子女，约三四口，或五六七八九口，则出一人为兵，其余鳏寡孤独废疾免役，皆颁国库以养。(《天朝田亩制度》，页八)

这批征调出来的军队，并不是专门以当兵为职业的，在国家无事的时候，他们是仍旧跟农民一样地从事于耕种的，有事时，才弃农出征的，这也就是“寓兵于农”政策的实施。

每军每家，设一人为伍卒，有警，则首领统之为兵，杀敌捕

贼；无事，则首领督之为农，耕田奉尚。(《天朝田亩制度》)

三、司法制度的创立

太平天国的司法制度，规定民间有争执的时候，先诉之于两司马，请两司马据情判其是非曲直，如果不服，可以按级继续上诉。

> 各家有争讼，两造赴两司马，两司马听其曲直。不息，则两司马挈两造赴卒长，卒长听其曲直。不息，则卒长尚其事于旅帅、师帅、典执法及军帅，军帅会同典执法判断之。既成狱辞，军帅又必尚其事于监军，监军次详总制、将军、侍卫、指挥、检点及丞相，丞相禀军师，军师奏天王。天王降旨，命军师、丞相、检点及典执法等详核其事。无出入，然后军师、丞相、检点及典执法等，直启天王主断，天王乃降旨主断，或生、或死、或予、或夺，军师遵旨处决。(《天朝田亩制度》，页三，《太平天国丛书》第一集第四册)

准次观之，对案情的判断，是很客观的，并且因为不服得以层层上诉，受贿的事自就可以减少下来，不过当时的司法制度组织，跟军制与政制是打成一片而没有分开的，这不能不算是一个很大的缺点。

四、土地的革命

太平天国的革命运动，很充分地表现出是被统治阶级对统治阶级的反抗，贫苦的平民对士大夫的反抗。这在太平天国经济制度的土地改革中，尤其可以反映出来，他们土改的口号是："有田同耕，有饭同食，有衣同穿，有钱同用，无处不均匀，无人不饱暖也"(《天朝田亩制度》，页二)。这很明显地告诉大家，过去私有财产制度必须结束。

依照《天朝田亩制度》的记载，将田分为九等：

> 凡田分为九等，其田一亩，早晚二季可出一千二百斤者，为尚尚田，可出一千一百斤者，为尚中田，可出一千斤者，为尚下田；可出九百斤者，为中尚田，可出八百斤者，为中中田，可出七百斤者，为中下田；可出六百斤者，为下尚田，可出五百斤者，为下中田，可出四百斤者，为下下田。尚尚田一亩，当尚中田一亩一分，当尚下田一亩二分，当中尚田一亩三分五厘，当中中田一亩五分，当中下田一亩七分五厘，当下尚田二亩，当下中田二亩四分，当下下田三亩。（《太平天国丛书》，《天朝田亩制度》，页一）

至于授田的方法，是这样规定的：

> 凡分田，照人口，不论男妇，算其家口多寡，人多则分多，人寡则分寡，杂以九等。如一家六人，分三人好田，分三人丑田，好丑各一半…… 凡男妇，每人自十六岁以尚，受田多逾十五岁以下一半，如十六岁以尚，分尚尚田一亩，则十五岁以下减其半，分尚尚田五分。又如十六岁以尚，分下下田三亩，则十五岁以下减其半，分下下田一亩五分。（同上）

不过，事实上，在一个地理单位里，耕地之面积既有广狭大小之不同，土壤地质有硗瘠肥沃之差异，人口分布的疏密，荒旱之发生等，这些都使计口授田的方法的实施有许多必然的困难，因此又有这样的补充：

> 凡天下田，天下人同耕。此处不足，则迁彼处；彼处不足，则迁此处。凡天下田，丰荒相通。此处荒，则移彼丰处，以赈

此荒处；彼处荒，则移此丰处，以赈彼荒处，务使天下共享……（《天朝田亩制度》，页一～二）

农民除从事耕种外，还可以兼事家庭副业的生产，不过所生产出来的东西，除每人在平均分配下所得的分量归属自己之外，其余的都要归入国库：

凡天下，树墙下以桑。凡妇蚕绩缝衣裳。凡天下，每家五母鸡、二母彘，无失其时。凡当收成时，两司马督伍长，除足其二十五家每人所食可接新谷外，余则归国库。凡麦、豆、苧麻、布帛、鸡、犬各物及银钱亦然……但两司马存其钱谷数于簿，上其数于典钱谷及典出入。（《天朝田亩制度》，页二）

太平天国的革命，在土地改革一项，无论是在理想或实施上所看到的未来民生社会的远景，确是异常健康与美好的，不过，这个改革的基础仍是建立在暧昧的宗教意识之上，依《天朝田亩制度》里说：

盖天下皆是天父上主皇上帝一大家，天下人人不受私，物物归上主，则主有所运用，天下大家处处平均，人人饱暖矣。此乃天父上主皇上帝特命太平真主救世旨意也。（《天朝田亩制度》，页二）

还有一点，太平天国这种土地政策，里面有许多地方，可以证明是由《周礼》一书上采仿过来，而加以发挥的，好比《周礼·地官大司徒》中所说的：

以土均之法，辨五物九等，制天下之地征，以作民职，以令地贡，以敛财赋，以均齐天下之政。

其实这里所谓“五物”，就是“五地所宜之物”，“九等”，也就是“上中下各三等”（上引辑注）。显然这跟太平天国分田的办法是无大差异的，并且，太平天国用田亩制度为建立一切社会制度的中心，这和《周礼》上的主张也是一样的，不过稍加以增损罢了。

至于土地的改革主张，究竟实施了没有，这个问题我们也略加以讨论。根据《贼情汇纂》的记载，有一篇杨乃清、韦昌辉、石达开的《为征办米粮以裕国课奏》说：“弟等细思安徽、江西米粮广有，宜令镇守佐将在彼晓谕良民，照旧交粮纳税。如蒙恩准，弟等即颁行诰谕。”洪秀全批道：“御照胞等所议是也，即遣佐将施行。”

还有现存国立北京大学研究院的一张周志记《租捐执照》，执照是这样的：

今據周志記田主租捐報明

計田十四畝八分此照！

太平天國辛酉十一年十二月

限四日交

寶安局

不作爲憑

由此就可以知道土地共产制度，虽一度发令，要全国一致实行，但是因为“此令已无人理，究不能行”，而予停止，仍改用征收田粮租租税的旧法子，因此我们知道这种革新的土地制度，还没有实行过。

五、工商业的国营政策

太平朝不但实行土地公有制度，并且还创立工商业国营的办法，这当然是为避免商人垄断市场、操纵资本，以贯彻社会共产革命主张的不可忽略的一环。这里分工业与商业两项来说：

甲. 工业

工业完全由政府集中统制，设立大规模的工业生产机构，以完成工业国家化，这就是“诸匠营”和“典官”制度的创设：

> 立诸匠营及各典官，使被胁百工技艺各有所归，各效其职役。（《贼情汇纂·伪军制》）

> 凡二十五家中，陶冶木石等匠，俱用伍长及五卒为之，农隙治事。（《天朝田亩制度》，页三）

> 土营而外，又有木营，其卒皆木工。金匠营，其卒皆金银匠。织营，其卒皆织机匠。金靴营，其卒皆靴鞋匠。绣锦营，其卒皆男绣匠。镌刻营，其卒皆刻字匠。各营以指挥统之，其总制至两司马，亦如土营、水营之制。营中又设各典官，名目至繁，已详伪官制内。总之，掳得诸色目人，则分送各匠营及各典官处，谓之听使，各储备其材，各利其器，凡有所需，无不如意。此等匠营暨典官所属散卒，随营奏技，却不役使打仗，然用诡计以人众惊我时，则百工匠作亦皆使摇旗呐喊矣。（《贼情汇纂·伪军制上》，卷四）

典官制度名目繁多，大体上可分如下数种：

（一）专供役于天王和诸王：如天朝和东西南北翼各殿的典官等是。

（二）专供出纳的事宜：如典圣库、典圣粮、典油盐等，典买办、典天茶、典茶点等，是专为分别办理库藏粮米、油盐、物料、茶叶、茶点等收管之事。

（三）专理文理的事宜：如典籍书，典诏命，并缮写诏旨；典锈刻，主刊刻诏旨天书等。

（四）专理制造的事宜：如典全官，主铸印并镕金银为器饰；典玉局，主雕琢玉器；典绣锦，主督男绣工刺绣织锦；典角帽，主制造寇帽；典金靴，主制靴鞋；典红粉，主制造火药；典硝，主煎熬硝磺；典铁统，领铁工制造兵器铁器；典铜匠，主制造铜器；典木匠、典竹匠、典石匠，都各领其所统工匠，主制造各器具。制造的典官，俱兼收发的事物。

（五）专营陈设的事宜：如典结彩，主张挂灯彩；典花豆，主培植花木，供应瓶盎爱玩，及插鬓薰茶诸用。

组成这个团营的具体生产机构的成员，男女都没有例外，同时又有圣库制度的设立，以管理公物公产，分为朝内及军中二种，一切所得的财物，都要缴交圣库，绝不许归私人所有。

天王诏令各军各营众兵将，各宜为公莫为私，须要一条草对紧天父天兄及朕也。继自今，其令众兵将，凡一切杀妖取城所得金宝、细帛、宝物等项，不得私藏，尽缴归天朝圣库，逆者罪议。

天王诏令通军大小兵将，自今不得再私藏私带金宝，尽缴归天朝圣库，倘私藏私带，一经察出，斩首示众。

吾兴兵即有所获，亦不敢自匿，必上之长官，长官复献之天京，登记收入圣库，以为军需之用。(《太平天国野史》)

并且上至天王，下至散卒，都不发给薪水，待遇上除了一小部的地方有分别之外，其他无分阶级，一律平等。

伪官虽贵为王侯，并无当俸，惟食肉有制，伪天王日给肉十斤，以次递减至总制半斤，以下无与焉，其伪朝内各官，一切衣食，皆向各典官衙取给，军中亦然。(《贼情汇纂》)

一般人民的需要，只均由一个酋长供给，而人民均在其旗下服役者，这办法正是在南京实行的。此处现有王爷十一位，凡人必附属于一王，其名则在该王府注册，各人每日之食品，均从各该王府领用……有几次我们以金钱私行赏给我们抬行李的工人……皆贫乏、困苦、饿到半死的苦力……但虽无头目在场，他们均不接受，盖恐一被察觉，将受死刑也。(《太平天国天京观察记》，引自简又文译《太平天国杂记》)

可见当时实行得相当切实，“各储其材，各利其器，凡有所需，无不如意”，在《贼情汇纂》里所记的这几段话，大体就可以看到太平朝所实行“各尽所能，各取所需”共产社会情况的一斑了。

乙. 商业

商业上的自由竞争，是商人藉以从中牟利，积聚私财的一个主要手段，当然也是实行共产革命的太平朝所不许可的，所以当时，对商业也是采用国营的政策：

商不能自贾以取息，谓货皆为天王之货也。(《曾国藩讨

贼檄文》,《曾文正公全集》)

天下农民米谷,商贾赀本,皆天父所有,全应解归圣库。(《太平天国野史》,卷九,页四)

这样实行的结果,使货币的流通量大为减少,难怪外人到南京,会怀疑好像货币的制度根本被太平天国所废除掉了一样。

在南京时,我们住在忠王府,每日俱得有鸡、鸡蛋等食品之供给,而不管我们的钱,看来他们几乎要废去一切货币的使用,而将全个社会,回复到远古的家族制度。(吴士礼《太平天国观察记》,引自《太平天国杂记》)

不过,这种简单的国营政策,只限于大资本的经营,小商店仍准人民开设:

城(南京)内各种店铺,均不准开设,惟在城外荒凉曾受兵燹之区,间有一二冷淡市场,每日有少少鱼菜陈列出售。(吴士礼《太平天国天京观察记》)

这事在关卡税收上的情形,也可以得到证明:

九江榷税,一日不过数十钱,无非附近贫民小贸易于数十里之内者,若满载客船,殊未多见。(《陈作霖子女供》,引《太平天国革命文化史》所记,页八九)

太平军这种将大资本的商业收归国有的政策实行后,很明显地可以看出有二点成功的地方。第一点,就是不必经过介于生产者与消费者之间之商人的剥削，以抑平商品的价格，增加人民的购买力。

> 关榷所获虽寥寥，然军中之交易，获颇不赀。盖收没百货，凡不济用者，或所征之物过多者，皆于村镇屯积，命三五头目，招徕交易，较常价倍减。乡民始犹疑惧，既见靡他，遂争赴之。或以钱买，或以米豆互易，不数日销售净尽。船载钱米，赍送天京，百货之中，尤以淮盐及湖北布棉为大宗。载江淮之盐，运至兴国蕲黄，卖与民间。征得湖北布匹棉花，复卖与安徽江南百姓。大都交易多在已立乡官之处，若甫陷之地，亦恒招民交易，然民皆疑惧，交易殊不旺也。（《太平天国野史》，卷九，《食货》，页八）

其次，就是海关总计的结果，太平军占领下的关卡，输出的贸易额，年有增加，远非清廷所统治下的输出情形之所可比拟的。

宁波太平朝与清代茶、丝输出量比较表（林利《太平天国》Appendix B. l. 838～839）

种类	年　　份	输出额	年　　份	输出额
丝	一八五〇～一八五一 太平军未至前二年	二四〇〇捆	太平军到后二年	七三二〇捆
茶	清廷统治时	五七六百万磅	太平军到后第四年	七二七二百万磅

总之，在实施土地公有的太平朝里，这种工商大资本经营的权归国有，确是一个绝对必要与进步的政策。

六、妇女解放政策的实施

中国的妇女，在旧礼教残酷的虐待里，简直被剥夺掉了独立生存的权利，使她们成为男子的附属品，这种所加给女子的传统的桎梏与我国的旧礼教是分不开的。到了太平天国朝，它既然否定了旧礼教，于是，所有过去的三从四德等这些束缚女子的教条，也被大胆地推翻了，重新确立了一个男女平等的原则。

> 天下多男人，尽是兄弟之辈，天下多女子，尽是姐妹之群，何得存此疆彼界之私，何可起尔吞我并之念？（《太平诏书·原道醒世语》，《太平天国丛书》）

这个原则的确立，很有重大的历史价值，正如外人所说的："太平社会之改革，以妇女之尊崇为最可效慕，二千年之陋俗，一旦摧陷廓清之。"（林利《太平天国外纪》，卷中，第十一章，页一八～一九）这里分别特加叙述于后：

甲. 禁止缠足

> 太平军又革去女子缠足之恶习俗，凡革命后所生之女孩，皆大足，其年长之妇女，则已受束缚，不复能复其天然之肢体，然两广之妇，则多不缠足者。（林利《太平天国外纪》，卷中，第十一章，页一八）

> 太平天国之妇女装束事宜，容貌庄重有骑马者，大半皆大足。（林利《太平天国外纪》，卷中，页九五）

> 贼婆皆粤西溪峒村媪，赤足健步，无异男子，初至江宁，即传伪令：妇女不准缠足，违者斩首。已缠之足，忽去束缚，几不能跬步，而贼党督令挑抬，其呼号之惨，可以想见。（《贼情汇纂》）

妇女而不肯解脚者，则立斩其足，以示众妇。(《曾国藩讨粤檄文》,《曾文正公全集》)

由此看来，当时对缠足之禁止，是实行得非常彻底的，难怪外人看到这样的情形，都大加赞美是“中国妇女的幸福”。

乙. 教育机会的均等

教育机会的均等是妇女解放的一个大关键，太平天国对这个政策的推行，并没有忽略过去，在教堂中，女子同样可以参加礼拜，国家还另设立妇女院，专门收留天下无依无靠的女子，由公家抚养教导她们。

太平天国对妇女教育平等的革新的精神，在考试制度里，足以表示出来。据《太平野史》所记，当时在金陵试院考校女士，考题为“惟女子与小人为难养也全章”，应试的有二百余人，天王取金陵傅善祥第一名，闾阎群呼她为“女状元”，第三名是扬州林氏，被称为“女探花”，可见教育平等的运动，已在切实施行中了。

丙. 妇女参政

无论政治或军事，妇女和男子一样有同等参加的权利。

男将女将尽持刀，现身着衣仅替换。
同心放胆同杀妖，金宝包袱在所缓。
脱尽凡情顶高天，金砖金屋光焕焕。
高天享福极威风，最小最卑尽绸缎。
男着龙袍女插花，各做忠臣劳马汉。

——《太平诏旨书》

果然英雄

堪嘉弟妹尽英雄，绝胜常山赵子龙。

执锐被坚妖胆丧，朕功迅奏孰能同?

果然衷心

堪嘉弟妹奏朕功，岂逊关张志独雄。
奋不顾身钦尔辈，果然节烈果然忠。

果然忠良

一班弟妹果忠良，大战妖魔尽灭亡。
猛勇刚强天国赖，英名万古永传扬。

自古叛逆……未闻行军以千万妇女随行，而可制胜者。贼之初意，不过欲以众胜寡耳，况广西妇女赤足强有力，尽可用为伍卒……其贼目之眷口，悉充伪王府女官。(《贼情汇纂·杂载》，卷十二)

金田起事，凡信上帝会者，皆举家以从，军中多妇女。(《太平野史》，卷十八，页一)

可见太平军是一支由男女混合组成的新军，这也是前所未有的，从下面这个女官表更可看出女子在当时政治和军事的组织上，是占着怎样重要的地位。(《太平天国野史》，卷二)

女军师	女丞相	女检点	女指挥	女将军
左辅正军师 右弼又正军师 前道副军师 后护又副军师各一人	天官正丞相至冬官副丞相共十二人 恩赏丞相	殿前左一检点至殿右三十六检点共三十六人 恩赏检点	殿前左一指挥至殿右七十二指挥共七十二人 恩赏指挥	炎一正将军至土四副将军共四十人 恩赏将军

（续表）

女总制	女监军	女军帅	女卒长	女管长
前一总制至中八总制共四十人	前一监军至中八监军共四十人	前一军军帅至中八军军帅共四十人 女营前后左右中各八军，共四十军，女营每军帅辖卒长廿五人，两司马一百人，女兵二千五百人，即男营师帅之制	前一军前一卒长至中八军、中二十五卒长，共一千人	前一军前一东管长至中八军中二十五北管长，共四千人，女两司马改名管长
职同检点	职同指挥	职同将军	职同总制	职同监军
天朝内掌门 东西殿内贵使	东西殿内掌门 南北殿内贵使 女绣锦将军	南北殿内掌门 翼殿内贵使 女绣锦将军	翼殿内掌门 燕弟内贵使 女绣锦总制	女绣锦监军

丁. 参加集体劳动生产

太平天国为统治工业的生产，乃创立“诸匠营”和“典官”的制度，这个组织机构的部门极为繁多，生产的成员，除男子外，还有一部分是妇女，可以说给妇女社会身份的一个极好的解决办法。

> 所掳妇女，皆以军法部署，置总制诸官以统之……其善女红者，分入绣锦营，置指挥以官领之，余悉迫令解足，任荷砖、开沟、浚濠、运土诸役，俱立官以督之。(《贼情汇纂》)

当时参加这种劳动的妇女，人数颇不少，女绣锦指挥有二百四十人，女锦绣总制有一百二十人，女锦绣监军有一百六十人，每一监军，统绣工五十人，计女绣工八千人，由这里也可以看出这个机构的庞大了。

戊. 婚姻制度的改革

太平朝对婚姻制度上的贡献,就是一夫一妻制的确立。

太平军中平民,仅许取一妻,永不许离散,非如支那鬻妻或出妻之旧俗,与英人离婚法庭之任人分合者。(《太平天国外纪》,卷中,第十一章)

一夫一妻,理之当然。(《太平天国野史》)

不过对于这项主张在太平军内,虽然很严厉地实行,但是实在还不够彻底,至少说,太平朝许多重要的首脑,还没有抛弃掉古帝王的气习,到了奠都金陵后,广置妃嫔,以遂他们宫廷的淫乐,这不能不算是一件憾事。

各伪王咸买姬妾,而使群下绝人伦之源。(《贼情汇纂》,卷十二)

按他们的新信仰,一夫不一定要限配一妻。他们每藉神圣下凡物启示,以为作恶行淫的护符,甚且藉以废除第十诫帝天父密谈的。(吴士礼《太平天国天京观察记》)

他(天王)又常发一种神学病(即天父降身),藉以告谕人民种种奇异的事情。那一天,他令各王多纳姬妾以庆祝他的寿辰,他说,"亚当最初只娶一妻是很对的,但我现在知识更多,故叫你们各娶十妇"。(《天京游记》,引自《太平天国杂记》)

贼王生日，必迫选民女百余人，送伪丞相蒙得天再选，约得十五人以进各贼。每次，逆贼秀全六人、东贼六人、北贼二人、翼贼一人，谓天父怜各人劳心过甚，赐来美女也，可慨之至。（《金陵癸甲摭谈》，页八）

至结婚的礼仪形式，也有特殊的规定：

余在太平军中，常注意其婚礼的仪式，觉与英国教堂所行者无异，惟不用指环耳。新人入礼拜堂后，由教士为之祈祷，并唱赞美诗。祷毕，教士为新人联其右手，祝福而退。离婚及淫奔，均处死刑。然太平军中，绝不闻此种秽事。（林利《太平天国外记》，中册，页廿五）

太平婚礼，在礼拜堂中由教士主之。旧时男女未谋面而强合，及选择吉日等陋俗，一切革去，惟迎亲礼沿之勿替。结婚之夕，男子至女家，迎其妻归，一如旧制。太平妇女，既与男子自由交接，故婚姻皆极自由，绝无强制。（林利《太平天国外纪》）

不过在革命初期，军中是严禁同居与结婚的，其理由根据《天情道理书》里的记载是这样：

当创业之初，必有国而后有家，先公而后及私，况内外贵避嫌疑，男女均当分别，故必男有男行，女有女行，方昭严肃而免混淆。（《天情道理书》，《太平天国丛书》）

现下贱妖，尚未灭尽，成家合好，尚未及时。我们弟妹，尽须坚耐到底，合力同心，顶起上帝纲常，指日扫尽妖氛，太平一统。那时天父开恩，论功封赏，富贵显扬，使我们一班兄弟，室家相庆，夫妇和谐。猗欤休哉，千万年之功业在此，千万年之福禄亦在此，诚不可以一朝弃也。（同上）

但是所谓“夫妇合好”或“淫奔”的事，并没有绝迹于军中：

其贼目之眷口，悉充伪王府女官，皆隔别不令共处，倘私约就宿，则谓之犯天条，男女皆杀。伪冬官副丞相陈宗扬竟因夫妇同宿，骈首伏诛。各伪王咸买姬妾，而使群下绝人伦之源，且绐之曰：“天下一日平定，方许完聚；未娶者方准婚配，功高者始准置妾。”往往杨贼议奏某官功高，应先准娶妻，其实并未见准。其犯条得用之贼，又恒贷之，罚以将来大家娶妻之日迟娶三年及不准多娶一妻，其意谓男女人之大欲，以此诱之，实以此迫之也。现无淫欲之事，既可保人人精壮，许以事定得妻，庶诸恶少舍死战斗，以冀一朝遂愿耳。（《贼情汇纂》，卷十二，《杂藏》）

本年二月间，又有功勋谢三，胆敢瞒天，奸淫营中姊妹，大犯天条。孰知天父权能，果报昭彰，被人知觉，露出奸情，他自畏逃走。后经天父权能，暗中使他回朝，被兄弟窥见，拿获究办，奏蒙旨准，处斩在案。（《天情道理书》，《太平天国丛书》）

又有梁郭溱，同其妻韦大妹，不遵天诫，屡次私行合好，不图永远之和谐，只贪暂时之欢乐，其愚孰甚焉。故自一路以来，所有不遵天令，夫妇私自团聚者，无不被天父指出，奉行天法，重究在案。（同上）

不过，在“月晦”日，禁例大开，无论已婚未婚的军中男女，都特

准其自由“合好”,不加限制,吴家桢有诗记这件事,诗说:

> 六军女馆重关防,
> 廿五娇娃聚一房。(太平女馆中,以廿五人为一小队)
>
> 轮盼今宵逢月建,
> 满城飞遍野鸳鸯。
>
> ——《太平天国轶闻》

巳. 禁止娼妓

太平朝为欲禁绝娼妓,一面实行一夫一妻的制度,规定夫妇永远不能离开,白头相守,不许有鬻妻离婚的事发生,另外又设立“妇女院”,专门收留寡妇或未出嫁无依的女子。

> 太平之妇女,或嫁或入“妇女院”,无一人可不从父母而又不嫁或入院者,预防无依之女子失身为娼也。此法殊大严厉,凡妇女之违者,即处死刑,致有孀女于夫之墓土未干,即奔从他人者。然娼妓绝迹矣。(林利《太平天国外纪》)

> 娼妓最宜禁绝矣,男有男行,女有女行,男习士农工商,女习针指中馈,一夫一妻,理所宜然。倘有习于邪行,官兵民人私行宿娼、不遵条规开娼者,合家剿洗,邻右擒送者有赏,知情故纵者一体治罪,明知故犯者斩首不留。(《太平天国野史》,卷十,页三十九)

总之,当时在那个为封建旧教条所严格束缚的环境下,太平天国敢大胆地提出以上许多对时代表示反抗的进步的方案,并且具有决心地予以严厉执行,这实在是太平天国最大成功的地方。但是在实行上，太平军首领之中，许多不应有的特权，而且往往藉宗教上欺妄的手段作口实，保留下不少封建的作风，把法律的尊严和统一性破坏无余，这才是无比的憾事。

七、历法的改革

太平天国对中国素来沿用的历法也下过一番改革的工夫，它对旧时代遗留下来的文物制度持彻底反抗的精神，在这里也可以表现出来它废用旧历改颁新历的原因，在《天历序文》里有很详尽的申述：

> 原夫真道行而左道必绝，天情正而天历宜明，荷蒙天父、天兄大开天恩，亲命我真圣主天王降凡作主，扫荡妖氛，凡一切制度考文无不革故鼎新，所有邪说异端自宜革除净尽，聿彰美备之休。故夫历纪一书，本天道之自然，以运行于不息，无如后世之人各骋私智，互斗异谈，创支干生克之论，著日时吉凶之言，甚至藉以推测，用之占候，以致异议愈多，失真愈远。我天朝开国之初，百度维新，乌可不亟为订正以醒愚俗而授民时哉！尝考后世法胜于古而屡改益密者，惟历为最……周、秦历凡六改，汉凡四改，魏迄隋十五改，唐迄五代十五改，宋十七改，妖元五改，明亦数改不定，是皆无知妄作，反致岁失其次，日行失度，诸弊纷纷丛起焉。
>
> 若夫选择日时，致分黄道黑道之殊，趋避吉凶，捏造天恩天煞之异，不思岁月日时皆天父之所定，日日是吉是良，时时无殊无异。故《易》曰："君子吉，小人凶，悔厉吉，失终凶。"是明示人以君子作善则吉，小人作恶则凶，非关卜日选月而定夫祸福也。乃今造好事者借其说以为吉凶休咎可卜而知趋避，不必悔厉修省，大有负于古训之意……

> 兹我天朝新天新地新日新月，用颁新历，以彰新化，故特将前时一切诱惑之私，迷误之端，反覆详明，以破其惑。庶几人人共知天国新历光明正大，海隅苍生咸奉正朔，将见农时以正，四序调匀，天行不息，悠久无疆。中外臣民共嬉游于光天化日之下，举凡旧日一应索隐行怪之习，荒谬妄诞之谈，自不戢而悉泯为，岂不懿欤！（《太平天国丛书》）

由此可以知道制订天历的动机，具有对旧历上的干支生尅等迷信观念的反抗、以示刷新的含意，这是很值得我们称道的。不过新造出来的历法，既非阴历，又非阳历，而为另外一种，定名为“太平新历”。

> 真是太平天日，平匀圆满，无一些亏缺也。故臣等造历以三百六十六日为一年，单月三十一日，双月三十日，立春、清明、芒种、立秋、寒露、大雪俱十六日，余俱十五日……其余从前历书一切邪说歪例，皆妖魔诡计，迷陷世人，臣等尽行删除。盖年月日时皆是天父排定，年年是吉是良，月月是吉是良，日日时时亦总是吉是良，何有好歹，何用拣择。（《太平新历序文》）

这种历法跟阳历同样有便于计算的好处，然而太平历每年皆定为三百六十六日，和阳历的每年定为三百六十五天，每年相差一天，故在每四年之中，会相差三天，后来干王洪仁玕出使美国回来，特加改订，定每四十一年为“斡年”，“斡年”每月定为二十八天，就会多出三十日，恰与四十一年中所少之日数相符。这样总算是没有大错误了。太平朝对于新创的这种历法，曾经很严厉地推行，以期朝内、军中、民间一体遵照应用：

同治改元正月，贼以十二日为元旦，出伪示，令民间易衣冠，不准祀其祖先。(《**光绪慈溪县志**》)

有于同治元年十二月三十日赛神者，谓之私过妖事，卿官例得责而罚之，若年岁在癸亥，贼则谓之癸开，盖以亥为支末，故拘忌而讳言之也。民间契券，亦必运用，否则卿官侦知，将不堪其讹诈。(《**同治长兴县志**》)

兹将太平新历与清历、西历三者列表如下，以作对照：

太平天国新历	清　　历	西　　历
辛开元年正月元日庚寅	咸丰元年　正月三日	一八五一年二月三日
壬子二年正月元日丙申	十一月十五日	一八五二年二月四日
癸好三年正月元日壬寅	二年　十二月廿七日	一八五三年二月四日
甲寅四年正月元日戊申	四年　正月八日	一八五四年二月五日
乙荣五年正月元日甲寅	十二月廿日	一八五五年二月六日
丙辰六年正月元日庚申	六年　正月二日	一八五六年二月七日
丁巳七年正月元日丙寅	七年　正月十三日	一八五七年二月七日
戊午八年正月元日壬申	十二月廿五日	一八五八年二月八日
己未九年正月元日戊寅	九年　正月七日	一八五九年二月九日
庚申十年正月元日甲申	十年　正月十九日	一八六〇年二月十日
辛酉十一年正月元日庚寅	十一年　正月元日	一八六一年二月十日
壬戌十二年正月元日丙申	同治元年　正月十三日	一八六二年二月十一日
癸开十三年正月元日壬寅	十二月廿五日	一八六三年二月十二日
甲子十四年正月元日戊申	三年　正月六日	一八六四年二月十三日

八、社会的建设

太平天国对大众习俗的改造与社会事业的建设，也有过很周详的计划，并且有许多地方，思想之进步、眼光之远大，实在足以令人感佩。现在分为下面数点，分别加以叙述：

甲．禁烟运动

太平天国将吸食鸦片者认为系触犯天条，均处以死刑。洪秀全有一首谕民戒烟的诗，在诗里他简直将吸大烟者看作鬼而不是人了：

> 高天灯草似条箭，时时天父眼针针。
> 不信且看黄以镇，无心天救何新金。
> 吹去吹来吹不饱，如何甘蠢变生妖？
> 戒烟病死胜殊死，脱鬼成人到底高。

太平军对禁烟一项，也是施行得异常彻底的。这在当时清廷向外国乞借船只助剿太平军的照会里得以证明。当然，同时也可以看出清廷外交之卑鄙与无能。两江总督杨文定致英美两国的照会里说：

> 今商民被扰，贸易不通，且贼匪禁烟甚严，一遇我国吸烟之人，无不杀害。统希速发火轮兵船，来江剿击，望速施行。

乙．社会风尚的改造

太平朝对当时陈旧社会的习俗、落后的生活方式，虽然是极细微的地方，都极为注意地加以改造，可见它对旧社会的残渣，一点也不妥协、不放松，这种敢做勇为的革命精神，足以使那些自认为中兴清代的诸名臣汗颜自愧。而对民国以来这一批专门只会敲诈穷苦的老百姓的大官小官们，如果还有良心的话，也应该稍作反省：

夫所谓以风风之者，谓革之而民不愿，兴之而民不从，其事多属人心朦昧，习俗所蔽，难以急移者，不得已以风风之，自上化之也。如男子长指甲，女子喜缠脚，吉凶军宾，琐屑仪文，养鸟斗蟀，打鹌赛胜，戒箍手镯，金玉粉饰之类，皆小人骄奢之习。诸如此类，难以枚举。禁之不成广大之体，民亦未必凛遵，不禁又为败风之渐，惟在在上者，以为可耻之行，见则鄙之忽之，遇则怒之挞之，民自厌而去之，是不刑而自化，不禁而自弭矣。倘民有美举，如医院、礼拜堂、学馆、四民院、四疾院等，主则亲临以隆其事，以奖其成。若无此举，则诏谕宣行，是厚风俗之法也。如毁谤语妒等弊，皆由风俗未厚，见识未广，制法未精，是以人心虞疑不平而鸣矣。又如演戏门剧、庵寺和尼，凡此等弊，则立牧司教导官，亲身教化之，怜悯之，义怒之，务去其心之惑，以拯其迷也。（洪仁玕《资政新篇》，页四～五）

中地素以骄奢之习为宝，或诗画美艳，金玉精奇，非一无可取，第是宝之下者也。夫所谓上宝者，以天父上帝、天兄基督、圣神爷之风三位一体为宝。一敬信间，声色不形，肃然有律，诚以此能格其邪心，宝其灵魂，化其愚蒙，宝其才德也。中宝者，以有用之物为宝，如火船、火车、钟表、电火表、寒暑表、风雨表、日晷表、千里镜、量天尺、连环枪、天球、地球等物，皆有夺造化之巧，足以广闻见之精，此正正堂堂之技，非妇儿掩饰之文，永古可行者也。（洪仁玕《资政新篇》，页五）

此外如禁止溺杀子女、蓄奴婢、演戏、修斋、建醮，倡导建礼拜堂、医院、四明院、学馆，设立残老院，兴车马舟楫，建银行、邮亭、书信馆、新闻馆，各省设新闻官、钱谷库，并不分富、贵、贫、贱，凡每一日无三个时辰工作者，则认为是不务正业之惰民，擒送边远充军，以警颓风之渐。

准此而言，太平天国社会建设的目标，粗可概见了。虽然在前后一共有十四五年短暂的时局里，大部分的精力都耗费在东征西讨的马背上了，以致已提出的许多社会建设的方案，都无法实现。

太平天国政治思想之历史的新评价

一、由反封建革命的立场说

太平天国的革命，有反封建的意义在。

清代因为经济还是停滞于落后的手工业生产制度里，所以一切的社会制度伦理道德观念，还不能拨开数千年以来封建的雾幕，到了道光朝中英鸦片战争之役清廷失败后，五口通商条约订立，中国的闭关政策时期宣告结束。由于帝国主义国家大批机器生产品的进口，促使中国农村金融大崩溃，经济基础渐渐动摇，整个社会掀起一番大骚动是势所必然的。这正如卡尔所说的：

> 鸦片不曾发生催眠的作用，而倒发生了惊醒的作用。

所以太平天国革命的爆发，不过是这时期的社会转变出来的一个必然的形态。它希望通过对封建社会的否定，而进到一个新的阶段去。因此太平军对一切旧社会里封建的实质的形式，都毫不吝惜地加以推翻，例如许多政治制度的新设施、科举制度的重新厘订、女权的提高、神像及“孔家店”的捣毁、旧伦理道德观念的删除，我们只要看了曾国藩《讨粤匪檄》一文中的话，也就可以明了太平天国对封建势力所表示反抗与不妥协的态度了，檄文里说：

为传檄事：逆贼洪秀全、杨秀清称乱以来，于今五年矣。荼毒生灵数百余万，蹂躏州县五千余里，所过之境，船只无论大小，人民无论贫富，一概抢掠罄尽，寸草不留。其掳入贼中者，剥取衣服，搜括银钱，银满五两而不献贼者即行斩首。男子日给米一合，驱之临阵向前，驱之筑城浚濠。妇人日给米一合，驱之登陴守夜，驱之运米挑煤。妇女而不肯解脚者，则立斩其足以示众妇。船户而阴谋逃归者，则倒抬其尸以示众船。粤匪自处于安富尊荣，而视我两湖三江被胁之人曾犬豕牛马之不若。此其残忍残酷，凡有血气者未有闻之而不痛憾者也。

自唐虞三代以来，历世圣人扶持名教，敦叙人伦，君臣、父子、上下、尊卑，秩然如冠履之不可倒置。粤匪窃外夷之绪，崇天主之教。自其伪君伪相，下逮兵卒贱役，皆以兄弟称之，谓惟天可称父，此外凡民之父皆兄弟也，凡民之母皆姊妹也。农不能自耕以纳赋，而谓田皆天王之田；商不能自买以取息，而谓货皆天王之货；士不能诵孔子之经，而别有所谓耶稣之说、《新约》之书，举中国数千年礼义人伦诗书典则，一旦扫地荡尽。此岂独我大清之变，乃开辟以来名教之奇变，我孔子孟子之所痛哭于九原，凡读书识字者，又乌可袖手安坐，不思一为之所也。

自古生有功德，没则为神，王道治明，神道治幽，虽乱臣贼子穷凶极丑亦往往敬畏神祇。李自成至曲阜不犯圣庙，张献忠至梓潼亦祭文昌。粤匪焚郴州之学官，毁宣圣之木主，十哲两庑，狼藉满地。嗣是所过郡县，先毁庙宇，即忠臣义士如关帝岳王之凛凛，亦皆污其宫室，残其身首。以至佛寺、道院、城

> 隍、社坛，无朝不焚，无像不灭。斯又鬼神所共愤怒，欲一雪此憾于冥冥之中者也。
>
> 本部堂奉天子命，统师二万，水陆并进，誓将卧薪尝胆，殄此凶逆，救我被掳之船只，找出被胁之民人。不特纾君父宵旰之勤劳，而且慰孔孟人伦之隐痛。不特为百万生灵报枉杀之仇，而且为上下神祇雪被辱之憾。是用传檄远近，咸使闻知。

准此而言，曾国藩立论的据点，也就是藉太平朝推翻中国一切封建制度的教条伦理道德为口实，而取得一般以“保卫名教”为职责的“读书识字”的儒家信徒的同情与支持。

二、由社会革命的立场说

太平天国的革命，是农民的革命，但是这回革命既不同于中国过去许多次的农民革命，也不同于14世纪的法国、英国农民革命及19世纪以前帝俄时候的农民革命，因为太平天国的革命，除有反封建革命的重大意义之外，更有社会革命的意义在。

太平天国革命的队伍，既然大多数是由贫苦的农民所组成的，所以革命的要求，就代表了中国农村群众的要求，因此太平天国的政治设施，反映出极重的社会主义的色彩。其中最重要的，就是土地国有政策及工商业国营政策的颁行。前者要消灭大地主，以达到如孙中山所说的“平均地权”、“耕者有其田”的目的，后者是要避免商贾从中的垄断与剥削，以实现生产国家化。又如提高妇女的地位、保障妇女的职业、普及妇女教育，使一切的社会、政治、文化、军事、经济等活动，都有妇女参加。又至于社会的改革，如残老院、新闻馆、钱谷库等之设立，严禁不事生产的妓女与游民，这些新颖的制度的创立，实在让我们佩服。

结　　论

太平天国的革命，像一枝美艳的花朵，虽然会给这个冰冷的人世以一丝的温暖与希望，但是在历史的一瞬之间——十五年，就枯萎凋零下去了。旧弦重张，一切陈旧的典章制度，依然骄矜地伸出它脏黑的魔手，来统治着这块隐晦窒息的土地。

这是为了什么呢？

像历史所告诉我们的，单纯是农民基于直觉的意识而发起的革命，这种革命的本身，就决定它不会持久，就是成功，收获也极其有限。

在永安州刚起义的时候，洪秀全就封了五个王，到奠都金陵以后，更大封特封起来了；而天王及其他诸重要首领，在确立了“一夫一妻”的婚姻制度的同时，又添置了十几房甚至于几十房的姨太太；推翻崇拜偶像的迷信，但是又搬出一尊上帝来代替；所谓最足以代表社会主义的色彩的“天朝田亩制度”，命令虽已颁行，实际上根本就没有实行过。私有财产的限制，起初虽然曾经雷厉风行，实施得很彻底，但是到了太平天国的后期，也就破坏无余了，这事我们在《李秀成亲供》里，就可以找出十分确凿的证据：

> 主及朝臣要我助饷银十万，方准我行，后不得已，将合家首饰以及银两交十万。

> 我有银米，那时广救军民，自丹阳而至三岔河、龙都、湖熟、西溪等处之民，被陈坤书、洪春元害死之后，我即发银米，命买抚之。

由忠王拥有那么多的私有的财产的事实就可以看到往日“不得再私藏私带金宝，尽缴归天朝圣库，倘私藏私带，一经察出，斩首示众”的法令，已经不复存在了。太平天国虽然是贫苦的农民阶级的革命，它的政治思想很多都反映出贫农所憧憬的社会主义的色彩，但是究竟缺乏真正革命的理论，所以当洪秀全在天京穿起龙袍、坐起王位之后，往日一切新颖的革命口号，都渐渐听不到了。相反的，所有历史上帝王那种骄奢淫逸的旧风习，又在华丽的宫廷里，渐渐地生长蔓延起来了。这说明着太平天国的革命，不能算是真正的农民解放革命，它是在替换着一个封建王朝所建立的腐朽的朝代，它在走着历史的循环圈。

（1946 年 5 月 10 日）

重要参考书：

《太平天国丛书》(第一集)　　萧一山编
《太平天国史纲》　　罗尔纲著
《太平天国革命史》　　王钟麒著
《太平天国的社会政治思想》　　谢兴尧著
《太平天国革命文化史》　　朱谦之著
《太平天国史丛考》　　罗尔纲著
《太平天国杂记》　　简又文译
《太平天国诗文钞》　　罗　邕　沈祖基编
《太平天国考伪》(《大风》半月刊)　　简又文著
《李秀成亲供》
《天地会文献录》　　罗尔纲编
《夷氛闻记》　　梁廷枏著
《东华录》　　王先谦著
《东华续录》　　朱寿朋著

《皇朝经世文编》 魏　源编
《清鉴纲目》 印鸾章编
《清代通史》 萧一山著
《曾文正公全集》 曾国藩著

第二辑

漫话荔子

一、一骑红尘妃子笑

荔枝，汉朝荔枝称为“离支”。《广语》：“‘荔’字从‘艹’，不从‘劦’，‘劦’音‘离’，刈也。‘劦’音‘协’，‘力也’。‘荔’字固当从‘劦’。《本草》谓荔支木坚，子熟时，须刀刈乃下，今琼州人当荔支熟，率以刀连枝斫取，使明岁嫩枝复生，其实益美。故汉时皆以为‘离支’，言离其树之支，子离其枝，枝复离其支也。”朱应《扶南记》也云：“南海郡多荔支。荔支为名者，以其结实时枝条弱而蒂牢，不可摘取，以刀斧劙取其枝，故名。”

荔枝，今天算是南方一种普通的水果。由于新鲜的荔枝具有色、香、味俱全的特色，在果类中一向被人们誉为“果王”，因此，一两千年以来，它以果类中特异的魅力吸引着人们。北宋苏轼被谪贬在所谓“蛮荒炎瘴之地”的岭南，曾给岭南的荔枝作过极高的评价：“予尝谓荔支厚味、高格两绝，果中无比，惟江鳐柱、河豚鱼近之耳”（《四月十一日初食荔支》诗注），并发出“日啖荔支三百颗，不辞长作岭南人”（《食荔支》诗）的豪语。但是，新鲜的荔枝，不宜久藏，“一日即色变，二日而香变，四五日外，色、香、味尽去矣”（白居易《荔支图序》）。要运递鲜荔枝到远方去而又能保持它原来的色、味、香，在今天的科学技术水平和交通条件下，是轻而易举的事，但是在古时候，的确是一个极为棘手的难题。据《资治通鉴·唐玄宗天宝五年(746)》载：杨贵妃好吃新鲜荔枝，每年派人用驿站的快马从岭南运载，一路不停地奔驰，等赶到京城长安(现在陕西省西安市)时，色、味、香还没有变。晚唐杜牧《骊山感旧》诗写道：

长安回望绣成堆，山顶千门次第开。
一骑红尘妃子笑，无人知是荔支来。

清洪昇在《长生殿》的《进果》一场中描写赶运鲜荔枝的驿马踏坏了庄稼，踩死了人的场面，都是揭露杨贵妃爱吃鲜荔枝给古代人民带来无尽的灾难的事。而当时运进长安城的荔枝，究竟是来自巴蜀，或是来自岭南，或是来自闽中，历来都有争论。

杜甫在夔州(现在四川省奉节县)写《解闷十二首》之十写道：

忆过泸戎摘荔支，青峰隐映石逶迤。
京中旧见无颜色，红颗酸甜只自知。

泸，即泸州。戎，即戎州，现在四川省宜宾市。两地都是以盛产荔枝著称。杜甫离成都东下时，曾经过泸州、戎州。这诗里是指巴蜀的荔枝曾作为给杨贵妃的贡物送入长安。北宋苏轼的《荔支叹》诗也写道：

飞车跨山鹘横海，风枝露叶如新采。
宫中美人一破颜，惊尘溅血流千载。
永元荔支来交州，天宝岁贡取之涪。
(原注："唐天宝中，盖取涪州荔支自子午谷进入。")

北宋蔡襄《荔枝谱·第一》载："唐天宝中，妃子(杨贵妃)尤爱嗜，涪州岁命驿致。"据徐𤊹《荔支谱》载："近阅《涪州图经》及询土人云：‘涪州有妃子园荔支’。”按南宋范成大入蜀，路过涪州，有《妃子园》一绝写道：

露叶风枝驿骑传，华清天上一嫣然。
当时若识“陈家紫”，何处蛮村更有园？
（原注：“涪陵荔子，天宝所贡，去州数里所有此园。然峡中荔子，不及闽中远甚。‘陈紫’，又闽中之最也。”）

元代萨都剌《华清曲题杨妃病齿》诗写道：

成都遥进新荔枝，金盘紫露甘如饴。
红尘一骑不成笑，病中风味心自知。

可知，杜甫、苏轼、范成大、萨都剌等都认为当时杨贵妃吃的荔枝，是从巴蜀运去的。但是据其他的文献记载，也有说来自岭南的。

《唐书·地理志》：“广州南海郡中都督府土贡荔支。”

《新唐书·礼乐志十二》：“帝（唐玄宗）幸骊山，杨贵妃生日，命小部张乐长生殿，因奏新曲，未有名。会南方进荔枝，因名曰《荔枝香》。”

杜甫《病橘》诗写道：“忆昔南海使，奔腾献荔枝。百马死山谷，到今耆旧悲。”

据《徐氏精笔》载：“唐鲍防，襄州人，天宝末举进士。时明皇诏马递进南海荔支，七日七夜达京师，防作《杂感》诗云：‘五月荔支初破颜，朝离象郡夕函关。雁飞不到桂阳岭，马走先从林邑山。’是知贵妃所食荔支，实出海南。”

《浪斋便录》载：“唐世进荔支，贡自南方。《杨妃外传》云：‘贡自南海。’”

无名氏《梅妃传》载:“会岭表(岭南)使归,妃(梅妃)问左右:‘何处驿使来,非梅(梅妃)使耶?’对曰:‘庶邦贡杨妃荔实使来。’妃(梅妃)悲咽泣下。”

以上所引这些资料,都是值得我们重视的。虽然杜甫《病橘》中所写,有人认为作者是引用汉和帝时南海献龙眼、荔枝用快马驰送,死者满路的故事,借以讽刺唐玄宗时进贡鲜荔枝的事,但鲍防毕竟是天宝间人,必能亲知用飞骑运载鲜荔枝入长安的事。蔡襄《荔枝谱·第一》又写道:“洛阳取于岭南,长安来于巴蜀。”徐𤊹《荔枝谱》中对《蔡谱》中所持的这个综合性的见解认为“此实录,后人不复置喙矣”,这个结论是可信的。

第三种说法是主张闽中的荔枝也曾作为贡品运入长安城的。清吴应逵《岭南荔枝谱·杂事上》载:“愚意闽与蜀,俱有贡,特贵妃嗜南海佳种,故驿递尤速耳。《灯影记》云:‘天宝正月十五夜,玄宗于常春殿撒闽江红锦荔支,令宫人拾之。’则闽亦有贡,但非鲜荔尔。”按《吴谱》中这段所说关于唐代闽中也曾进贡荔枝入长安的事,不但于史无证,而且闽中产荔区福(福州)、兴(兴化)、泉(泉州)、漳(漳州)四郡民间,也从没有这种传说,吴氏臆断的话,自然不能成立。至于《灯影记》中所谓“天宝中正月十五夜”,远非荔枝红熟的季节,自然没有鲜荔枝。据南宋吴自牧《梦粱录·分茶酒店》载:“更有干果子,如锦荔、木弹、京枣、枣圈、香莲、串桃、条梨……。”宋梅尧臣《和答韩奉礼饷荔支》诗:“莆阳荔子干,皱壳红钉密。”可知唐天宝年间宫中所撒的“红锦荔枝”,亦即梅尧臣诗中所写的“荔子干”,是用荔枝制成的“干果子”,而不是鲜荔枝。闽中的荔枝当时未被诏令进贡,运入长安城,算是十分幸运的事。否则,荔祸所延,必给福建人民带来可悲的灾难。

其实,关于荔枝北运的事,并不自唐代开始。在现有的文献记载中,还可以追朔到汉代。西汉司马相如(?—前118)在他的代表作《上林赋》中写:“隐夫薁棣,荅遝离(荔)支,罗乎后宫,列乎北园。”这显然是辞赋家手下艺术夸张的说法。据《三辅黄图》载：

> （汉武帝）元鼎六年，破南越，起扶荔宫，以植所得奇草异木……荔支自交趾移植百株于庭，无一生者，连年犹移植不息。后数岁偶一株稍茂，终无华实，帝亦珍惜之。一旦萎死，守吏坐诛者数十人，遂不复莳矣。其实则岁贡焉。

足见在汉武帝时，不但每年从交趾（现在广东、广西的大部分地区和越南北部、中部）进贡鲜荔枝，而且还年年运送荔枝树苗，移植在上林苑的果圃里，实际都没有种活。因此，司马相如在《上林赋》中所描写的“荅遝离支”，自非纪实的笔法。

《后汉书·和帝纪》载：“旧南海献龙眼、荔支，十里一置，五里一候，奔腾阻险，死者继路。时临武长汝南唐羌，县接南海，乃上书陈状。帝下诏曰：‘远国珍馐，本以荐奉宗庙。苟有伤害，岂爱民之本？其敕太官勿复受献。’由是遂省焉。”

南海，郡名，治所在今广州市。苏轼《荔支叹》诗：“十里一置飞尘灰，五里一堠兵火催。颠阬仆谷相枕藉，知是荔支龙眼来……永元荔支来交州……”交州，即汉武帝所置十三刺史部之一的交趾，于东汉末改为交州。苏轼诗中这段话，便是为讽喻东汉和帝刘肇从交州进贡荔支、龙眼，祸害生民的事而发的。足见我国的“荔祸”，已有两千多年的历史了。

二、朱弹星丸粲日光

晚唐诗人郑谷的《荔枝》诗写道：

> 平昔谁相爱？骊山遇贵妃。
> 枉教生处远，愁见摘来稀。

我们再来读蔡襄《荔枝谱·第一》记载：从岭南运入洛阳，从巴蜀运入长安的荔枝，“虽曰鲜献，而传置之速，腐烂之余，色、香、味之存者亡几矣。是生荔枝，中国（中原）未始见之也。九龄、居易虽见新实，验今之广南州郡与夔、梓之间所出，大率早熟，肌肉薄而味甘酸，其精好者，仅比东闽之下等。是二人者，亦未始遇夫真荔枝者也。”从郑谷的诗里，足以印证《蔡谱》上面这段记载大体是符合实际的。巴蜀和岭南的荔枝，在唐代都是作为贡品被征运进入中原地带的。其实，二者的质量，经过当时人的判定，便已有高下低劣之分。唐代女诗人薛涛《忆荔枝》诗写道：

传闻象郡隔南荒，绛实丰肌不可忘。
近有青衣连楚水，素浆还得类琼浆。

唐代曹松《南海陪郑司空游荔园》诗写道：

荔枝时节出旌斿，南国名园尽兴游。
乱结罗纹照襟袖，别含琼露爽咽喉。
叶中新火欺寒食，树上丹砂胜锦州。
他日为霖不将去，也须图画取风流。

象郡，指岭南地带。青衣，即青衣江，在四川省中部，是长江的支流。锦州，即锦城，四川成都府的别称，诗中借指巴蜀。薛涛是长期寓居在成都的，曹松曾亲自到过岭南，并游过岭南的荔枝园，相信他们都曾经饱尝当地的鲜荔枝，他们的结论是一致的：蜀中的荔枝远不如岭南的来得好。由于薛、曹二人只是中原士大夫和文人，足迹都不曾到过闽中，生活的局限使他们无法再将巴蜀、岭南的荔枝与东闽的荔枝作比较。因此，要评定闽中的荔子，只好让当时到过闽中的人来发言。

晚唐诗人韩偓(844—923)长安万年(现在陕西省西安市附近)人,唐昭宗龙纪元年进士,历任翰林学士、兵部侍郎等职,很受唐昭宗皇帝李晔的信任。因为不附朱全忠,于唐哀帝天佑三年(906)秋携带眷属和族人入闽,依闽王王审知。他一到福州,刚好荔枝新熟。这位长期生活在京城一带的诗人初次尝到福州的荔枝,便大加赞赏,为福州的鲜荔枝写下了一组工巧美丽的组诗《荔枝三首》:

遐方不许贡珍奇,密诏唯教进荔枝。
汉武碧桃争比得?枉令方朔号偷儿。

封开玉笼鸡冠湿,叶衬金盘鹤顶鲜。
想得佳人微启齿,翠钗先取一双悬。

巧裁霞片裹神浆,崖蜜天然有异香。
应是仙人金掌露,结成冰入蒨罗囊。

诗人用他那支绚丽的彩笔,来描绘闽中荔子的特异的形象。他将荔枝的鲜红果皮比为鸡冠鹤顶,将皮层下的薄膜比做天上裁下来的霞片,将荔枝芬芳的香味比作蜜蜂采崖壁上的山花所酿成的花蜜,将荔枝的果浆比作天上降下来的凝结成冰凝的甘露。诗人运用传统的比兴的手法,将福州新摘下来的鲜荔枝的色、香、味三者,极其细腻而传神地描绘出来了。

晚唐诗人徐夤,莆田人。唐乾宁间进士,授秘书省正字。五代时,依闽王王审知。他写《荔枝二首》道:

朱弹星丸粲日光,绿琼枝散小香囊。
龙绡壳绽红纹粟,鱼目珠涵白膜浆。
梅熟已过南岭雨,橘酸空待洞庭霜。

蛮山蹋晓和烟摘，拜捧金盘奉越王。

日月薰风卷瘴烟，南园珍果荔枝先。
灵鸦啄破琼津滴，宝器盛来蚌腹圆。
锦里只闻销酸客，蕊宫惟合赠神仙。
何人刺出猩猩血，深染罗纹遍壳鲜。

这两首咏荔枝的组诗，大概是诗人寓居福州时咏福州的鲜荔枝的，真是绛丸枝嫩，琼津珠润，诗人将蛮山烟瘴笼罩下的福州的鲜荔枝写得浓香四射，光彩照人。大概因为诗人是以盛产荔枝闻名的莆田人，跟荔枝结就特别深厚的感情的缘故，当他拂袖离开王审知处归隐于莆田西门外延寿溪畔时，还多次吟咏荔枝以遣兴："岁闰堪怜历候迟，出门惟与野云期。惊鱼掷上绿荷芰，栖鸟啄余红荔枝"（《郊村独游》）。"荔枝初熟无人际，啄破红苞坠野田"（《鹧鸪》）。前者写村郊的秋景，显得色彩斑斓，生意盎然；后者写晴川的荔枝，显得静中有动，是一幅"野田幽趣"的小品画。上面所引韩偓《荔枝三首》，诗题下附有原注："丙寅年秋到福州，自此后并福州作"（《全唐诗》卷六百八十），及徐夤的组诗《荔枝二首》，应当均在福州所写。而《同治泉州府志》误将它们收录。再从唐代莆田其他的诗人如黄滔等人描写荔枝的诗句，以及大约在盛唐时莆田城内北河区便已种植名扬遐迩的"宋家香"良种荔枝的祖树来看，远在唐代，莆田城乡一带便已较普遍地种植荔枝树了。

三、端明品第首推"陈"

北宋蔡襄于嘉佑四年（1059）写成《荔枝谱》一书，共七篇，首创地给闽中的荔枝做了全面的科学总结，它是我国现存最早的一部论述荔枝的品种、产地及培养加工、贮藏等方法的学术专著。为荔枝写谱，宋初有郑熊的《广中荔枝谱》，但书已失传，现存的以蔡襄的《荔枝谱》为最早。之后，续有撰述，如宋曾巩的《福州贡荔支状》、陈寺丞的《续荔枝谱》；明徐𤊹、宋珏、曹蕃、林嗣环及清陈鼎等人先后撰辑的《荔枝谱》，明屠本畯的《闽中荔枝谱》、邓庆宷的《闽中荔枝通谱》，清吴应逵的《岭南荔枝谱》、吴载鳌的《记荔支》等，多达十余种，在植物中作谱之多的，荔枝为首屈一指了。

蔡襄《荔枝谱》写道："闽中唯四郡有之，福州最多，而兴化军（治所在莆田）最为奇特，泉（泉州）、漳（漳州）时亦知名，列品虽高，而寂寥无纪。""兴化军风俗，园池胜处，唯种荔枝，当其熟时，虽有他果，不复见者，尤重'陈紫'……今列'陈紫'之所长，以例众品：其树晚熟，其实广上而圆下，大可径寸有五分。香气清远，色泽鲜紫。壳薄而平，瓤厚而莹。膜如桃花红，核如丁香母，剥之凝如水精，食之消如绛雪。其味之至，不可得而状也。荔枝以甘为味，虽百千树，莫有同者。过甘与淡，失味之中。唯有'陈紫'之于色香味，自拔其类，此所以为天下第一也。"蔡襄将福建福州、莆田、泉州、漳州四郡所产的荔枝，依其等次，分列为三十二品，评定"陈紫"居三十二品的首位，并且推它为"天下第一"。于是，良种荔枝"陈紫"，便扬名四海了。

到南宋时，"陈紫"这品种实际上已不存在了。我们从刘克庄、陆游、王十朋等人的诗中，都可以得到印证：

> 典形无复蒲（莆）人见，风味曾经蔡谱夸。（刘克庄《买"陈紫"》）

> 自从"陈紫"无真本，"皱玉"晚出尤称雄。迩来"鸡舌"擅瑰玮，赞香誉味万喙同。（刘克庄《和南塘食荔叹》）

> 江驿山程日夜驰，筠笼初拆露犹滋。"星球""皱玉"虽奇

品，终忆戎州绿荔枝。（陆游《莆阳饷荔子》）

放翁游蜀十年回，病眼茫茫每懒开。怪底酒边光景别，“方红”“江绿”一时来。（陆游《荔子绝句》其二）

端明品第首推“陈”，花里姚黄是等伦。郡圃一株称“小紫”，故家风味自宜珍。原注：“兴化所送及郡圃所生者皆‘小紫’也。”（王十朋《陈紫》）

莆中“皱玉”价倾城，品第吾何敢妄评。（王十朋《荔支七绝·皱玉》）

足见南宋时，“陈紫”真品，实已消失，而取代“陈紫”的是“皱玉”、“江绿”、“方红”、“鸡舌”、“星球”和“小（陈）紫”等品种了。南宋周去非《岭外代答·花木·荔枝　圆眼》载：“荔枝，广西诸郡所产，率皮厚肉薄，核大味酸，不宜曝干，非闽中比，佳者莫如兴化。海南荔子，可比闽中，不及兴化矣。邕州唯官庄所产数根绝奇，肉厚味长，又当与兴化‘皱玉’比矣。”足见在南宋时莆田所产“皱玉”之珍贵了。

蔡襄《荔枝谱》中还记载关于莆田良种荔枝“宋公荔枝”，即俗称“宋香”或“宋家香”的资料。蔡襄评定“宋香”属闽中第六品，《荔枝谱·第七》写道：

宋公荔枝：树极高大，实如“陈紫”而小，甘美无异，或云“陈紫”种出宋氏。世传其树已三百岁，旧属王氏，黄巢兵过，欲斧薪之，王氏媪抱树号泣，求与树偕死，贼怜之不伐。

这段记载，值得我们注意的是：一、这株“宋香”与“陈紫”之间的渊源关系，即在北宋时便已传说“宋香”是从“陈紫”良种树所培育出来的；二、这株“宋香”远在北宋时便已达三百年的树龄，可以推知“宋香”大约种植于盛唐时期。而更可贵的是这株树龄一千多年的“宋香”古荔枝树，至今还安然无恙地在莆田城内北河区生长，枝叶葱茏茂盛，年年结实累累，被称为“荔枝王”。至于所述“黄巢兵过，欲斧薪之”等语，纯属对黄巢起义军之污蔑。众所周知，黄巢所采取的是流动战术，不营固定的革命根据地。黄巢起义军于唐僖宗乾符五年(878)冬过莆田时，停留时日不多，而荔枝树木质坚密，极不易干，不宜于短时间内作木柴烧用，因此，义军不可能出于这种动机而去砍伐“宋香”。

四、万株红荔艳晴晖

福州是宋代盛产荔枝的地区，据蔡襄《荔枝谱·第三》载：

> 福州种植最多，延施原野。洪塘水西，尤其盛处。一家之有，至于万株。城中越山，当州署之北，郁为林麓。暑雨初霁，晚日照耀，绛囊翠叶，鲜明蔽映，数里之间，焜如星火，非名画之可得，而精思之可述。观揽之胜，无与为比。初著花时，商人计林断之以立券，若后丰寡，商人知之。不计美恶，悉为红盐者，水浮陆转，以入京师，外至北戎、西夏。其东南舟行新罗、日本、琉球、大食之属，莫不爱好，重利以酬之。故商人贩益广，而乡人种益多，一岁之出，不知几千万亿。而乡人得饫食者盖鲜矣，以其断林鬻之也。品目至众，唯“江家绿”为州之第一。

所谓“红盐”，是一种对鲜荔枝进行加工，使能耐久贮藏的方法。蔡襄《荔枝谱·第六》载：“红盐之法，民间以盐梅卤浸佛桑花为红浆，投荔枝渍之，曝干，色红味甘酸，可三四年不虫。馀贡与商人皆便之，然绝无正味。”从以上所述，足见在宋代时福州所产荔枝的丰盛了。当时福州所产的荔枝要不是质量佳美，是不可能成为畅销货品，远销国内外的。据宋孟元老《东京梦华录》第二卷所载，北宋时都城汴梁的饮食果子店内，便有“小儿子着白虔布衫，青花手巾”，“托小盘”卖荔枝的。这盘里的鲜荔枝，当即由福州转运去的。宋《西湖老人繁胜录》记载南宋都城临安每年七八月间售卖福州荔枝的情况：

> 福州新荔枝到进上御前送朝贵，遍卖街市。生红为上，或是铁色。或海船来，或步担到，直卖到八月，与新木弹相接。

南宋周密《武林旧事·都人避暑》卷三也写道：

> 六月六日，显应观崔府君诞辰，自东都时庙食已盛。是日都人士女，骈集炷香，已而登舟泛湖，为避暑之游。时物则新荔枝、军庭李（原注：“二果产闽”）。

以上所载，正可以与蔡襄《荔枝谱》中所述福州荔枝经“水浮陆转，以入京师”的话相印证，只是蔡襄《荔枝谱》中所称“京师”是指北宋都城汴梁，而《繁胜录》、《武林旧事》中所写都是南宋都城临安的情景而已。当时，临安还将“清夏堂赏新荔枝”定为“六月季夏”京城内许多“赏心乐事”的一个项目，足见当时福州荔枝运入南宋都城受人们珍视的程度了（见周密《武林旧事·赏心乐事》卷十）。

据蔡襄《荔枝谱》载：闽中四郡共三十二品良种荔枝中，属福州所产的有“绿核”、“虎皮”、“牛心”、“玳瑁红”、“朱柿”、“大丁香”、“十八娘”、“将军”等达二十种，品种确实丰富。北宋李纲《荔支后赋》：“‘皱玉’丰肤，‘星毬（球）’照江。”南宋陆游《莆阳饷荔子》诗：

"'星球''皱玉'虽奇品，终忆戎州绿荔支。"可见到南宋时，莆田也有北宋时蔡襄所不曾见到的新品种"星球"了。

南宋梁克家《淳熙三山志》卷四十八载：

星球红，止一木，出(闽县)灵岫里田间，枝条生叶，大三倍，色红而不绛，蒂根于脐。

"星球红"，一称"星球"，《梁志》中被列为荔枝的"神品"。明徐𤊹《荔枝谱》在"福州品"条下也收录了这一品种。明丘帷直有咏《星毬》诗：

离离丹实缀如毬，灿烂红光满树头。
莫是宣和灯火夕，鳌山悬挂不曾收？

诗中将"星球"描绘得光华焕发，珍奇可爱。明屠本畯《荔支纪兴》也有"'星球''鹊卵'大如拳"之句。在北宋时，蔡襄在《谱》中评定"'江家绿'为州(福州)之第一"，到南宋、明代间，"星球"已跃居福州所产荔枝的"神品"了。

唐宋以来，闽中荔枝以"福州种植最多"，"品目至众"，可称为"荔枝之乡"。元代诗人萨都剌从北地来到福州，看到了晴晖照耀，绛囊翠叶，掩映数里的荔枝林的情景，无限激情也写下了美丽的诗章：

绿袖持蕉叶，丹林压荔枝。(《初到闽》)

朔雪蛮烟总备尝，白头才到荔枝乡。
浮云不阻怀贤意，得扫寒芜拜紫阳。

潮水通城蚬蛤肥，万株红荔艳晴晖。
守臣只恐山飞去，高筑闉阇锁翠微。(《到闽二首》)

清魏源到广州，曾写《诮荔枝二首》，除了评述岭南的荔枝“为果品之最下，视橙桔、枇杷、梨、桃、葡萄皆不及也”外，还提及“同年武进庄惠生守福州归，亦极言其色、香、味三劣，可谓口有同嗜”。这位于清道光年间出任福州太守的庄惠生为什么那么不赏识在唐宋时期曾经是名扬遐迩的福州鲜荔枝呢？我想这不是没有原因的。蔡襄《荔枝谱》记载：荔枝树“性畏高寒”，虽然当时福州郊区“洪塘、水西尤其盛处。一家之有，至于万株。城中越山（于山），当州署之北，郁为林麓”。但于“福州之西三舍曰水口，地少加寒，已不可殖”。蔡襄曾出知福州府，相信他谱中对这项荔枝与气候关系的调查记录是有所根据的。时至今日，福州地带所产的荔枝，不但品种变劣，而且种植面积，也大为减少，唐宋时洪塘、水西及城内越山等荔枝盛产区如今所剩荔枝树已寥寥无几了。这是由于时历千年所带来本省气候的变化的结果。不过这已涉及气象地理学上的问题了，有待这方面的专家去作进一步的考察研究。庄惠生当时在福州吃到的正是这种品种已经变劣了的荔枝，自然是不可能得到他的赞赏了。

五、别有深红霸群品

古代泉州、漳州两郡，也是盛产荔枝的地方，品种繁多，名品也不少。据《清同治泉州府志》载：“泉州荔支，晋江、南安最多，余县亦有。五月熟者为‘火山’，肉薄味酸，不佳；六月熟者有‘早红’，有‘桂林’，有‘金钟’，有‘白蜜’，有‘状元红’之类，皆佳品，其余种类尚多。七月熟者，俱山荔支，品种数十，壳多粗厚，佳者良有风韵。”蔡《谱》记载，泉州荔支，惟推“蓝家红”、“法石白”二品。“‘蓝家红’，泉州为第一”。“‘法石白’出泉州法石院，色青白，其大次于‘蓝家红’”。蔡《谱》收录，仅限于北宋时期。蔡氏曾知泉州府，以上所述，自非臆测。但是到了南宋，泉州荔枝的产量和品种，似乎都有所增加。据《泉州府志》载：“（南宋）绍兴初，叶守廷珪植二百株于郡圃，王梅溪（王十朋）第之以‘大将军’为第一。今‘大将军’尚有存者，而‘法石白’、‘蓝家红’，在宋时已不可识矣。南宋桃源、社坛及一都、二都、二十一都、三十二都等处，产荔甚佳，名‘进贡子’，每岁大府采买入贡”。这些作为贡品的荔枝经过加工浸制，运入京城，实际已非鲜荔枝了。

王十朋（1112—1171），南宋温州乐清（今属浙江）人。初在梅溪乡间讲学，称为梅溪先生。秦桧死后应试，绍兴二十七年（1157）中进士第一名。出知饶、湖、泉等州。王除了未到岭南外，足迹曾涉遍国内著名的产荔地区，如蜀中的夔州、涪州妃子园、成都及闽中的福州、兴化、泉州、漳州等郡，这些地方所产的荔枝，他都曾亲自品尝，他还吃过漳州府的鲜荔枝“火山”等。他在泉州所写的《病中食“火山”荔枝》、《诸公和诗再用前韵》等诗，便是记述这些品荔的经历的。他还在到达泉州任知府的第二年秋天，写了一组组诗《荔支七绝》，分别对泉州所产的荔枝“小紫（原题写‘陈紫’）”、“江绿”、“皱玉”、“大将军”、“玉堂红”、“夺先红”等七种名品种，分别予以品评。从他这些诗里得以知道了南宋，在泉州郡境内已没有真正“陈紫”的名品，而只有“小紫”。“小紫”大概是“陈紫”分植出来的品种。组诗《荔支七绝》对当时泉州郡所产的荔支排了等次，将“大将军”评定为全郡的首品。王十朋的《大将军》七绝写道：

荔支名字大纷纷，所见多应不逮闻。
别有深红霸群品，郡人呼作“大将军”。
（原注：郡圃荔支以“大将军”为冠。）

漳州荔枝的产量和品种也颇丰富。《漳州府志》载：闽中荔枝惟四郡有之，漳产不减兴、泉。近多砍其树煮汁染网，而老树无存矣。

清丁炜在咏荔枝的诗中，明确地道出闽中的荔枝，虽然声名起于岭南、巴蜀之后，也未能列为唐代的贡品进入京城长安，但到北宋经蔡襄加以评述，定为殊品，写入《荔枝谱》，闽中所产的荔枝，便跃居于岭南、巴蜀之上了。丁炜的诗写道：

粤蜀传名久，闽中晚特殊。
炎云沈黑叶，绛雪濯琼肤。
果熟园丁取，山深驿骑无。
空思三百颗，著谱续君谟。

（1981 年 2 月 18 日）

古荔“陈紫”与“宋香”之间

《文物》1978年第1期所刊《莆田古荔“宋家香”》一文，从文物研究的角度考察了一株有千年以上树龄而至今生机勃勃的荔枝树，并且根据园艺科学介绍了古树的复壮措施，引起人们很大的兴趣。但是文章征引北宋蔡襄（君谟）的两则著述，认为莆田荔枝“良种‘陈紫’即源出于‘宋香’”，又以称许之笔列举了旧籍中对“宋香”的赞誉，似有可以商榷的地方。

该文所引蔡襄的两则著述，一为《宋香诗帖》，一为《荔枝谱》。

《宋香诗帖》，拓本收入明宋珏集刻的《蔡襄诗帖》（即《古香斋宝藏蔡帖》）内。从诗题《谢宋丈诗》下注文，得知这件诗帖是蔡氏于北宋至和三年（丙申，1056年）六月望日所写。诗帖中记述了“宋丈分贶家园丹荔”，在种植古荔的斋馆中宴请蔡襄，蔡即席作此诗“用酬厚意”；还附带述及关于这株古荔的一项传闻，所谓“黄巢兵过欲伐之”之说。诗文中对这株古荔与“陈紫”之间的任何联系，并无只字提及。可以注意的是：一，诗帖起首右上角刊有隶书“宋香诗帖”四个小字，估计是宋珏编集蔡帖时所加。可以推断，“宋丈”的“家园丹荔”即为“宋香”，亦即“宋家香”。二，“宋香”或“宋家香”这个良种荔枝的名称，不可能出现于唐乾符五年（878年）八月黄巢义兵渡江入闽攻克莆田城之前。因为当时这株古荔属于王氏媪，还未归宋家所有。

从蔡襄《荔枝谱》（以下简称“蔡《谱》”）摘引的一段文字，在该文中写的是：

> “宋公(即宋諴)荔枝树极高大，实如‘陈紫’而小，甘美无异。或云‘陈紫’种出宋氏。”

按蔡《谱》中原文是：

> “宋公荔枝：树极高大，实如‘陈紫’而小，甘美无异。或云‘陈紫’种出，宋氏世传其树，已三百岁。旧属王氏……宋公名諴，公者老人之称，年逾八十，子孙皆仕宦。”

将引文与原文相对照，可以看到，漏引和错点，导致了理解的错误，渊源关系的颠倒。原文说的是“宋公荔枝……或云‘陈紫’种出”，即“宋(家)香”据传说是由“陈(家)紫”所培育的。这与“实如‘陈紫’而小，甘美无异”的描述也正相吻合。然而一经错点，遂成“‘陈紫’种出宋氏”，与原意全然相背了。足见句读古籍，不可不慎。

其实，对蔡《谱》中这段文字因句读不当而理解错误，并不自今日始。明永乐初年莆田林环作《宋香记》，已经如此。《宋香记》中一段文字，也为《莆田古荔“宋家香”》所征引：

> 蔡公谱乘，谓“陈紫”种出宋氏，则“宋香”较之“陈紫”，又其尤也。

蔡《谱》撰于北宋嘉祐三年(1058 年)，晚于《宋香诗帖》二年，是我国第一部关于荔枝的果艺专书。继此书之后，同类专著如明屠本畯《闽中荔枝谱》、清吴应逵《岭南荔枝谱》等，不下十余种。至于咏述荔枝的短章、诗文，更是繁多。然而蔡《谱》中对北宋闽中荔枝品种的鉴定、评列，往往为后来所误解、歪曲。在蔡《谱》第一、二篇中，对"陈(家)紫"、"宋(家)香"以及"江绿"等荔枝品种有如下的评价：

荔枝之于天下，唯闽粤、南粤、巴蜀有之。……唐天宝中，妃子尤爱嗜，涪州岁命驿致……洛阳取于岭南，长安来于巴蜀，虽曰鲜献，而传置之速，腐烂之余，色香味之存者亡几矣。是生荔枝，中国(中原)未始见之也。(张)九龄、(白)居易虽见新实，验今之广南州郡与夔、梓之间所出，大率早熟，肌肉薄而味甘酸，其精好者，仅比东闽之下等。是二人者，亦未始遇夫真荔枝者也。闽中唯四郡有之：福州最多，而兴化军最为奇特，泉、漳时亦知名……兴化军风俗，园林胜处，唯种荔枝。当其熟时，虽有他果，不复见省，尤重"陈紫"……今列"陈紫"之所长以例众品……唯"陈紫"之于色、香、味，自拔其类，此所以为天下第一也。

蔡《谱》第七篇就闽中三十二品荔枝逐一列述品名、特征、出产州郡、树主姓氏等，篇目之下特注明"'陈紫'已(以)下十二品有等次"。将"陈紫"列于首条，评为第一品；"江绿"评为第二品；而"宋公荔枝"即"宋(家)香"则评为第六品。但在南宋以来诸书中，"宋(家)香"居然一跃而居首位。就在我们谈到的文章中所引述的，除林环《宋香记》已见上文外，还有以下几例：

南宋淳祐十二年(1252年)以直秘阁知兴化军的林希逸，曾经为"宋家香"主人题匾并且附记："宋香乃宋故家乔木也，蔡《谱》品题，此居其最。灵根一株，生香不断，数百年之风味犹存……因题之曰：'品中第一'。"

明洪武间诗人朱季和、林希哲等都曾以"宋香"为题，诗歌吟咏。朱诗有"宋香品第世绝殊"，"奇香异味天下无"之句；林诗则称"'陈紫'方红固为贵，'宋香'品汇尤珍奇"。

明万历间书法家宋珏，除在他所著的另一部《荔枝谱》中为"宋家香"作记外，亦多留诗咏评。如在《壬寅夏日客建州观方求仲扇上画荔枝寄程孟阳》一诗说：余家荔树列成圃，"江绿""陈红"俱不数，端明学士（按：即蔡襄）善题诗，独取"宋香"冠众谱。

林希逸、朱季和等伪托蔡《谱》，抑"陈紫"而扬"宋香"。他们的欺世之谈，可能与蔡《谱》中那段文字的错误句读有关。固然，古诗文家并非都如林、朱。南宋诗人范成大经涪州时曾作《妃子园》一绝云："露叶风枝驿骑传，华清天上一嫣然。当时若识'陈家紫'，何处蛮村更有园？"题下原注："涪陵荔子，天宝所贡，去州里所有此园。然峡中荔子，不及闽中远甚，'陈紫'又闽中之最也。"至于蔡《谱》对当时国内荔枝品种的品评是否科学、公允，是另外的问题，这里不必多作论述。事实上蔡氏的话在古代也并非众所公认的定评，提出异议者不乏其人。如温如适在《携雪斋诗抄》注中便指出粤中"黑叶"、"香荔"、"挂绿"，"意闽中未是过也"。清朱彝尊在《曝书亭集》中更直截了当地评定粤中所产"挂绿"为天下荔枝第一品，讥讽蔡《谱》特意扬闽中"陈紫"而抑粤中"挂绿"为"乡曲之论"。

以上浅谈，只是有感于征引古籍必须持严谨态度而作。对于《莆田古荔"宋家香"》一文，我们仍然认为，无论就考察古文物或者就介绍新的园艺科学来说，都是可贵和值得欢迎的。

（载《文物》1979 年第 5 期）

唐代的双鬟

唐代白居易的《井底引银瓶》一诗，其中有一句是："暗合双鬟逐君去"。这里，"暗合双鬟"究竟应该怎样解释呢？据傅东华选注的《白居易诗选》（商务印书馆本）及吴遁生选注的《唐诗选》（商务印书馆本）里的注解，都因为"双鬟"是侍女头上的"双髻"，而指"双鬟"就是"侍女"的代称。后者还更明确地写道："暗合双鬟谓暗通侍女也，即言私意惟侍女知之"。这显然是错误的。最近出版的苏仲翔选注的《元白诗选》中，虽然也录了《井底引银瓶》这首诗，但是那里面对"暗合双鬟"一语，究竟是什么意思，苏先生就没有注出。这里"双鬟"是不是"侍女"的代称？"暗合双鬟"究竟应如何解释？我认为有重新提出了讨论的必要。

"双鬟"和"小鬟"、"丫鬟"这些词一样，在古人诗文中，确曾被借用来作为"侍女"的代称的。但是在白居易的《井底引银瓶》中的"双鬟"，我认为是不能解释作"侍女"的。我们来看白居易在另外一首题目叫《山游示小妓》的诗中，开头两句写道：

> 双鬟垂未合，三十才过半。

大概诗中这位年纪才十四五岁的"小妓"，自然还不曾婚嫁，所以她头上的"双鬟"，还是"垂未合"的。我们再看杜甫的《负薪行》一诗中，也有类似的记载：

夔州处女发半华，四十五十无夫家。
更遭丧乱嫁不售，一生抱恨长咨嗟。
土风坐男使女立，男当门户女出入。
十犹八九负薪归，卖薪得钱应供给。
至老双鬟只垂颈，野花山叶银钗并。

这诗里写着作者在夔州看到许多当地的女子，由于遭逢世乱，壮男多被抽调去服役，弄得她们头发华白，年已半百，还是嫁不出去。因此，她们头上的“双鬟”，也只好让它“垂颈”而不能将它“合”（有“结”的意思）起来。由此可以推知，唐代女子头上“双鬟”的“垂”与“合”，不是年龄多少的标志，而是严格地区分着女子未婚与已婚的身份的标志。所以，《井底引银瓶》中的“暗合双鬟”就必须解释作：“（她）暗地里将头上垂颈的双鬟给合了起来，打扮成为一位已婚的女子的模样。”也只有这样，她才敢于去追赶那位陌生的情人跟他私奔而不至于被旁人识破。

孟元老撰的《东京梦华录》卷之五“娶妇”条及吴自牧撰的《梦粱录》卷二十“嫁娶”条下都载着当时女子成婚时“合髻”的风俗。如果两宋时代民间婚娶时这种例必“合髻”的事与唐代女子成婚时要“合”“双鬟”的情形相类似的话，从这里也可以看出唐代女子头上“双鬟”“垂”“合”的风俗，遗留到宋代，也还没有完全消失掉。

（载 1957 年 7 月 21 日《光明日报》“文学遗产”副刊第 166 期）

关于《梅妃传》与梅妃

无名氏的传奇《梅妃传》是唐、宋传奇中的佼佼者。作品最初出现于北宋末年，曾收入明代的《说郛》和《顾氏文房小说》，但均未署作者姓名。到了清代，刻印《唐人说荟》丛书时，却署为唐人曹邺，涵芬楼影印《顾氏文房小说》，在目录中也署曹邺作。对此，鲁迅先生和张友鹤先生曾表示异议。张友鹤在《唐宋传奇选·梅妃传》后的说明中说："清陈莲塘《唐人说荟》曾指为唐人曹邺作，但文中提到叶少蕴。叶为北宋末期人，可证此篇应是宋人所作。"这样断定似乎缺乏说服力，因为《梅妃传》的最后一段，即从"汉兴"到"从来如此"这一整段文字，并非正文本身所原有，而是后人的跋语，在《顾氏文房小说》中，这段跋语的行文格式比正文低两格，与正文判然分开，拿跋语中出现的宋人名字来否定该传为唐人所作，是说明不了问题的。因为跋语虽出自宋人，《梅妃传》的正文却可能是唐人的手笔，跋语与正文的作者未必是同一时代的同一个人。

鲁迅先生在《唐宋传奇集·稗边小缀》中的说明较为周密，他说：

> 《唐人说荟》取之，题曹邺者，妄也。唐宋史志亦未见著录。后有无名氏跋，言"得于万卷朱遵度家，大中二年七月所书"。又云"惟叶少蕴与予得之"。案朱遵度好读书，人目为"朱万卷"。子昂，称"小万卷"，由周入宋……少蕴则叶梦得之

字……是南北宋间人。年代远不相及，何从同得朱遵度家书。盖并跋亦伪，非真识石林者之所作也。

鲁迅先生也主张为宋人所伪作，论证比较详尽，且将跋语与正文分别开来，是高人一筹的地方。但那理由仍似可商。《梅妃传》的"伪作者"是不可能与南北宋间人的叶少蕴同得书与宋初的朱遵度，因为年代远不相及。但"得于万卷朱遵度家"，也可以理解为得之于朱遵度的后裔。我想有能力做如此文章的伪作者，不至于连朱遵度生活的年代也不清楚。再说，宋初的藏书，到南北宋间混乱时才散佚出来也极有可能。明代藏书家祁承㸁的澹生堂藏书，散出于清初康熙年间，可是他家里所保存的一批自著的稿本和家乘之类的书，一直到三百多年后江南土改时，才当做废纸秤了出来，他儿子祁彪佳的《曲品》残稿就是这样发现的。略去过程，径说《曲品》得于祁彪佳家，应该是可以成立的吧。总之，《唐人说荟》将《梅妃传》的著作权归于唐代的曹邺，并无根据，而仅仅依据跋语即定为宋人的伪托，也难以服人。此传的作者是不易查考了，但创作年代似不忙遽然断定，它有可能作于唐，也有可能是五代、宋初人根据唐人残稿或民间流传的梅妃故事加以整理、改编的，自然，也不排除是出于宋人之伪托。

这里还涉及到《梅妃传》的主人公梅妃是否存在的问题。远在一千多年前的唐代，福建省莆田县究竟有无江梅妃这个人，由于新、旧《唐书》没有留下任何记载，争议很大。认为"莆田历史上根本不存在江梅妃其人"者有之，认为"莆田确有梅妃其人"者亦有之。1962年郭沫若南游，途经莆田，写下了《咏莆田》七律一首，诗中有"梅妃故里传犹在"之句，看来，这位杰出的历史学家对梅妃的存在是持肯定态度，并作为莆田地方史上值得一提的人物加以缅怀的。

前年夏天，笔者于《妆楼记》里，发现了一条珍贵的资料，这则材料说：

> 除夕，梅妃与宫人戏镕黄金散，泻入水中，视巧拙以卜来年否泰。梅妃一泻得金凤一只，首尾足翅无不悉备。

《妆楼记》收入《唐人说荟》中，题张泌作。《唐人说荟》往往妄加作者，所以未敢遽信，写信请教北京大学中文系教授，承教授热情赐教说："《妆楼记》题南唐张泌撰，当然不可靠，理由是查无实据。此书最早版本是明刻本，又不见《太平广记》引用，有理由断定它是明人的辑刻，但材料未必明人伪造，可能是从唐宋笔记、类书中辑出的。"否定《妆楼记》的作者为张泌，推断该书为明人辑刻，并没能影响"梅妃戏镕金凤"这条材料的珍贵价值。正如教授所估计，这条资料既有可能辑自唐宋笔记或类书，那么唐宋之间的文人笔记中、民间口头上，也就早已记载、流传着不少梅妃的故事了，这是《梅妃传》产生的基础。唐代确有梅妃其人，应当是不成问题的。

《梅妃传》虽是文学作品，也吸收了不少当时传闻，但基本事实应该承认是符合历史真实的，可以说是一部文学传记作品。

《梅妃传》篇幅不长，但在有限的文学中，却将梅妃一生的主要事迹，从出生的地点、家世，和成年时被太监选录入宫，大得唐玄宗李隆基的宠幸，以及在宫中与杨贵妃争宠而失败，最终惨死于安禄山乱兵之中的全部过程，都做了生动而形象的描述。这里，笔者想结合《唐书》、《资治通鉴》，就梅妃的生卒年月、入选时间，以及何时受宠、何时失宠等问题，作个大略的估计。

史载李隆基在位前后共达四十四年，他所特殊宠幸过的妃子有武惠妃和杨贵妃。《旧唐书·玄宗贞顺皇后武氏传》及《资治通鉴》均载开元二十五年十二月武惠妃卒，"上悼念不已，后宫数千，无当意者。或言寿王妃杨氏之美，绝世无双。上见而悦之，乃令妃自以其意乞为女官，号太真；更为寿王娶左卫郎将韦昭训女。潜内太真宫中。太真肌态丰艳，晓音律，性警颖，善承迎上意，不期岁，宠遇如惠妃，宫中号曰‘娘子’，凡仪体皆如皇后。”（《资治通鉴》卷二百十五），而正式“册杨太真为贵妃”，是在天宝四年（745）秋八月间。可知从开元二十五年（737）十二月到天宝四载（745）八月，这七八年间，正是玄宗从对武惠妃到杨贵妃时期爱情的空白阶段（唐代太监多出福建，梅妃从千里海疆被带上长安，极有可能），所以这个时期也许就是江梅妃从入选、得宠到逐渐失宠的时期。如果这项估计大体正确的话，那么梅妃入选时间，大约在开元二十六年（738）左右，如当时梅妃年龄为十五六岁，则她当出生于开元十年（722）左右。

据《资治通鉴》玄宗天宝五载（746）：“杨贵妃方有宠，每乘马则高力士执辔授鞭，织绣之工专供贵妃院者七百人，中外争献器服珍玩……天下从风而靡。民间歌之曰：‘生男勿喜女勿悲，君今看女作门楣。’妃欲得生荔支，岁命岭南驰驿致之。比至长安，色味不变。”足见杨太真被册封为贵妃后，渐得殊宠。《梅妃传》中所称岭南驿使给杨贵妃荔枝及外国使节进贡珍珠二事，当均发生于天宝五年后之事。因此，梅妃的《一斛珠》一诗，当亦为天宝五载以后所作。

安禄山于天宝十四载（755）十一月叛乱，十二月东京洛阳陷落。叛军西进，直逼京师。天宝十五载（756）六月，“乙未，凌晨，（玄宗）自延秋门出，微雨霑湿，扈从惟宰相杨国忠、韦见素、内侍高力士及太子、亲王，妃主、皇孙已下，多从之不及”。在这场仓皇的逃难中，连妃主、皇孙已下，大多都来不及跟上，作为失宠多年的梅妃，不可能挤入这个逃亡的行列，这是可以断言的。《梅妃传》文后所写玄宗在宫中梦见梅妃对他倾诉“死乱兵之手，哀妾者埋骨池东梅株旁”等语，可能是安史乱平，玄宗自蜀回京后，宫中所流行的传闻。作者特意安排这个情节，增强了文章的浪漫主义气氛。从这些情况判断，梅妃当死于天宝十五载（756）六月间，享年仅三十四五岁左右。

《梅妃传》所写的江梅妃的性格完全不同于杨贵妃。《旧唐书·杨贵妃传》载:"太真资质丰艳,善歌舞,通音律,智算过人。每倩盼承迎,动移上意。宫中呼为'娘子',礼数实同皇后。"《梅妃传》也说:"会太真杨氏入侍,宠爱日夺,上无疏意。而二人相嫉,避路而行。上尝方之英、皇,议者谓广狭不类,窃笑之。太真忌而智,妃性柔缓,亡以胜。"江梅妃则多才女、诗人气质,《梅妃传》说她"淡妆雅服,而姿态明秀,笔不可描画。性喜梅,所居阑槛,悉植数株……梅开赋赏,至夜分尚顾恋花下不能去"。一个是极端妒忌,善于运用权术,阿谀奉迎,心多计广;一个是孤高自恃、性情柔缓,可忍则忍,无所作为。在宫廷角逐中,杨贵妃步步进逼,江梅妃节节败退,终以失败结束。这其中自有复杂的原因,而江、杨二人性格的不同,也可能起了某种程度的作用。

失宠生活的不幸,造就了她的艺术才华。应该感谢《梅妃传》的作者,他给我们保存了梅妃所创作的《楼东赋》和《一斛珠》绝句一首。"柳叶双眉久不描,残妆和泪湿红绡。长门自是无梳洗,何必珍珠慰寂寥。"这首表露出倔强个性的感人短诗,使梅妃成为一位古代福建的女诗人,也给唐代千紫万红的诗坛留下一枝光彩照人的花朵。著名的德国诗人歌德对梅妃的不幸遭遇深表同情,并由英文转译了这首诗,介绍给德国人民,成了中德人民文化交流史上的佳话。这是梅妃、也是杨妃所没想到的吧。

《梅妃传》的写作年代目前尽管无法确定,可以断言的是,这篇传记无论是放在唐人传奇里,还是放在宋人传奇里,都不失为一篇具有思想意义和较高艺术性的作品。只要我们能彻底摆脱长期以来给文学评论界设下的"题材决定论"的束缚,便不难从这篇描写被囚禁深宫的古代妇女痛苦生活的文章中,看出作者积极的题旨来:一面揭露并抨击了玄宗李隆基骄奢淫逸的腐朽生活,一面对梅妃的性格、遭遇及其文学才华流露出赞赏、惋惜和同情。传中,玄宗从“自得妃”起，到赐珠、题像、发尸等情节看，他对梅妃是有一定感情的，但作为封建帝王，后宫妃嫔如云，为了追求新鲜刺激，是不可能将爱情专注于一个女人的。这，正是梅妃悲剧的根本原因。江梅妃，这位从莆田农村长大，又有相当文学修养的古代弱女子的不幸遭遇和悲惨归宿，都是封建制度造成的，因而能够激起后人一掬同情之泪。

（1980 年 9 月）

“海酿千钟酒，山裁万仞葱”辨析

《学术研究》1979年第1期刊载刘道恩先生《“山栽万仞葱”与“山裁万仞葱”》一文，对《毛主席给陈毅同志谈诗的一封信》中关于《西行》一诗“山栽万仞葱”与“山裁万仞葱”的“栽”、“裁”的用字问题，谈了他的看法。陈毅的诗句“山栽万仞葱”，毛主席的修改手迹作“山裁万仞葱”。而在《陈毅诗词选集》中，此句仍用“栽”字而未采用“裁”字。愚意以为此诗句用“裁”或“栽”字，各有其妙，是不难体味的。但刘先生在分析“海酿千钟酒，山栽万仞葱”时，却认为这两句诗“是诗人在银鹰上鸟瞰下界时，浮想到即将同各国人民会面时的热烈情景。从那浩渺的海水，十分自然地联想到宴会上的‘酒’，从那一片郁郁葱葱的大山，又联想到调味品的‘葱’。用‘栽’字，意谓大山早就栽出盛会将用的佐料——葱”。刘先生对这句诗这样的理解，是否“恰切”，我认为值得商榷。

《西行》一诗是陈毅《六国之行》这一组诗的序诗。其中“海酿千钟酒，山栽万仞葱”二句是诗人在访问六国西行途中，坐在飞机上俯视苍茫大海与万仞青山时的即景之笔，因而不大可能与未来访问六国时的“宴会”立即联系起来。此时，诗人俯视机翼下烟波浩渺的万顷波涛，正如千钟醇香的美酒，即使未饮，亦足以招人沉醉。显然，这是诗人对眼下瑰奇壮丽的大海的讴歌与赞美，从而表达了作者对此次为人类的解放事业而出行的无比兴奋的激情。刘先生将诗句中的“酒”和“葱”，强解作诗人在“联想”即将被各国人民接待的“宴会上的酒”和作为“调味品的”、“盛会将用的佐料——葱”，就未免把这两句诗的思想内容理解得太狭隘了，终难免有流于肤浅庸俗之弊，也必然贬低了诗的思想内容，削弱了诗的艺术效果。

而使刘先生作出这种解释的关键，我认为就是对诗句中的“酒”字和“葱”字的理解。在“海酿千钟酒”句中，陈毅为什么既不去写苍茫的大海，又不去写海上蓝色的波涛，而笔触偏偏落在一个“酒”字上呢？这“海酿千钟酒”的“酒”，究竟是什么“酒”呢？古人在诗词中采用类似这种将江波海水比喻为醇酒的修辞手法去抒发其对波光水色的折腰赞叹的感情是颇不乏例的：

遥看汉水鸭头绿，恰似蒲萄初酦醅。此江若变作春酒，垒麯便筑糟丘台。（李白《襄阳歌》）

这是诗人李白将缓缓地流经古襄阳城的汉江浓绿的春水直接比喻做葡萄酒浆的例子。也可能由于李白在此诗中采用此比喻的手法来描绘江水所收到色香飞动、形象鲜明的奇特的艺术效果，影响宋代不少著名的诗人袭用这种比喻的写法来描写水的，似乎已蔚然成风。请看北宋苏轼《满江红·寄鄂州朱使君寿昌》词：

江汉西来，高楼下，蒲萄深碧。

他在另一首诗里写道：

春江绿涨蒲萄醅，武昌官柳知谁栽？

还有黄庭坚的诗有“笑倚武昌江作垒”之句。这些都是将长江的水比喻作美酒的。北宋诗人王安石在《怀元度四首》集句诗其二中写：

舍南舍北皆春水,恰似蒲萄初酦醅。

也是将住宅周围的春水比喻为新酿的葡萄酒的。南宋一些名诗人同样也采用这种写法的:

范成大《午窗遣兴,家人谋过石湖》诗:

画船破浪亦一快,闻道湖光如泼醅。

他又在《初约邻人至石湖》一诗中写道:

荒寒未办招君醉,且吸湖光当酒泉。

这是诗人将美丽的石湖中潋滟的湖水比作酒浆的。叶梦得《贺新郎》一词中写道:

江南梦断横江渚。浪粘天、葡萄涨绿,半空烟雨。

这是将作者楼前的浩渺的沧波比喻做碧绿浮天的葡萄酒的。杨万里诗中也写道:“一夜鸣春雨,诸滩涨绿醅。”这是将滩水比做酒的。北宋欧阳修诗有“花明晓日繁如锦,酒拨浮醅绿似渑”之句,这倒是有所创新地以美酒用来比喻澄绿的渑水的。其实此语源自《左传·昭公十二年》:“有酒如渑。”足见或以酒喻水,或以水喻酒,均取其二者之间所内含的共同的特征,而使诗人容易引起从此及彼或由彼及此之联想而已。因此,以上许多诗词中以水比喻做酒,作家在艺术手法上运用的目的,仅止于形象地去描绘刻画水的特点,从而给人产生更强烈的美的感受,而并非将水比喻为酒,便与“宴会”上所饮的酒产生必然的联系。因此,陈毅在《西行》中“海酿千钟酒”这句诗,也正是掬胸臆之豪情,采用前人常用的比喻的修辞手法来描绘大海、讴歌大海、赞美大海的。刘先生却将“海酿千钟酒”的“酒”，硬给拉扯到“即将同各国人民会面时的”“宴会上的酒”，这就不免牵强和主观了。

在“山栽万仞葱”一句中，陈毅为什么既不去写山上的苍松翠柏，又不去写封顶的封冰积雪、峭壁巉岩，而笔触偏偏落在一个“葱”字上呢？这座种植着“葱”的“万仞”高山，究竟是什么山呢？我的回答是：“葱山”，即《穆天子传》中所写的“舂山”，也就是现在的“葱岭”。“山栽万仞葱”，是诗人在抒写他访问六国行中飞过的葱岭，在即葱岭之景，抒葱岭之情。为了弄清这句诗所蕴含的深刻的思想内容，有必要来重温一下我们先人几千年来有关葱岭山道给我们留下的历史记载：

葱岭在西域。（《礼记》）

朝发兮葱岭。（《楚辞·九怀·通路》）洪兴祖补注：“《后汉书》云：‘曰发西极之高山，西至葱岭。’注云：‘葱岭，山名，其山高大，生葱，故名。’”

天子西征，甲戌至于赤乌。赤乌之人□其献酒千斛于天子，食马九百，羊牛三千，穄麦百载。天子使祭父受之。曰：赤乌氏先出自周宗，大王亶父之始作西土，封其元子吴太伯于东吴，诏以金刃之刑，贿用周室之璧。封其璧臣长季绰于舂山之虱。（《穆天子传》卷二）

王（周穆王）少好神仙之道，常欲使车辙马迹遍于天下，以仿黄帝焉。乃乘八骏之马，奔戎……遂登于舂（“舂”原作“春”，据明钞本改）山。（《太平广记·周穆王》卷二）

按：《穆天子传》、《太平广记》所引的舂山、舂山，即指葱岭。盖"舂"、"春"、"葱"声音相近。

从南道踰葱领(岭)，径大宛。(《陈汤传》卷七十)

南北有大山，中央有河，东西六千余里，南北千余里。东则接汉……西则限以葱岭……其河有两原：一出葱岭山，一出于阗。颜师古曰："《西河旧事》云：'葱岭，其山高大，上悉生葱，故以名焉。'"(《汉书·西域传》卷九十六)

葱岭通则龟兹可伐。(《后汉书·班超传》卷四十七)

葱岭在敦煌西八千里，其山高大，上生葱，故曰葱岭。(《水经·河水注》)

葱岭者，据赡部洲中，南接大雪山，北至热池、千泉，西至活国，东至乌铩国，东西南北各数千里，崖岭数百重，幽谷险峻，恒积冰雪，寒风劲烈，地多出葱，故谓葱岭，又以山崖葱翠，遂以名焉。(唐玄奘《大唐西域记》卷十二)

由此可知，诗人以"万仞"形象地描绘了葱岭的"高大"，用"葱"具体鲜明地勾勒出山上的外貌特征，既描写了外形，又绘出了色彩，却只用了五个字，何等精炼！

葱岭，旧时对帕米尔高原和喀喇昆仑山脉诸山的总称，在新疆西南境，自北而南，绵亘于疏勒、蒲犁诸县之西，昆仑、天山等皆发脉于此，素有"亚洲的山脊"之称。葱岭山道，为古时中国与西方交通的通道——丝绸之路。它是古代中西人民长期往来所结成的深厚友谊的见证。

(1979年6月15日)

释“了语”

“了语”，中外有些辞书虽然收录，各有各的不同解释，而均未能确切精当地诠释其含义。

《辞源》(修订本)第104页：“了语：谓说到尽头之语。《世说新语·排调》：‘桓南郡与殷荆州语次，因共作了语。顾恺之曰：‘火烧平原无遗燎。’桓曰：‘白布缠棺竖旒旐。’殷曰：‘投鱼深渊放飞鸟。’桓，桓玄；殷，殷仲堪。”

《辞海》(1936年版)第58页：“举完了之事以为语也。”

日本诸桥辙次《大汉和辞典》第410页：“了语：明白深意之问答语。《晋书·顾恺之传》：‘桓玄时与恺之同在殷仲堪坐，共作了语。顾恺之曰：‘火烧平原无遗燎。’玄曰：‘白布缠根树旒旐。’仲堪曰：‘投鱼深渊放飞鸟。’”

台湾省《中文大辞典》：“了语：㊀ 谓明白深意之问答语也。《晋书·顾恺之传》”同《大汉和辞典》所引，从略。“㊁ 举完了事以为语也。”

可知《中文大辞典》关于“了语”一词的释文，除了㊀义项是转译自《大汉和辞典》，㊁义项照抄自《辞海》(1936年版)外，了无新意。而㊁义项欠举书例，倘欲补上，谅亦不出《世说新语·排调》及《晋书·顾恺之传》中二例。而《晋书》与《世说新语》二者除成书时间各有先后外，有关所载“了语”之内容，实则一事。《中文大辞典》贸然以同一书例中的一词，分立两个义项，难免构成瑕疵。《大汉和辞典》与《中文大辞典》均释“了语”的“语”字为“问答语”，纯属误解，实欠根据。以上二条不同出处的书例中，均只述顾、桓、殷三人各撰同韵的寓“了”字含义的一句七言之语而已，并不存在问答的语式。据清杜文澜《古谣谚·凡例》(中华书局版)第7页指出“了语，如《晋书·顾恺之传》载其与桓玄、殷仲堪共为了语”，不属古谣谚，甚是。至于“了语”一词中的“了”字究竟包含什么意义呢?《广韵·释诂四》:“了，讫也。”“了”释为“讫”，即“结束”、“终了”，只算是解释了“了语”中的“了”字部分的含义。扬雄《方言》卷二第18页释“了”字为“苦。楚曰苦，秦曰了”。“了”字训“苦”、“了”，正合“了语”中“了”字的全部含义。近读北宋《苏学士集》中《了语不了语》诗二首，作者苏舜钦在此诗题下自注:“了语，效晋顾恺之、殷仲堪作。”兹将苏氏其中《了语》一诗抄录于下：

公餗欲成忽覆鼎，
银缾汲绝还沈井。
乳虎咆哮落深穽，
青萍一挥断人颈。①

不难看出，无论从《世说新语》、《晋书》顾传和苏诗中考察“了语”中的“了”字，它既含有“讫”、“了”——事情已经结束、终了的普遍意义，又兼有“苦”——祸事、败事，表示这事情带有不同程度的灾难性或悲剧因素的结局的特殊意义。这也证实了《方言》中对“了”字训“苦”、“了”的正确性。“了”字这个特殊含义，至今仍保留在福建莆(田)、仙(游)及闽南一带地区的方言词汇里，活在大众的口语里，这算是极其可贵的古代语言的化石。

再看《红楼梦》第一回中疯道人唱《好了歌》和他对“好了”二字

---

① 《苏学士集》卷一(《四部丛刊》版)，第15页。

的解释："可知世上万般，好便是了，了便是好；若不了，便不好；若要好，须是了"，以及甄士隐对《好了歌》"注解"的一段话，自然它也真实地反映了曹雪芹世界观中所包含的消极的一面，但这几段文字，实际上也是《红楼梦》的作者给"了语"下了个相当恰切的注脚。《好了歌》中所反复形象地描绘着从"好"到"了"的事情发展过程的特征，不也表现在"了语"中"了"字往往所带着的悲剧性的含义吗？探索了《好了歌》中"了"字所包含的意义，也有助于我们进一步去认识整部《红楼梦》所描述的从"昌明隆盛之邦"、"诗礼簪缨之族"到"食尽鸟投林，落了片白茫茫大地真干净"这封建社会贵族统治阶级从兴盛到衰亡的必然过程。遗憾的是截至目前止，任何一部《红楼梦》的注释本，对《好了歌》中的"了"字的含义，均避开不谈，未能作出确切的诠释。

因此，了语，只宜释为：寓意事情（常指祸事）已成定局，无可挽回之语。

（1979 年 12 月 11 日）

释“凌云”

毛泽东的《水调歌头·重上井冈山》一词中的“久有凌云志”的“凌云志”，不少的注释本将它解释为“凌云壮志”。这样理解，不免存在望文生义之弊，与下句“重上井冈山”之语义，佶屈聱牙，无法顺读。

近读明李贽编的《初潭集·山水篇》中有一段记载：

> 荀中郎（荀羡）在京口，登北固望海，云：“虽未睹三山，便自使人有凌云意。”

《初潭集》一书为李贽依据南朝宋刘义庆的《世说新语》和明焦竑的《焦氏类林》二书纂辑而成的。其实，《初潭集》中这段文字，最初是来自《世说新语》的。现将《世说新语·言语第二》卷上之上的记载抄录于下：

> 荀中郎在京口（《晋阳秋》曰：荀羡，字全则，颍川人。光禄婿，为驸马都尉。是时，殷造参谋百揆引羡为援，频莅义兴、吴郡，超授北中郎将、徐州刺史、以蕃屏焉。中兴书曰：“羡年二十八，出为徐、兖二州中兴方伯之少，未有若羡者也”），登北固望海，云：“虽未睹三山，便自使人有凌云意。”

足见《重上井冈山》中“凌云”一词，应溯源至《世说新语》。乃知毛泽东《重上井冈山》词中“凌云”一词是来之有自，引用一个典故。它只能作“升入云端以比喻攀登高峻的山峰”来解释。类似采用这种比喻的修辞手法来写攀登高山，在古代诗词作品中是颇不乏例的。最早让我们查到的有南朝宋诗人谢灵运《登石门最高顶》诗：“惜无同怀客，共登青云梯。”唐李善注：“张湛《列子》注曰：‘云梯可以陵虚。’”其实，诗中“青云梯”，乃指山中石径。唐代诗人李白、杜甫等在其诗作中，均曾采用类似的修辞手法。

李白《梦游天姥吟留别》诗：“脚著谢公屐，身登青云梯。半壁见海日，空中闻天鸡。千岩万转路不定，迷花倚石忽已暝。熊咆龙吟殷岩泉，木深林兮惊层巅。云青青兮欲雨，水澹澹兮生烟。”清王琦注：“青云梯，谓山岭高峻，如上入青云，故名。”李白《登太白峰》诗：“西上太白峰，夕阳穷登攀。太白与我语，为我开天关。愿乘泠风去，直出浮云间。”这里末句所写“直出浮云间”，也是指攀登高处的意思。

杜甫《石龛》诗：“伐竹者谁子？悲歌上云梯。”

高适《宋中遇林虑杨十七山人，因而有别》诗：“遥见林虑山，苍苍戛天倪。邂逅逢尔曹，说君彼岩栖。萝径垂野蔓，石房倚云梯。”

王维《和宋中丞夏日游福贤观天长寺之作》诗：“钓矶开月殿，筑道出云梯。”清赵殿成注云：“刘良注：‘仙者因云而升，故曰云梯’，然考唐人诗句，多以山磴为云梯也”。

王琦、赵殿成所说是正确的。因此，以上李白、杜甫、王维等诗中的“青云梯”、“云梯”等，均只能作山中石磴解。

再读宋代一些名家的作品，在他们的诗词中，也有类似的写法：

辛弃疾《临江仙·停云偶作》下阕写道：“多谢北山山下老，殷勤一语佳哉。借君竹杖与芒鞋。径须从此去，深入白云堆。”

陆游《小筑》诗：“罗雀门庭无俗驾，缘云磴路有归樵。”宋人诗词中，“直出浮云间”、“深入白云堆”、“缘云”等，均以“云”喻其山的高峻。

毛泽东这首词中的“凌云”，也只有作这样的理解，不但与下句“重上井冈山”读起来语义畅顺，且与后面的“高路入云端”，互为照应。因此，毛泽东的《水调歌头》一词的开头两句的意思是：

“好久前就想重上这座高入青云的山峰，今天，我终于登上了井冈山顶。”

（1979年10月14日）

提线木偶戏琐谈

泉州的提线木偶戏，以演技之精，载誉中外。提线木偶戏实为极古老的一种剧种。近在《影剧报》上读老君的《提线木偶古今谈》，得益不浅。兹据手头翻检有关材料所得，杂以己见，写此短文，藉以向读者、专家求教。

据《旧唐书·音乐志二》记载："窟礧子，亦云魁礧子，作偶人以戏，善歌舞，本丧家乐也。汉末始用之于嘉会。齐后主高纬尤所好。高丽国亦有之。"按"窟礧"，即"傀儡"。晋干宝《搜神记》卷六中也有类似的记载，均明确指出傀儡戏"本丧家乐也"。至汉代（汉末）才用之于"宾婚嘉会"。无疑的，这是古代木偶戏从演出形式到剧目内容上一个重大的突破，对于木偶戏的演变与发展，具有极大的意义。

《全唐诗》卷三第四二页载唐明皇李隆基撰《傀儡吟》一绝云：

刻木牵丝作老翁，鸡皮鹤发与真同。
须臾弄罢寂无事，还似人生一梦中。

诗末原注："《纪事》云：'明皇为李辅国迁于西内，曾咏此诗。'"据《旧唐书·玄宗本纪下》载："乾元三年七月丁未，（上皇）移幸西内之甘露殿。时阉宦李辅国离间肃宗，故移居西内，高力士、陈玄礼等迁谪，上皇浸不自怿。"《资治通鉴·唐肃宗上元元年》中还记载：

“(上皇)因不茹荤,辟谷,浸以成疾。”第二年就病没了。元陶宗仪编的《说郛》中,亦曾收录李隆基《傀儡吟》一诗,并还注明这位退了皇帝位被尊为“上皇”的李隆基当时生活的遭遇和他写这首咏傀儡诗的意图。无疑的,李隆基当时实际等于被李辅国幽禁于西内,他有意借吟咏悬丝傀儡戏中的“木老人”以自况,发泄他内心忧郁愤懑的情愫。这也是历来诗人所惯用的“咏物寓情”的艺术手法。由于悬丝傀儡须由人牵线才能动作,“傀儡”一词便被后人比喻为徒有虚名,被人操纵不能自主的意思。《旧唐书·音乐志二》载:“歌舞戏,有大面、拨头、踏摇娘、窟礧子等戏,玄宗以其非正声,置教坊于禁中以处之。”足见当盛唐之际,即使傀儡戏与大面等同样遭到唐玄宗的冷遇,但它还得以安全地被保存在宫廷里。不难想象,至少在唐玄宗在位的四十多年中,宫廷教坊里,有时还是看得到悬丝傀儡戏的演出的。李氏咏傀儡绝句也足以作为《旧唐书》里这段记载的印证。

北宋孟元老《东京梦华录·京瓦伎艺》载:“般(搬)杂剧:杖头傀儡任小三,每日五更头回小杂剧,差晚看不及矣。悬丝傀儡,张金线。李外宁,药发傀儡。”作者孟元老是北宋都城汴梁生活的经历者,可知当时京都瓦肆间已盛行仗头傀儡、悬丝傀儡和药发傀儡了。

南宋耐得翁《都城纪胜·瓦舍众伎》载:“弄悬丝傀儡(原注:‘起于陈平六奇解围’)、杖头傀儡、水傀儡、肉傀儡(原注:‘以小儿后生辈为之’)。凡傀儡敷演胭粉灵怪故事、铁骑公案之类。其话本或如杂剧、或如崖词,大抵多虚少实,如巨灵神、朱姬大仙之类是也。”《西湖老人繁胜录·瓦市》载:“杖头傀儡,陈中喜。悬丝傀儡,炉金线。……水傀儡,刘小仆射。”周密所撰的《武林旧事》成书于南宋亡之后,其中所记南宋都城临安关于搬演悬丝傀儡等,则更为详尽,连当时傀儡戏所演出的剧目都开列出来,有助于我们去理解当时江南一带盛行傀儡戏的真实面貌。

南宋著名诗人范成大的《请息斋书事三首》之二:“刻木牵丝罢

戏场，祭余雨后两相忘。”范氏晚年退休在家乡吴县石湖(今江苏省苏州市石湖)，请息斋是他在石湖的书斋，此诗是他所写的纪实之作。从这两句诗中可以概见当时吴中农村亦已盛行牵丝木偶戏，并且还沿袭旧例，用在祭祀时演出，与《旧唐书》等书所载乃“丧家之乐”的用场，大体符合。

从以上这些资料考察，足以看出：一、宋代的傀儡戏，除悬丝傀儡，即今天的提线木偶戏外，还有杖头傀儡、药发傀儡、肉傀儡、水傀儡四种。而悬丝傀儡起源于汉初陈平六奇解围。二、悬丝傀儡戏在唐代还不盛行。到了宋代，随着城市的繁荣发达和市民阶层的壮大，促进了傀儡戏的急剧发展，使傀儡戏从“丧家之乐”和“用之于嘉会”的局限中解放出来，而形成为都市中独立存在的一种新剧种，供广大市民观赏，不但演出的剧目繁多，而且演技精巧，还出现了许多表演傀儡戏的名角，如“金线卢大夫、陈中喜等，弄得如真无二，兼之走线者尤佳”(南宋吴自牧《梦粱录·百戏伎艺》)。三、由于傀儡戏不同于别的剧种而具有独特的表演手法，适宜搬演“胭粉灵怪故事、铁骑公案之类”以及“大抵多虚少实，如巨灵神，朱姬大仙之类”的戏。以今天的语言表达，它既适合去演现实生活题材的戏，又适合去演神话之类非现实生活题材的剧目。可见泉州提线木偶戏当前以演出《水漫金山》、《大闹天宫》、《三打白骨精》等神话剧，扬名中外，赢得广大观众的赞叹，是由来有自的。这项可贵的经验，远在近千年前之宋代便已加以总结了。这项经验也是由木偶戏这一特殊的剧种所决定的。今天，我们在回顾木偶戏所经历的这段漫长的发展过程中，应本着“古为今用”的精神，总结历史经验，进一步提高艺术水平，创作出更优秀的剧目。让泉州的提线木偶戏在祖国美丽多彩的艺圃里开放出更鲜艳的花朵吧！

(1980 年 5 月 15 日)

第三辑

垦 殖 的 歌

那流泪播种的
必须欢呼收割

——《旧约·诗篇》

唱向春天的太阳

我，行走在春天的阳光下
我，歌唱在春天的阳光下
春天的阳光正如春天的大地
　　是无比的温馨与美好的
而我的歌声
　　也充满着新生和希望

往日呵
当灰雾迷蒙的季节里
春天的太阳——
我曾经像呼唤恋人的名字一样
　　用虔诚的心情，旋律的音响
呼唤着亡命在远方的你
　　我呼唤你爱情的光辉
　　我呼唤你黄金的色泽
如今你来了，来得正好呵
不管你曾经跋涉过多长多艰辛的路程来的——
　　踩过北国冰冻的江河来的
　　走过崎岖的岩道来的
　　冲过灰色的林子来的

从黑龙江来的，从黄河来的，从扬子江，珠江来的……
总之，你来得好，来得好呵

每日当天地还是很昏黑的时辰
在远远的那边
　　在山的顶端
　　平原的边缘
　　海的尽头
你向这块被严寒所绞杀的土地
　　倾注下金色的光液
——这万物生命的源泉的光液呵
你的光焰为什么如此热炽
　　晒得我霉湿而冰冷的脸额发痒起来了
你的光芒为什么如此锋利
　　刺得我的双眼都不敢向你睁开呵

我要问你，春天的太阳——
你可知道我们在这一冬里所过的
　　被迫害与屈辱的生活吗
你曾听聆到这块土地被奸污的哀叫吗
你曾瞧过几千几万的村庄被虐待的惨状吗
冬天，这季节的恶魔
它支使着暴戾的北风
　向大地每一个角落作威作福地吆喝与鞭笞
　　它将绿色的树叶吹成枯黄
　　将绿色的草尖吹成枯黄
　　将良善的人们身上的衣裳撕成碎片
　　它要把这人世塑成沙漠呵

然后叫冻冽的雪花
　　将原野密密地蒙蔽住
于是，一切的生命被摧毁了
　　大地被窒息了
（纵然人们的血管里
　　在奔腾着仇恨和愤怒的血液）
今天呵，你终于来了
你在这块贫血萎黄的土地上
播送下金色的声音和光彩
呵，春天的太阳
　　你有如一支发达过剩的内分泌腺
　　刺激得大地成为一个早熟的少女
这只不过是二月天——
　　寒冬的脚步刚去不远的月季
郊野已显得那么丰实与妩媚
　　麦田绿得像一片大海
　　油菜花在风前纵情地
　　　　挥旋着她黄色的裙裾
　　　　轻佻地向你装模作样……
——好一幅光彩斑斓的图案呵
瞧，成千成万的人群来了
　　带蹦带跳地，笑得似哭地，由四方八面潮涌过来了
他们不是像往日
　　被驱进阴暗的地窟
　　去拾取奴隶的锁枷
不呵，他们正要冲进
　流泻着阳光的
　春天的广场

去接受自由的生命的开始

呵，春天的太阳，春天的太阳，春天的太阳……
我爱这样响亮地叫你
我要叫到一百遍，一千遍，一万遍
我还要告诉你
　像告诉我妈时那样轻细地告诉你——
每天，我都起得比你还早
　　当满天的繁星还未曾褪色的时候
　　当草尖露珠正浓的时候
　　当那位吹号的少年
　　　还没有起来吹号时候
我就走上了山岗
等待着你的到来
　　（等待你滚着黄金的轮子
　　披着黄金的发丝
　　自辽远的天边到来）
于是，我伸出阔大的手臂来拥吻你
　　挂着由夜间恶梦中
　　　所带来的泪痕来迎迓你
　　用自乡村里带来的
　　　粗犷的声音来欢呼你

我向所有得到你的恩泽的生命点头
　　向为劳动而歌唱的水磨
　　向叫着汽笛的工厂
　　向那位每天由篱笆边走过的挑水的女郎
　　向那队要开去晨操的同志们

向马车，向羊群，和牧羊的孩子
向云雀，油菜花，葡萄藤，马铃兰……
我向所有得到你的恩泽的生命点头

于是，我开始歌唱了
我将你生命的新生和希望
谱进我的歌里去
然后让我的震颤的歌声
驾驭着你辉煌的光彩
飞向祖国的每一个
乡村和都市……

（1946年2月）

夜

闪电像一条青蟒
驰过漆黑的天穹
风挟着粗大的雨点
探进窗子里来
这么凶残狂暴的夜呵
我不禁怀念起那些
漂海远行的人马

常 春 藤

让纤细的花朵伸向太阳
让纤细的绿叶伸向太阳
这一丛纤细的生命
永远将心灵
伸向青春

在无边的风雨里
摇摆起轻盈的身躯
你是怎样地骄矜着
你的生存呵……

海的那边在召唤

——献给要到台湾去的朋友们

海的那边
我们所眷恋的土地在召唤
有呼啸着暴风雨的海洋
有椰子树伸出来的阔大的绿叶
有铺满阳光的发亮的草原
有用热风所孵育出来的甘蔗田
有永远栖息着春天的山峰
有忘记了北国冰期的河流
有为祖国守节的白发苍苍的遗老
和似怀念他们远别的情人般的
怀念着祖国的少男少女们
在召唤呵

将鲜明的旗帜指向海的那边
将自由的歌声飞溅到海的那边
将祖国光和热的种子
播送到海的那边
那边呵，有我们抢回的
腴美而受难的土地

那边的土地
是永远属于祖国的

驮负着真理的预言
和狂热的欢呼与希望
踏上这二十世纪五十年代的
堆砌满胜利与光荣的道路上
走向在召唤着的
海的那边

（1945 年 10 月 18 日）

灯

不想用你来骗取豪华
不想用你来粉饰太平
我要叫你流泻出
人间最高贵的光彩
来照耀奔驰于我笔尖底下的
生活与爱情的诗篇

（1945 年 8 月 15 日）

秋　晨

穿过乳黄色的雾的轻纱
我行走在秋天的早晨里

等待着丰收的田野
这储藏祖国胜利动力的仓库
裸露出黄金的谷穗所织成的
丰硕的胳膊
伸展向大地的边缘
九月的风
哦,这位时间的感敏者
当它掠过苍郁的栗子林的时候
于是,第一片的枯叶
飘落在道旁了
——这是故乡看红叶的好季节呵

我轻轻地从爬行着南瓜藤的溪岸旁走过
我轻轻地从结满着露珠的田塍道上走过
我轻轻地从于黑夜的门限底下爬出来的
土地的胸脯上走过
我细心地谛听着

花头鸟的歌唱，溪流的歌唱，水磨的歌唱
连同所有说不出来的
田野间美妙的音响
我不知道将怎样去写出
对秋晨的恋依与爱慕
我尽情地呼吸着稻穗和泥土所渗合的
新鲜而芬芳的气息
我解开身上的衫扣
让轻风以温暖而透明的唇尖
来亲吻我裸露的胸膛
让我从熏黑的屋子中所带来的
积郁而发霉的灵魂
在这个时刻荡涤个干净
于是，我感到
秋晨——
像一颗未经以爱情的金钥开启过的
少女贞洁的心怀
温馨而宁静的呵……
我以贪婪纵欲的眼睛
流泻出无比深沉的情意
亲昵地瞰视着这辽敞的
南中国佳美的秋晨

（1945 年 9 月 25 日）

萤 火 虫

不甘于黑夜的寂寞
让自己的生命
燃起红色的火把
每一枚细小的心灵
闪烁着一枚
不灭的希望

静 静 的 夜

我喜欢吹熄了灯
独自守着静静的夜——
当风没有吹雨没有打的时候
当月亮落土星火满天的时候
当山狼嗥哑了嗓子的时候
当守夜的老人忘记了敲钟的时候

在静静的夜里
我分明地听到大地被鞭挞的惨叫
听到腥污的空气卷着黑夜的大旗
由四方八面猛扑过来粗暴的音响
听到为噩梦所纠缠的人们所发出的
痛苦的喘息

但是,静静的夜
是庄严的,高贵的,母性的
(是生的挣扎最高的音符)
——静静的夜才不是静静的呵
像一颗还没有绽放的蓓蕾
包藏一个未来生命的憧憬

它给我孕育着一枚
向往于黎明的
跳动的心……

（1946 年 3 月 14 日）

高贵的手

那么纤柔呵
像林荫里长出来的春笋
在阳光下，用丝伞遮盖着
在风寒里，用皮套穿护着
就是每天盥洗的时候
你也是那么小心——
　　美利坚的香皂
　　美利坚的香水

那么大方地有涵养地抚摩着
　　“三索”“九万”“一筒”……
你只要摸一下
　　它们的面孔
立刻就会叫出
　　它们每个的大名

你惯于矜持地
　　出入于你主人饱实的
　　　　钱包的门口
你，万能的上帝

只要你轻轻一挥
　　要什么就有什么

　　——哦，这一双高贵的
　　人类的手呵

但是，你的肤色
为什么显得那般苍白
　　苍白得有如产妇的脸儿
纵然，你已用蔻丹
　　涂饰在你的尖端
已用宝石
　　箍戴在你的周遭

梅　　花

当时间航进了
无比憔悴和寂寞的季节里
你以光明的花朵
悬挂起满枝头的希望

在生机死灭的大地上
你最先将春天的消息
漏给人间……

垦殖的歌

一

轻雷像天边一支
召唤春天的号角
严寒的步武畏缩不前了
丰沛的雨水——
饱孕着催醒大地的春药,叫泥土
跳出冬令灰色的噩梦
山峰有如守满了丧期的孤子
悄悄地卸下冰雪的素服
大地回归到
少壮华美的岁月了

度倦了北带流浪生活的太阳回来了
他驮背着玛瑙色的透明的细粉
自白云层间轻轻地筛下
沙痖了的河流
带着一支轻柔的恋歌
缓缓地从桥下走过
发绿的柳树

这新装艳冶的荡妇
在东风温柔的掌触里
开始纵情地卖弄她的
妩媚和风骚

镀着橙红色的阳光的草坪上
丁香，铃兰，山楂，野蔷薇
以及许多叫不出名字的花朵
一齐伸出芬馨的手掌
向大地感激地挥动
于是，穿着丽服的蝴蝶来了
挟着风笛的蜂群来了
——这奔赴季节盛会的贵宾
说不尽繁华与热闹的
佳美的时辰来了呵

春天——
这新时令的婴孩诞生的盛典
这由灰澹到青葱蜕化的佳节
这土地为人类的劳力所雕塑的
垦殖季呵

二

当黑夜开始褪色的时候
——光明将款步而来的清晨
我们荷着锄头
吹起欢情的口哨

追踪着第一道的阳光
向东方的旷野走去

旷野——
堆积着残留严冬的遗体的莽原
(终年盘踞着草蛇,青竹丝,山雉和斑鸠
从生着灌木,芦荻
爬行着藤蔓的
为人类劳动的手所摒弃的处女地呵)
摇曳起蓬乱枯朽的枝叶
向苍穹宣示着
荒古的寒伧与哀怨

划一支火柴点亮草尖
让血红的火浪
溢遍荒芜的莽原
我们要叫大地换掉败絮的外衣
给像童养媳般被虐待的泥土
安排下温暖的美梦

于是,劳动的歌声
如同一阵汹涌的狂澜
撞进了春天的门槛
锄头和胳膊当做指挥的棒子
而我们年青的一群
是土地垦殖的歌手
——垦殖呵,垦殖呵,垦殖泥土的恋情

三

布谷鸟在山腰歌唱了
杜鹃花像婚筵上的红蜡烛
点亮了山岗和原野
真的呵,我们要来充当
种子和泥土的证婚人了

我们背着满筐的谷粒
——满筐等待着开花的希望
由郁湿的屋子里
走向旷野

阳光拂着我们的脸颊
风儿——这顽皮的孩子
抚弄着我们的衣襟
我们将爽朗的笑声连同种子
一起撒进了泥土里

土地呵
你像一个捩转了穷伧家道的肖子
从此将不断地茁壮与繁荣了
时间是一道攫取希望的桥梁
而泥土是勤忠而恳直的
种子的嫩苗——
我们日夜所祷告的希望
已出来了

带着绿色的光彩而出来的呵

哦,大地浮荡起壮阔的油绿
跳跃着生命的光辉的油绿呵
——我们是雕塑造物的巨匠
铸造最高型的美的艺术师
这些无比豪奢与狂妄的期许
应该是属于我们的
因为我们有着最美丽的幻梦
和最辛勤与忠实的工作

于是,我忘情地叫出
——春天的忙碌
是有福的呵

四

饱吸着水湿的云翳
低低地封锁着山谷和平原
梅雨季的天穹——
有如一个多思多幻遽变无常的少女的情怀
以片刻的阳光
和短暂的雨意
交替着来揶揄这块无邪的大地
而我们的心
联紧着地面的庄稼物
是无比的愁思与郁结呵

白天
我们戴着阔边的篷笠
巡行于田野油绿的行列间
持着捕虫具去扑击叶杆上的害虫
扶直起被霪雨所压倒的稻禾

当夜晚到来的时候
山雾以幽灵般的幢影低徊于地面
这野猪,山狼,溪獭出动掠夺的凶时
我们吹熄提笼中燃着松脂木的火光
荷着装上引线的火药枪
以不胜戒备的心情
蹀躞于由溪岸到山麓的
用毛竹所编的篱墙的警卫在线
谛听着沉浊的蹄音
在星光微明中
准备去射杀一群企图闯进来的
凶顽的野种……

我们珍护这些作物
正如珍护着我们自己的生命
而我们未来的希望
在支撑着这串苦辛与不安的日子呵

五

仲夏风
像一阵温热的潮泛

自南方的海洋上流进来
它张开多情而透明的翅羽
抚摩过山岗，丘陵，田野
和田野中我们的作物——
已长得似这葱茏丰茂的季节的作物呵
像一个发育全盛的少女饱满的胸脯的作物呵
你们摇摆起茁壮的体躯
挥舞修长的叶掌
交头接耳地私递着
甜蜜的话语
而我也更骄傲地
停立在你们的旁边
跟你们比赛身材的高下
虔敬地伸出
像将要去拥抱恋人的手臂
去拥抱着你们的
高茎和长叶

六

哦，我将呈献出无比的欢情
去拜谒出现于山腰的枫树林里的
第一片的红叶
它揭示着我们已光荣地
走进了收割的季节
这施舍给劳动的人们
以希望与鼓舞的秋天呵

我将以感激得漾出泪水的眸子
张望着田野——
呵，九月的风翼摇荡下的
秋阳的镜子照临下的
黄金的谷粒所铺设成的
裸露于净蓝的苍穹下的
流溢着橘子色的波彩的
秋天的田野

我将挂着满身的希望走向田野
我将摇着无匹的豪情走向田野
我将迸发出明朗似秋阳的
金色的哗笑
哼着无腔的调子走向田野
佩起雪亮的镰刀，斜戴着斗篷
吹着招呼同伴的口哨
以轻捷的步伍，走向
秋天的田野

七

——垦殖呵，垦殖呵
让我们雪白的锄头
去亲吻腴美的泥土
把发亮的歌声
唱向春天……

（1946年3月）

第四辑

竹 屋 诗 词

玉楼春

惜别

寒烟落日伤凝伫，忍看凌波春唤去。楼头寂寞夜三更，剩有相思千万缕。　　汀江遮断横塘路，渌水一泓相忆苦。愿身化为马蹄尘，岭北海南长共度。

1945 年 3 月 15 日长汀

浣溪沙

观新疆歌舞团康巴尔汗表演舞蹈

铜笛胡琴逐铁琶，轻裾舞袖月初斜，烟笼玉树雾中花。　　丝路情欢歌袅袅，天山霞散绮些些①，雪辉冰彩绾天涯。

1947 年 1 月台北

访台南郑成功祠，殿后有延平郡王手植梅花

玉皴霜瘦万千花，虬干寒枝立海涯。
椰雨蕉风三百载，碧阑干里护横斜。

1947 年 1 月 20 日台南

① 些些：一丝丝，一点点，这里指淡淡的。吴承恩《西游记》第七回："正大光明，忠良善果弥深；些些狂妄天加谴，眼前不遇待时临。"

沁园春

观欧阳予倩率领中国剧社演出话剧《李香君》

翠迭钟山，势控东南，虎掷龙拏。忆秣陵弦管，袖翻楼月；秦淮画舫，舞按红牙。碎首淋漓，桃枝血染，吹绽春风扇底花。酸辛笔，有柳、苏侠胆，梅岭悲笳①！　　凄凉暗换年华，说什么天堑形胜夸。膡长桥板没，残壕瘦马；铜驼荆棘，衰柳寒鸦。粪土珠玑，王侯蝼蚁，翠盖簪缨衹尘沙②。空遗恨，唱千秋国士，红粉人家！

1947年2月25日台北

浣溪沙

日月潭

车入群山碧四围，一泓澄碧映斜晖，桨摇独木戏涟漪。　　晓听杵歌声凄婉，坐看峰色雨霏微，光华岛上听鸠啼。

1947年5月15日台中

---

① 据清嘉庆重修《扬州府志》载：“明督师大学士史可法墓，在广储门外梅花岭右。”又载：“可法殉节扬州，不得其尸，养子史德威招魂葬衣冠于此。”

② 明末进步文社复社骨干侯方域曾参加过反对魏（忠贤）党余孽阮大铖的斗争，又曾入史可法军中，赞助其抗清军务。南明弘光王朝覆亡后，侯归隐河南商丘，清顺治八年赴河南省乡试，中副榜贡生，“两朝应举侯公子，忍时桃花说李香”，表现了侯的晚节不终，因有此三句。

台南安平城遗址

艨艟十万走纵横，海上雄风手掣鲸。
鼓角声中收故土，令人长忆郑延平！①

1947年5月20日台南

满江红

登台南赤嵌楼

啸峡孤蓬，南游处，秋山如拭。檐牙外②，晴虹千丈，蔗林如织。挂壁龙蛇遗醉草③，扶桑片石光明煜④。焚青衫，叱咤驭风雷，鶬鸣急。

楼船锁，燃犀迹⑤，降表递⑥，荷夷殛。喜金瓯重摭，海图完璧。茹苦间关榛莽辟⑦，高山、汉族同休戚。且狂吟，烟浪拍椰林，浮天碧！

1947年9月1日台南

---

① 南明永历帝朱由榔封郑成功为延平郡王。

② 南宋蒋捷《霜天晓角》词："檐牙枝最佳，折时高折些。"

③ 赤嵌楼上陈列郑成功的手术挂轴。

④ 郑成功之母田川氏系日本人，生成功于日本海滩边日儿石下。赤嵌楼上陈列有从该岩石敲下的石头一块。

⑤ 《晋书·温峤传》载苏峻反兵，温峤奉命平乱。还镇，"至牛渚矶，水深不可测，世云其下多怪物。峤遂毁犀角而照之，须臾见水族覆火，奇形异状，或乘马车著赤衣者。"按毁犀，后人多做"燃犀"，即照妖的意思，这里喻荷夷为妖魔。

⑥ 明永历十五年(1661)，郑成功率领楼船，载水师数万人自厦门出发，于台湾禾寮港(今台南县境)登录，围攻荷兰总督府所在地赤嵌楼(今台南安平)，击溃其援兵，经八个月苦战，陷荷兰殖民者于绝境。清康熙元年(1662)二月一日，荷兰总督揆一向郑成功递送降书，台湾宣告重归祖国版图。该降书真迹及受降诸图均陈列于赤嵌楼上。

⑦ 郑成功《复台》诗："开辟荆榛逐荷夷。"

浣溪沙

与田汉等访花莲港阿米族

灯火蕉林映绿莎，轻舒彩袖发清歌，铿锵踝佩舞婆娑[①]。

稜粿和糖抓五指[②]，旧醅家酿醉颜酡，细陈身世泪滂沱！

1948年1月30日花莲港

依韵田汉《过清水断崖》一绝见赠，在台北黄荣灿家夜坐赋绝句二首呈奉[③]

一

一夕歌欢相见难，宁忘笑语浪花间？
嘘寒问暖荒山泪，顾曲谈词明月栏。

二

杯酒休歌世路难，椰城灯火闭荒寒。
天涯一纸辛酸句，留与他年仔细看。

1948年2月1日台北

---

① 阿米族少女脚上戴着金属的环饰，跳舞时发出铿锵的声音。

② 阿米族的习俗不用筷子，直接用手指抓盘馔吃。

③ 1948年2月1日，与田汉同返台北，寓版画家黄荣灿家，田汉即席草《过清水断崖》七绝一幅。

附：田汉原诗

过清水断崖

先民创业自艰难，鬼斧神工绝壁间。
回首海云犹黯澹，好从风雨建台湾。

1948 年 2 月 1 日台北

碧 潭

高柳牵风拂翠微，丝丝岚雨湿人衣。
小潭揉碧春漪细，山半凭栏听鸟啼。

1948 年 4 月 10 日台北

彰化对月有赠

小院寒宵花弄影，映帘萝月静娟娟。
与君忍作三秋别，共赏清辉此夕圆。

1948 年 12 月 12 日彰化

送友人北归书怀

海上长怀击楫期，离觞羁客照清漪。
梦萦旗簇山中路，敢念莼鲈故里肥？

1948 年 12 月 30 日台中

读密札有感

一九四九年四月，陈玉树密札二封见寄，承告已与地下党接上线，嘱我即归。

遥天尺璧落南皋，赤帜依山意气豪。
欲振狂飙思健翮，莫愁夹岸有惊涛！

1949年4月8日台中

寄梧栖港

五月，辞台中农学院教职，值台湾已宣布封港，遂潜赴梧栖港乘帆船秘密离台。

海云西望气如山，漫道征程九折艰。
敢借天风三万里，梧栖僻港挂梯帆。

1949年5月15日

夜泊小岞村

海上遇匪船三艘搅道，船被迫驶入惠安小岞港，入村投宿康某渔家。

风静帆垂斗柄横，苇滩人语夜三更。
飞琼匝地寒波碎，斜月涵空涨海明。

翌晨潮退，舟搁浅滩

欲飞重峡亦呼难，瘴雨蛮云暗浅滩。
何处更赊风一席，鼓帆疾棹出前湾。

舟入泉州湾

万里无风四昼昏，片帆终已脱鲲身①。
浮沉委命沧波叶，不曳游筇入海门。

1949 年 5 月 20 日

投常太东照村

崒岭巉岩半日驰，枫林蓬舍寄高枝。
为防兕犬张牙爪，一宿深山几转移。

1949 年 6 月 5 日

山　行

一派溪流碧似油，山行今始搭轻舟。
坝高百尺连天际，家在银河另一头。

1960 年

① 鲲身：台湾岛的别称。

闽南新竹枝词

一

一片夯声入九天，坝梢灯海闹通宵。
截留夺得天河水，饱灌原头万顷苗。

二

稻熟苗稠夏社忙，割禾打谷又莳秧。
稚童不减支援劲，结队携镰夜下乡。

三

城乡处处书声高，赢得工农弄采毫。
不信鸡窝无凤种，文盲今已变诗豪。

四

雨打浮莲特地娇，采莲人自荡轻桡。
养猪也要争高产，哪顾衣裳雨水浇。

五

哥挑果苗上层峦，妹送甜茶追入山。
爱煞乡关披锦绣，浑身汗水甜心间。

六

革新事物比星多，技术提高赖琢磨。
妹有心把哥你赶，赢哥还得帮哥哥。

七

坝顶湖光浸翠岚，晚来风细好张帆。

社员收网趁明月，捕得鲜鱼压满船。

八

载肥出郭赶霜晴，一片歌声杂笑声。
飞腿但求跑得快，紧催麦陇醉乌金。

九

梯田叠叠上云霄，麦陇葱茏叶正娇。
忽报霜风来岭地，遍烧野火护新苗。

十

绿袄红裙鬓角花，邻姑假日不闲暇。
荷锄细雨上山去，借得春阴好种茶。

十一

月落星稠北斗垂，网高风静见潮回。
滩头一片松明火，围内鱼鲜蟹正肥。

十二

谁家少女划兰桡，赶送春肥逐晚潮。
穿入柳荫人不见，歌声细细出长桥。

十三

高山湖水下澎澎，电站轮机急转鸣。
泼刺开关轻拨动，千门万户放光明。

1960 年

返乡新咏

一

秋来处处醉花光，溪岸山隈锦展黄。
沤入畲田肥地脉，哪闻菊臭但闻香。

二

南垅高来北垅沉，渡槽飞架水粼粼。
冰弦一道张天上，响彻云霄日夜琴。

三

填谷劈山开绿苗，培秧育种斗高寒。
敢牵天上银河水，来灌林间层垅田。

四

穿林辟道走盘盘，辘辘阵雷震翠峦。
今日铁牛登峭岭，任教烟垅卷泥澜。

五

树梢有线播村湾，划地林风云压山。
道是北流寒南急，塑膜拱幕护秧田。

1961 年

登鼓浪屿水操台

山河眼底画屏开，秋日登临亦快哉。

万顷海云迎旭日，千岩树木涌楼台。
穷追飞贼银鹰去，细护渔舟神艇回。
且待挥戈驱丑虏，红旗猎猎耀金台。

1962 年

西江月

厦门海堤

南北青峰头白，往来轻艇旗红。移山填海迓长龙，端赖工农群众。

砌就玉堤十里，劈开碧浪千重。欣看深峡卧明虹，一派树迷烟重。

1962 年

上饶途中

碧野岩斜路几程，行人犹认旧栅营。
魅魔纵造人间狱，岂撼人民铁长城？

1962 年

车过赤石

一

雾散岭头云映日，鸟啼茶圃雨初晴。
潺潺聒耳长流水，犹作当年壮士声。

二

幽涧峭崖次第迎，武夷山色独峥嵘。
朝霞一抹红似火，点点山花血染成。

1962 年

赠李硕卿赴黄山写生

一

披霞踏露上林皋，飞瀑危崖仔细描。
端为天工摄粉本，千程山水不知遥。

二

苍松云海碧滔滔，狮子林前月正娇。
三十六峰青欲滴，好收秀色上鲛绡。

1962 年

九鲤湖

一

溪流奔涌出林隈，山顶平湖一镜开。
宿雨初收宜看瀑，石亭小驻喜闻雷。
帘垂天外珠明灭，日映潭心影去来。
更待碧漪峰际起，且从铁壁望蓬莱。

1962 年

二

群峦环抱郁苍苍，迴绕蓬莱碧水长。
高阁拂云迷老树，镜湖凝绿挹朝阳。
珠帘不卷丝丝雨，梅洞轻浮袅袅香。
天外披襟舒倦眼，宜看虹影吸沧浪。

1968年2月8日苔溪

读杜诗有感

一

万里中原黯劫中，流离蜀道一孤忠。
伤心洒尽忧时泪，写得史诗百代宗。

二

八月秋高风啸天，床头雨注念黎元。
而今广夏神州遍，万户千门尽笑颜。

三

报国时穷剧可哀，诗坛千古一雄才。
风云笔底摇山岳，烽火边秋冀将才①。
怒向朱门嗔歌舞，愁挥血泪泣蒿莱。
苍松今日高千尺②，烂漫春花处处开③。

1962年

---

① 杜甫居夔州时作《诸将五首》，有“西蜀地形天下险，安危须仗出群材”之句。
② 杜诗：“新松恨不高千尺”。
③ 杜诗：“春花不愁不烂漫”。

观林英仪书画展二绝

一

采笔淋漓一色新，繁花嫩叶现精神。
羡君满纸婆娑意，留得人间四壁春。

二

气派从来自不同，飞龙舞凤翔银空。
缶庐邓老风神在，无尽豪情醉墨中。

1963 年

车过何岭关

烟嶂青枫拥险关，昔年登岭苦跻攀。
而今车走盘盘道，直探银河瞬息间。

1968 年 10 月 15 日

自　嘲

三椽傍郭僻无哗，竹舍疏篱随处家。
病骨临风依北斗，热肠燃火育春华。
哦吟已废撚须苦，泼墨聊添画纸鸦。
乞得红梅栽院落，横窗繁蕾酿朝霞！

1973 年 2 月 8 日

泉北试种竹籽成林，喜赋二绝

一

春来高岭燕飞低，邱壑琅玕眼欲迷。
赖有山山勤慧手，氍毹千幛映清溪。

二

粒粒黄金个个珠，几看竹籽划荒芜？
露枝凤尾摇新绿，羞煞丹青画不如！

1973 年 3 月 10 日

登双髻山

林中节物亿欣欣，秋入山乡情转深。
跷确双峰擎紫黛，探幽赏胜一登临。
苍霭巉崖凌绝顶，天风万里荡衣襟。
环岩细觅苍苔字，揩摩题石亦足吟。
乾坤底定堪供眼，远水近山俱可亲。
引领海云腾暾日，望中大观万象新：
乌潭堤卧远山外，群峦倒影碧粼粼。
烟峡平湖度舟楫，江皋欸乃传清音。
轻桡细击晴波碎，收网满舱跃银鳞。
高阁开轩对茶圃，秋茗浮乳溢芬芬。
竹籽抽鞭垂嫩绿，层岑低堰尽森森。
渠绕青山波泛渌，垅迷秋稼云迭金。
岭穿槽道巧巨擘，曳来银河入林薄。

俯瞰电站矗南陬，架将线网连天来。
敢嗤秋旻淡无光，夜摘繁星洒村落。
剧怜芳菲掇幽坳，山花雏菊纷盈抱。
红遍霜林二月花，橙园翠岫醉流霞。
画图难足山川景，且颂清芬弥海崖！

红　梅

春意腊残来眼底，南园繁蕊筑高空。
琼枝迥异闲桃李，斗雪冲寒特地红。

1975 年 1 月 20 日

古船歌

一九七四年秋，泉州湾后渚港出土南宋海船，
经建造专馆，即将正式展出，有感作此以记之。

有宋海船沉后渚，埋沙八尺没江浒。
急流冲刷吐侧舷，排水掏泥方出土。
腐损流光七百秋，木船底部尚遗留。
七丈余长三丈阔，双桅脚座现洞眸。
想见天风鼓帆樯，云杆百尺苍穹摩。
樯头方尾尖底脊，破浪疾浮沧浪波。
边舷固钉三重木，两层板壁贯龙骨。
制将巨艨渡远湾，营裁工巧夺造物。
当年船匠技绝伦，智慧能才实践出。
舟腹分隔十三舱，舱中货物来重洋。
胡椒槟榔与玳瑁，珊瑚降真龙涎香。
刺桐港道接非亚，唐宋中外频通航。

铜钱五百舱内存，上溯开元下咸淳。
碗洗盒瓶盖瓮罐，赵宋瓷陶纷杂陈。
建窑黑釉德化白，龙泉峰色翠莹浑。
藤帽残竿棕麻绳，舟师横篙雪浪迎。
霆奔雨骤鼓帆席，湍腾风吼赶津程。
舱底尚摆车马炮，涛头对弈舒闲情。
松桩条石罨滩岸，古渡废址隐可寻。
友朋迢迢汇万里，风樯粼粼集海湾。
中外往还千余载，摩挲船物谊更深。
风雨并肩同舟济，五湖浓情万古新！

1975 年 2 月 10 日初稿
1979 年 2 月 10 日重改

黄 菊

细蕊傲枝溅露霜，轻黄寒圃淡秋光。
输它红紫三分艳，自在东篱一径香。

1975 年 10 月 20 日

忆秦娥

纪芬兄自家乡携紫兰见赠，喜赋以酬

青青叶，东风拂槛清香烈。清香烈，心舒紫蕾，瓣迎春月。
苍根移自囊山缺，巉岩蕙质凝霜雪。凝霜雪，芳馨长揖，旧山情切！

1976 年 3 月 15 日初稿
1978 年 2 月 20 日重改

何朝宗塑达摩瓷像

未是凡情怯苇楂，飘飘风袂向天涯。
世间惟有何来手①，捏得僧伽千古夸。

1976 年 8 月

德化屈斗宫古瓷窑遗址

屈斗窑前剩烬圻，断杯残碟认瑰奇。
应知八百年前火，曾照天涯碧眼儿。

1976 年 8 月

参观德化瓷厂瓷器陈列馆

剔透珠光萼绿华②，牙黄莹白映流霞。
人人只道瓷无价，谁解瓷泥杂泪花？

1976 年 9 月 1 日

---

① 明何朝宗，又名何来，相传为德化县浔中后所村人，善塑瓷像，誉满天下。

② 萼绿华：道书《真诰》载：萼绿华自云南山人，女子，年约二十，穿青衣，姿容艳丽，曾于晋穆帝升平年间夜降羊权家，这里借指美女。

秋日书怀

一住林间五易秋①，山环水绕惬淹留。
溪楼夜访谭桑稼，雾岭苗携度涧丘。
宵半孤檠耽索句，躯孱繁疾合归休。
寄怀四海五洲外，改造还期逐上游。

1976 年 10 月 20 日

丁巳春日有怀，兼呈马甲诸友人

一

天涯落木怆分征，去岁輶车逐返程。
且喜竹檐词客健，应沤湖海日华明。
鼓鼙十月清尘宇，北斗九霄拱众星。
涓滴驱驰同奋勉，宁疏诗札堕江城？

二

簇绿飞红春事深，双鬟峰下忆追寻。
临流掇石珠盈握，菜肴跻巅霜满林。
细烛论文怡解句，洪湖打浪喜鸣琴。
莫愁烟雨关河隔，泸酿菘畦待碧樽。

1976 年

① 我于 1972 年 3 月初被调往马甲，至 1976 年 10 月底退休，在泉北山乡寓居五年。

过东圳水库

细蹬穿篁践约期，菊丛初放两三枝。
丹林已醉浓霜后，秋稼才黄未熟时。
高坝云边开晓镜，碧渠峰半荡涟漪。
芳茗翻雪听箫鼓，笑拂闽笺新赋诗。

1976年11月1日

丙辰夏日，赵朴初师寄赠《临江仙·从化温泉》词笺一幅，兼读赵师其他近作，得二绝句呈谢

一

屏开山色郁苍苍，水气花光映日红。
一幅锦笺烦织句，京华迢递掷鳞鸿。

二

纷雪檄飞驱兕犬，阴霾一扫丽天开。
先生诗思忧天下，动地风雷笔底来。

1977年

一九七七年一月三十日设席接竹园虞愚、文山庄为巩二老师南游，酒后请师座于南园植红梅一株赋此

一

竹屋春风意欲飞，樽开泸窖鲤鱼肥。
柴荆槛满和风日，夹砌桃擎红绣帏。
词客狂吟留醉墨，小园分绿试栽梅。
江湖契阔诗怀健，北国江南一引杯。

二

一别山城三十秋，欣迎健履赋南游。
杯前竹影飞新句①，壁上冰绡记北遒。
梨板刻刀亲夙范②，白苹寒柳忆汀洲③。
吟鞭回首鹭波杳，烟塔江楼重许留？

五十六岁初度述怀

一

如水年华霜鬓侵，蹉跎五十六秋身。
砚池腐墨龙蛇老，画海双艘彼岸沉。
铁笔醉心穷小技，苦吟未许是诗人。

---

① 竹园师酒后赠诗，有“竹影相看落酒杯”之句。

② 1943 年我在厦门大学授业时，曾遵竹园师之命，操刀刻吾师木刻肖像画一帧。

③ 1944 年端阳节，竹园师曾应厦门大学中文系之请，作《汀江吊屈原》五律一首，有“一樽汀柳外，肠断白苹新”之句。

闲居宁可轮闲去？展卷新笺日易曛。

二

竹檐兴会每哦吟，寓韵飞章亦苦辛。
学陋多缘书读少，识疏端为悟觉昏。
人情休计谗长短，世道应明辨伪真。
霁日光风春荡荡，遥瞻北岳酒盈樽。

1977年2月17日

次韵北山虞愚师《南园种梅》一绝见赠，赋得绝句五首呈谢

一

南中风物此徘徊，紫黛峰前共把杯。
暾日轩窗诗满袖，催春红绽竹梢梅。

二

岚光山色久低徊，江海相逢互祝杯。
乞借彩天织锦手，来栽檐外竹窗梅。

三

萝篱花径几徘徊，琢句聊倾浅浅杯。
踏遍清江江上路，南园留种腊边梅。

四

江城胜会更徘徊，酒入诗肠不厌杯。
风岫碧溪春问讯，南坡先报一枝梅。

五

烟屏迭嶂忆徘徊，草色微茫入客杯。
一去汀州卅二载，暗香长记雪林梅。

1977年4月30日

荔城杂咏

萦迴碧水剧难忘，高岭帆飞卷郁苍。
荔子醒红归有约，平畴迭浪稻初黄。
云中泼绿见茶圃，日脚垂鞭展密篁。
海宇霁清呈新彩，夏容画里认莆阳。

1977年7月5日

荔城喜晤詹进明，赋此留别

分襟四十载，倾盖忆韶华。
相看侵丝鬓，同歌霁日霞。
铁刀留篆句，深巷羡新花。
荔熟轻车约，澹园重品茶。

1977年7月5日荔城

荔城喜晤欧文泉，赋此呈奉

叙别乡关廿八秋，北河荔阴旧曾留①，

① 解放初期，作者曾在莆田砺青中学工作，该中学校址亦在北河，临近欧宅。

三椽萝径后村宅[1]，旭日东山爽气遒。
际会明时思劲翮[2]，难忘彩笔起潜鸥[3]。
夏庭惬聚诗怀健，许待新裁佳句稠？

1977 年 7 月 5 日莆田

安福村访孙宗昭兄，喜晤于莆田地区招待所，赋此呈奉

经岁长相忆，安村访旧庐。
海风销瘴暑，园树绿轩除。
胜概乐初治，康时醉荔熟。
驱驰思枥骥，未敢惜骀驽。

1977 年 7 月 7 日

浣溪沙

丁巳夏返荔城走访诸学长赋赠

砌树庭花杂翠红，明轩小槛度熏风，荔丹时节喜相逢。　山海凝辉悬日月，乡园胜赏语玲珑，尘车修怅各西东。

1977 年 7 月 10 日

---

① 欧兄于 1974 年退休后携眷返莆田，于北河买旧宅定居，此宅第为南宋大词家后村刘克庄旧居，近宅尚遗有题“后村旧居”四大字石匾一方。

② 宋陆游《读书至半夜，灯尽欲睡，慨然有感》：“赋诗肯道儒冠误，饥鹰劲翮高有声。”

③ 欧兄笔名“欧海澄”。

纪念鲁迅先生
用《惯于长夜过春时》七律原韵

长夜群魔乱舞时，抗流青鬓看成丝。
犁庭韧扫投枪笔，展翼左擎主帅旗。
冷对千夫销媚骨，血凝百卷赋新诗。
荷戈呐喊永鏖击，万古云霄老甲衣。

1977年7月28日重改

黄坑道中①

翳天古木三千幛，直泻飞泉八百滩。
回首晴岚天外望，新篁万顷绿毵毵！

1977年9月15日

江南纪游（二十三首）

余于一九七九年六月初赴沪参加《汉语大词典》“寸”部释文五省一市审稿会议，三十日离沪，与三山郑丽生前辈乘火车西行，同游无锡之太湖、蠡园、锡惠公园及苏州之虎丘、拙政园、西园、寒山寺、沧浪亭等处。四日驱车迳往杭州，下榻于湖滨旅社，作二日之勾留，重访灵隐、岳坟、六和塔、虎跑泉诸名胜，得诗二十一首。一九七七年九月间与晋江地区《大词典》组诸君赴建阳、崇安取经，顺

① 建阳黄坑，古木荫翳，内有稀有动物，被列为自然保护区，新植毛竹达八万亩，堪称“林海”。

道游武夷山，得诗二首，亦附于后，凡二十三首，总其名曰《江南纪游》，聊志雪泥鸿爪云尔。

太湖道中

高柳泽边路，轻轺终可期。
花燃鼋渚雨，石看太湖奇。
鼓枻摇峰绿，度云索句迟。
登临怡倦眼，山水有殊姿！

太湖远眺

独立鼋头岩渚清，风丝雨线织深情。
烟湖浩瀚三千顷，尽入米家笔底屏。

太　湖

海客入吴为看山，云峦翠岫自娟娟。
来寻镜里水乡梦，结就具区烟雨缘。
谩道归休悲玉石，渐飞藻思入华笺。
摩挲细读苍崖字，风物江东剧可妍。

雨中游蠡园

一

雨自潇潇山自横，烟鬟雾鬓賸青青。
捧心不是闲愁苦，犹解风波满世情。

二

湖光山色转霏微，花罥轻岚柳拂堤。
不是诗人强索句，五湖烟雨自催诗。

无锡锡惠公园寄畅园二绝

一

梅雨霏微度小园，倚云岩下水涓涓。
回廊小立情无限，藤馆香茗试惠泉①。

二

访无锡惠山天下第二泉，传音乐师阿炳得此泉月之悟，谱成名曲《二泉映月》。

桂魄清波冷梦痕，坎坷世路亦悲辛。
玲珑一曲映泉月，十里春冰光照人！

虎丘遇雨

翠黛崔嵬立满空，欲穷高迹上苍茏。
烟笼北塔芳洲雨，波涨明池旧苑风。
泉入铁华思陆羽②，梅因香冷梦江东③。
远游偶动狂吟兴，白纻冰裙逐拍红。

苏州拙政园盆景

层峦迭嶂翠峥嵘，翳柏虬松欲障空。
莫怨林涛千里隔，烟霞泉壑落帘栊。

---

① 无锡惠山泉被誉为“天下第二泉”。

② 虎丘有铁华岩，原名“陆羽井”。陆羽，唐代人，著有《茶经》。相传他曾在此品茶，评此岩泉为“天下第三泉”。

③ 虎丘石观音殿南有冷香阁，庭中植梅树，故取名“冷香”。

疯　僧

苏州西园罗汉堂内有疯僧塑像，有感而作。

敢凭铁帚拄南天，火管横麾斥佞奸。
不信乾坤无国土，的于疯处看元元。

出姑苏城，雨中步行至寒山寺

路绕津迷烟树遥，长洲苑外雨潇潇。
疏钟隔柳寻萧寺，踏过枫江第几桥？

沧浪亭二绝

一

北宋诗人苏舜钦参加较进步的范仲淹政治集团，遭权贵的排挤，被罢去官职，退隐于苏州，始建沧浪亭。

澄川翠干绕长廊，卜筑垂纶亦自强。
无楫仙槎苏长史，绿阴高处濯沧浪。

二

我少时曾读沈复（三白）的《浮生六记》，书中记沈氏伉俪常游沧浪亭事。沈复，清康熙年间苏州人。

曾携《六记》梦吴乡，楚水吴山驿路长。
一种柔情难写处，漫凭水槛忆三郎。

梦游灵岩山吴宫遗址

馆娃宫阙剩虬枝，越女承恩歌舞时。
翦灭治吴原有自，祸胎未许属蛾眉。

游苏州未及访唐六如梦墨亭有感赋此①

忆君曾看鲤湖瀑，忆君曾饮故山泉。
我家筑庐鲤湖下，亦曾垂钓寒瀑前。
我家日饮鲤湖水，叹君早生五百年。
我梦吴山君梦墨，与君分上翠微巅。
曾入京华读君画，纵横挥洒披胆肝。
君师造化丹青手，丘壑云霞蒸素纨。
曾入吴园看君字，娟娟挺秀滞云烟。
峭利流转运腕力，游翔方寸回湍澜。
我欲问君何能尔？故乡山水润毫端。
始信仙阁梦授墨，墨在鲤湖峭壁飞瀑间！
我今回访姑苏城，吴山吴水资诗情。
蠡湖烟景争供眼，鼋渚岩下系短篷。
虎岩林青剑池碧，惠泉清冽凝春冰。
看尽吴山饮吴水，揭天诗思浪千层。
取次吟笺收碧黛，几番惆怅负登亭！

苏堤漫步

六桥曾记旧堤塘②，又踏清阴十里长。
一抹闲云峰际雨，水中山色雾中看。

---

① 明唐寅，字伯虎，自号六如居士，吴县（今江苏苏州市）人。年二十九，举乡试第一。后纵情漫游名山大川，致力绘事，最擅山水，兼精仕女人物、花鸟，与沈周、文徵明、仇英合称“明四大家”。善书法，工诗文。寅曾入闽游九鲤湖，梦仙人授寅墨，寅自谓自此书画诗文大进，如有神助，于所居苏州城内桃花坞筑梦墨亭，以纪其行。

② 苏堤上有跨虹、东浦、压堤、望山、锁澜和映波六桥。

杭州西湖

一

一别湖山二十秋，蝶飞花嫩任淹留。
重寻莺织长堤树，来放荷迷双桨舟。
罹乱乾坤余雪鬓，升平天地合凝眸。
望潮欲解江边缆，清兴如狂忆小楼①。

二

远黛粘天纷供眼，光风岚影揽灵奇。
红擎琼海莲迷浦，绿罥莺堤柳弄枝。
峰崿飞来争突兀，岩泉冷起识何时？
小舟且上摇双桨，镜第云天漾碧漪。

岳 坟

岳坟在杭州西湖畔栖霞岭，“文革”中被捣毁，现正在修复，即将重新开放，供人瞻仰。

铁铸权奸垢不削，仰贤重敉劫余桡。
鄂王自有千秋业，未许泉丘属野蒿。

登六和塔

登临自有清狂客，纵目全收烟水乡。
领会云林新意匠，长桥梅雨遍钱塘。

---

① 1956年，作者随福建省代表团北上参加全国中学语文教学会议，顺路访西湖，曾上湖边“楼外楼”饭店进餐，此次重游，经十年浩劫，楼已关闭。

沪上有寄

淞浦高吟忆旧知，论文刻烛山窗时。
当年鱼沫江湖意，都付相思别后诗。

武夷山二绝

泛舟九曲溪

碧满流溪翠满山，一篙醅绿逐轻寒。
舟师撑尽滩头水，只在浅湾曲水间。

玉女峰

四周山色莽苍苍，拔地嶙峋碧玉峰。
淡著烟纱收晓雾，长溪清镜映新妆。

1979年7月10日泉州

荔林曲

荔城七月熟荔枝，赤遍江边纷披离。
蘸水浅红垂低丫，粘天紫焰燃高枝。
轻舟飞桨绕菱浦，风散荔香袭人衣。
竹梯穿梢摘荔子，笑语欢歌溅水湄。
二十余年走湖海，未尝故里鲜果肥。
今夏驱车度兰水，丛荔点首迎西陂。
熏风跃马荔林道，幼林郁郁傍河堤。
露叶风枝新撷采，绛肤脂膜莹雪肌。
壳绽冰融芬口齿，浆丰瓤厚甘如饴。
嘉木本非造化工，从来良种费养培：

细花飘乳春裁剪，高条接嫁秋堆泥。
濒海长堤绿千顷，荔林十里路欲迷。
漫道李唐逢盛世，当年果户足堪悲：
养蚕贫女麻裙挂，种荔人家长啼饥。
华清天上妃子笑，千夫万骑驿道驰。
十里一置五里堠，奔腾昏昼传甘滋[①]。
蒲桃、龙眼徒涩舌，卢桔、江橙安足窥！
夔、梓蛮村度子午[②]，岭南"挂绿"献洛湄[③]。
幸哉未识"陈家紫"，荔祸免延壶山隈[④]。
蝗旱秋稼余槁草，千里赤地遍蒺藜。
流殍沟壑税徭急，硙蓬为面槐叶斋[⑤]。
山东鼙鼓动地起，黄巢仗剑擎义旗。
挝鼓枞金震八荒，均田平产疗疮痍。
黄金甲胄"冲天"势[⑥]，墨吏蠹官纷靡披。
麾旌渡江指赣、浙，一路父老壶浆提。

---

① 《资治通鉴·唐玄宗天宝五载(746)》："妃(杨贵妃)欲得生荔枝，岁命岭南驰驿致之，比至长安，色味不变。"

② 崔弼《白云山志》："唐天宝间，贵妃嗜荔，取之涪州，经子午谷，路近而捷，特以南海荔枝胜蜀，每岁飞骑以进，亦不取诸闽也。"

③ 徐鼎《荔枝谱》："广州荔以'挂绿'为第一品。"

④ 宋蔡襄(君谟)《荔枝谱》："唐天宝中，妃子尤爱嗜(荔枝)，涪州岁命驿致。""洛阳取于岭南，长安取于巴蜀。""广南州郡与夔、梓之间所出，大率早熟，肌肉薄而味甘酸，其精好者，仅比东南之下等。""(兴化军)尤重'陈紫'……唯'陈紫'之于色、香、味自拔其类，此所以为天下第一也。"南宋范成大咏涪州《妃子园》诗："当时若识'陈家紫'，何处蛮村更有园？"

⑤ 《资治通鉴·唐僖宗皇帝上》卷二五二载卢携上书云："臣窃见关东去年旱灾，自虢至海，麦才半收，秋稼几无，冬菜至少。贫者硙蓬实为面，蓄槐叶为齑，或更衰羸，亦难收拾。"

⑥ 《资治通鉴·唐僖宗乾符五年(878)》："(王仙芝部署)众推黄巢为冲天大将军。"按黄巢不第后，曾做《赋菊》诗，有"冲天香阵透长安，满城尽带黄金甲"之句。

七百里程榛莽刊，大军直度仙霞关。
征旌逶迤映闽水，连克榕城下莆田①。
“王氏香荔”扬遐迩，歌楼舞袖供锦筵。
可怜果户王氏媪，终岁种荔熬饥寒。
黄巢倚剑愤填膺，寒光瑟瑟剑雨鸣。
义兵引刀欲砍树，铲尽不平方太平。
黄巢抚树阻锋刃，树留老媪生计营②。
我来重探千载柯，虬枝翠盖秀亭亭。
垂赪缀紫罥绛雾，红缯堆雪凝冰凌。
灵株盘桓不忍去，将军剑下护精英。
君谟修撰《荔枝谱》，命工写生绘图形。
东闽四郡卅二品，分记七章详题评。
一枝丹荔千滴泪，枝枝叶叶铸深情。
城乡迢递荔林道，多少穷人血泪凝。
蔡氏枉有生花笔，果农凄怆未涉陈：
火熏霜夕驱凛冽，冻防苍干缠草绳。
一片飞花摧风雨，终年辛苦空经营。
挣得丹实灿盈树，护果昼昏守草棚。
偶得大年丰收摘，租摧税逼厉雷霆。
种荔难得赢饱暖，荔农千古潜悲辛。
一唱雄鸡天下白，日照荔林焕新容。
金光闪烁集体道，果户翻身乐抃腾。

---

① 唐僖宗乾符五年(878)三月，黄巢率义军渡江。八月，引兵入浙东，“刊山开道七百里”，打通仙霞岭大道，入福建，连克福州、莆田。见《新唐书·黄巢传》卷二二五。

② 蔡襄《荔枝谱》：莆田荔枝尤重“陈紫”，每岁熟时，“富室大家”不惜出高价争购。又：“宋公荔枝(即‘宋家香’)……宋氏世传其树已三百岁，旧属王氏。黄巢兵过，欲斧薪之，王氏媪抱树，号泣，求与树偕死，‘贼’怜之不伐。”显然所记内容，对义军有所丑化。

春日荔花香千里，炎夏荔林展凉蓬；
入暑采荔珠万担，秋冬送肥车不停。
科学种荔育新品，荔产逐年迭创新。
一从四逆丑跳梁，果农几户不遭殃？
施肥剪花成罪孽，分株扩种罗罪名。
棍子铁帽无端落，荔产年年剧创伤。
十月风雷净氛瘴，千门万户喜欲狂。
焰火粘天照荔浦，东风满路迎黎明。
坚冰已碎开航道，龙骧虎跃看扬鹰。
长征道上斩荆棘，荔产直臻新水平。
时代瑰篇谱跃进，催春战鼓奋征程。
同心加速现代化，人欢马跃沸荔城。
海外友朋来万里，荔荫草地歌舞迎。
荔枝蜜酿誉中外，瓶开四座溢芬馨。
君不见“陈紫”“宋香”结美土①，
　　　　大洋两岸植深情。
君不见荔枝美酒倾欧亚，
　　　　流浆泛艳光晶莹。
陈瓮初烧春琥珀，引杯未饮醉酩酊。
人民友谊无南北，知己天涯若比邻。
归来且赋《荔林曲》，荔林如海永青青！

1979年8月1日初稿于莆田
1980年8月2日修改于泉州

---

① 本世纪初，美国传教士蒲鲁士将莆田的“陈紫”“宋香”等苗木引进美国，从此，以“蒲氏荔枝”命名的中国良种荔枝树，在美国佛罗里达等州及中南美几个国家内繁殖。见《文物》1979第一期《莆田古荔“宋家香”》。

一九七九年参加厦门《汉语大词典》审稿会议有感

高会层楼碧海湾，巉岩翠阁出瀛寰。
凤凰红擎云边树，鼓浪青浮屿外山。
座上清音怡白雪，毫端朱墨写冰纨。
霜凝曙色纷嘉彩，未许沧州稳钓竿①。

1979 年 8 月 10 日厦门

再赴厦门参加全省《汉语大词典》审稿会议，感赋五律二首

一

濒海临清赏，秋云看绮云。
樗材南峤愧，高迹北辰尊②。
稽典肠犹热，仇书日易曛。
嘉谟催跃马，篱菊正披纷。

二

风雨撼秋夕，楼灯挽寸时。
析释欣拍案，摘句费拈髭。
蹇步惭遒略，辛勤疗钝疵。

---

① 作者 1976 年底退休，进入《汉语大词典》晋江地区编写组复职。

② 会议地址在厦门大学鲁迅先生纪念馆内。

霁晨堪纵眼，山海焕殊姿！

1979 年 11 月 5 日厦门

访厦门大学鲁迅先生纪念馆

烟埃北地昏城雪，风雨南程驻海皋。
夜夜云天栏外望，心潮笔底逐狂涛。

1979 年 11 月 30 日

赠洪范兄

流尽年华二十春，孱颜霜鬓复承恩。
相逢此夕与君醉，谁识青衫旧泪痕？

1979 年 12 月 5 日

卜算子

喜茅盾为《刺桐》题词而作

云锦出京华，羯鼓回天遽。日照江堤万绿浓，火伞烧空树①。
花信度南中，芳蕾能相负？醉眼烟霞大地春，姹紫嫣红处！

1980 年 1 月 24 日

① 南宋王十朋《刺桐花》有“初见枝头万绿浓，忽惊火伞欲烧空”之句。

己未立春

江城又见岁初时，红著梅梢万象苏。
难改眼衰蠹简癖，绝怜春展水云图。
劫余剩有头颅在，瓿覆宁教铅椠无？
未许羸躯闲日月，斗横灯火粲吾庐。

1980 年 2 月 5 日

六十初度书怀

储泪无须悲逆境，一宵雷雨靖黄埃。
回天已斡万钧力，白首应捐瓠落才。
事业由人判毁誉，水云自我说襟怀。
新苗屋后绕桃李，趁得春光取次栽。

1980 年 2 月 8 日

桂枝香

庚申元宵春灯会遇雨

良宵节物，任雾障蟾宫，云迷银阙。冻雨轻尘初浥，影疏香彻。千灯笑靥瑯环闹，喜人间，清辉明晔。绕梁南曲，玲珑双塔，赏心难歇。　　记十载，寒凝霜冽。叩大地千门，悲戚相迭。十月惊雷天外，雪融冰决。昆仑东海遥相揖，竞琼林红紫繁缀。醉人春意，持螯酒满①，远征蹄捷！

1980年3月1日

桂枝香

听秦怡朗诵《我的青春》

桐花展靥，迓沪上嘉宾，南来江渤。灯映华堂泪影，诵声凄切。韶光十载空抛掷，问云天，芳菲谁设？跳梁群丑，人间地狱，愤悲难说。　　泣九秋，狂欢十月！庆航道新辟，坚冰初裂。力挽乾旋坤转，凯歌声彻。朱颜常驻春长在，九州装点锦千叠。画图凭绘，骄阳如海，壮心如铁！

1980年4月15日

庚申秋夜，荔城旧友招饮于国霖新楼上有感，赋二律呈奉座上诸学长

一

胜会高楼夜雨时，豪情杯酒兴淋漓。
难忘卅载秋江梦，合扫经春浩劫悲。
蟹熟堆盘怜故里，荔红有约越归期。
花前促膝饶情话，清鬓侵霜音更知。

二

三十年来江海身，秋风吹雨濯衣沉。

---

① 泉州盛产海螃蟹，俗称为“蠘”，冬春间所捕，尤为肥壮。

曾摇吴会烟湖楫，聊问武溪九曲津。
征路有碑嘶瓠落，苦吟未许是骚人。
文章何罪憎魑魅？墨醉茶香一笑新。

1980年8月18日莆田

与宗昭同访梧塘乡漏斗村，喜晤元机、凤鸣二学长

此夕相逢亦足欢，汀州分袂忆当年。
笔怡老眼新开轴，鳞细清江紫籍盘。
劫梦无痕逐逝水，秋风有韵入吟笺。
羡君梧里清雏凤，应记鱼书堕海南。

1980年9月3日

醉蓬莱

辛酉年元宵泉州市南音会唱，有海外归侨参加喜赋

渐阳和澹荡，渌水波生，岭梅红吐。摒却寒光，遍葱葱佳气。岸柳芽黄，曲皋沙浅，有远帆凝睇。广陌含芳，山河带砺，翠峰初霁。　　治世躬逢，凤韶云集；盛会无前，惬意融契。休道当年，听御廷清吹。此际灯明，调换弦管，度韵新歌脆。丽月同天，衔杯酩醉，海天呈瑞！

1981年2月10日

哭欧文泉

独怜遗简仰诗名[1]，翼折云沉忆旧容。
芳草斜阳埋玉泪，风凄塞远暗青枫。

1981年4月22日

念奴娇

赠词友

桐城相遇，喜谈词灯下，曳笻桑迹。半壁烟尘迷惘处，曾记云天传檄。黄叶渝州，飞觞韵险，驰骋纵横笔。崎岖世路，惊湍骇浪难识。

过尽冻雨寒风，日高雾霁，有远山如拭。绮陌垂杨红杏嫩，醉听江干长笛。兰畹风贞，寒松枝健，瑶圃花如织。新阴千里，料应诗思浓密。

1981年6月1日

题朱成淦绘黄愧群先生国画肖像

五十年来教泽长，东风桃李接苍茫。
细苗经雨柔条秀，彩笔如神醉墨香。
科介图成珍艺苑，绞绡描就计群芳。
白头耿耿心犹壮，更喜新花满壁廊。

（注：据陈金狮《彩笔如神醉墨香—记著名国画家黄愧群》文，题名为编者所加。）

---

① 昔曾读作家劳荣评论集，文中盛赞欧海澄早年所发表之新诗，因有首句。

观莆仙戏《春草闯堂》

爱煞鲤声戏，新歌韵独清，
英雄照肝胆，佳偶合多情；
韬略挥狼虎，笑谈嘲公卿。
莺声五月啭，榴火艳江城。

1962 年 5 月

第五辑

图书馆里的风波

闭学式一开完，林海就三步并作两步地跑到图书馆里去。

他气喘喘地站在借书台前，说："王老师，我要借《东山少年》和《东山战斗的故事》。"

管图书的王老师拿给他一张借书单。林海接了那单子就走到旁边去填写。王老师由书橱里抽出那两本书，往台上一放，又坐下去。

恰好，李红这时也匆匆地走了进来。

他走到借书台跟前，看到台上那两本书——那正是他要借的两本呦，他歪了头笑了笑，就把手上填好的借书单拿给王老师，把书拿在手里。

林海把单子填好后，走到台前，也将借书单拿给王老师。

王老师站了起来，看见书已在李红手里。

林海看看李红手上的书，就是他想借的，心里有点慌，说："同样那两本书，还有吗？"

王老师摇了摇头，说："这是最后的两本了。好几十本全都借出去了。"

林海眼睛瞪得像灯笼，急得乱跺脚，转过身去，看了看李红，说："我先来借，你怎么给拿走了？"

李红也理直气壮地说："我先借，我先拿到了书。"

林海说："我先到，没借到书；你后到的，反而借到。这是什么道理?”

李红说:“问王老师,我先给借书单。那张单子,大考前我就填好了。你呢?”

林海急得涨红着脸,说:“问王老师,看谁先来借那两本书!”

李红也急起来了,说:“可是你没有填好借书单呵!”

林海走近前去,伸手要去抢李红手上的书。李红赶紧把书往书包里一塞,站稳脚势。林海要去拿李红身上的书包,李红就去揪对方的衣服。

于是,两人就扭打在一起了。

王老师急忙由里面跑了出来,说:“借书有什么好争吵! 来,把书都交给我,由我分配。”

他把李红书包里的两本书拿了出来,一人给一本。

他们都接着书,低着头,走出了图书馆。

林海的家在城外,离城约莫有二十多里。当天上午,他就赶回家去了。

他的寒假计划,早就订好了。要参加下政府工作,要做练习题,还要将《东山少年》和《东山战斗的故事》好好地看几遍。现在,他把《东山少年》翻开来,但是怎么也看不进去。他想起王老师的话,可不是,借书有什么好争吵? 他想:“李红平时是班里跟我最要好的,又都是少先队员,他要看,就该先让他借,有什么好争? 还打起架来……”

林海揉了揉身上的红领巾,不知道要怎么办好。后来,他就索性哭开了。

晚上,弟弟和妹妹在走廊上为了争着外祖母送来的一盏金鱼灯,拌起嘴来了。

“我要金鱼的。”

“我要金鱼的。”

“外婆是送给我的。”

“外婆是送给我的。”

“我先说。”

“我先说。”

两人都紧紧地握着长灯柄，互不相让。妈妈手里的荷花灯，谁都不要。

最后，妈妈生气了，说：“你们看，哥哥有没有像你们这样争吵？学学哥哥的样吧！”

林海在房子里听了，更加难过。他越想越不应该跟李红抢着借书。《东山少年》现在又在自己手里，该怎么办呢？他躺在床上，想呀想的，想出个办法来了。他高兴地笑了。后来，不知道怎样，就睡着了。

第二天，天才蒙蒙亮，他睁开眼睛，想了一阵子，一骨碌，就爬了起来。

他点上煤油灯，摊开信纸，给李红写信。

等他写完，早晨的太阳伯伯已经由窗口探进头来了，好像对他微笑。

他把信放进了信封里，又把那本《东山少年》包扎起来，一起写上了李红的名字和住址，拿着往衣袋里一塞，一撒腿，就跑出了大门。

一路上，田塍两旁“冬季的朋友”，像小蝴蝶的豌豆花啦，像绿蒲扇的芥菜叶啦，像红灯笼的西红柿啦，……这回，他全没有心思去看，他只是仰着头，一直在赶路。穿过一块大田野，过了一座石板桥，他终于到达村口的邮政代办处了。

他把信和书一起寄了出去。走出来，他好像由头顶掉落了一块大石头似的，挺轻松的，一路哼着山歌，走回家来。

他正要端起碗来吃早饭，邮递员伯伯在门口出现了，从邮包里取出一封信和一束书。

这意外的邮件使他感到惊奇，把手里的碗一放，打开那束书，在那本美丽的封面上，跳出几个熟悉的大红字来——东山战斗的故事。

（载《厦门日报》，1956年7月27日）

水　磨　机

星期六的下午，学校放晚学了。金小明手里拎着一个精美的玩具——木头做成的小水磨机，一路上吹着口哨，回到家里来。

妹妹小兰在门口迎上他：

“大哥，你拿着什么？”

“水磨机，自己做的。放在水里会转动。”

金小明走进屋子里，扑哒一声，打开衣橱门，将那水磨机往橱子里最上面的一层一放，又用妈妈的一堆衣服把它遮住，然后才关上橱门。回过身来，看见小兰站在门那边望着他。

“你在偷看！”小明对妹妹眨了眨眼睛，装出一副恐吓的神气，“谁去拿，我就打断他的腿！听到了没有？”

“我自己有舅舅送的飞机、轮船，才不要你那个什么水机——磨。”小兰翻了一下白眼，呶着嘴走开了。

金小明看着小兰那生气的神情，轻轻笑了一笑。便把放在橱子前面的高凳子远远的搬开，这才走出了门。

一会儿，小明的弟弟小山从外面走进来。小兰一看见他，便走近过去，带着很神秘的神气，对他说：

“二哥，水——机——磨！”

“什么水机磨？”

“大哥自己做的，放在水里会转动，多好玩呀！”说完，小兰把小指头朝衣橱那边指了指。

金小山看了，就把放在墙角的那只高凳子搬到橱子前面，爬了上去。伸长着脖子，往橱子里一瞧，伸手就把那架小小的水磨机拿了出来。

“这是什么东西？”他睁大着眼睛把它瞧了又瞧。

“水机磨呀！来，把它放到水里去！”

金小山忙把水磨机往地上一搁，自己跑到厨房里，端出一个盛满了水的脸盆来，将水磨机放了进去，可是它一动也不动。

“它怎么不动呢？”小兰歪着头看了好久，嘴里一直嘟哝着。

金小山伸手到脸盆里，这里拨拨，那里弄弄，它还是不动。他有些急了，又把手放到水磨机的一根小木轴上，狠狠一转，扭动了机上的小齿轮，牵动了小皮带；另一边那一块圆形的小木磨忽然旋转起来了。

“那不是在动了吗！”小兰高兴得拍起手来。

小山不声不响地把水磨机从脸盆里拿了出来。拔起腿就要往门外跑。小兰急着喊：

“那是大哥的呢，你敢拿去！看我等下告诉他。”

“你告诉他，我就不再跟你好。”小山说着，就跑出去了。他一路直嚷：“来看呀，水机磨，水机磨，水机磨！”

小山的同学王飞跑了过来，看着说：“水磨机，怎么叫水机磨，连名字都叫错了。”

“水磨机就水磨机，你看，它会转呢。”小山说着，又用手把它转了一转。

“傻瓜！谁叫你用手，要用水冲才行。”

“我早就试过了，放在脸盆里。”小山不服气地说。

“哎！放在脸盆里哪行？要用很多的水冲它，叫它转动，那才好玩！”

金小山听了，立刻要往家里跑。但是王飞叫住了他：“别去！来，跟我走，到后山去！”

“到后山去干什么?”

“后山不是有个小瀑布吗,我们把这水磨机放在小瀑布下面,让那瀑布的水往下冲,它就会转得又快又不会停止了。”

小山点了点头。两个人就一起跑了。

不一会儿,他们走进了一片小林子。除了偶然听到几声秋虫叫声以外,什么声音也没有。四周静得很。山路两旁高高的大树,一片浓绿的树叶,遮住了天空,底下显得有些阴暗。虽是白天,也使人觉得阴森森的。

小山心里有些发毛,他问:“这里有老虎吗?”

“没有老虎,只有鹿儿,上次我爸就在这山上打到一只花鹿。”

“要是我们能打到一只鹿儿,那多好玩。”小山的胆子又壮起来了。

王飞挥了挥手里那根长长的小木棍,说:“有这根金箍棒,一定能打到。”

忽然间,远处传来一阵奇怪的声音:

嚓哐——嚓哐!

金小山转回头,小声地说:“你听,有人。”

“哪里有什么人? 这是瀑布的声音。”

“不,瀑布的声音是哗啦——哗啦,不是嚓哐——嚓哐。这一定是什么坏人在附近捣鬼。”

他们都站在那里注意地听着。在静静的山野里,那声音忽又响了起来!

嚓哐——嚓哐!

王飞举起手里的小木棍,在空中挥了一下,大声地喊说:“你是什么人?”

“你是什么人?”从远处山谷里传来了一阵响亮的回声。

金小山把手打成圆筒形,放在嘴边,喊了起来:“谁在那里?”

“谁在那里?”又是一阵回声。

四周仍然很寂静。

金小山说:“也许那人已经走了?”

“当然走了,他老待在这山坳里做什么?”

他们两个人又往前走了,走不上几步,那奇怪的声音又迎上了他们:嚓噔——嚓噔!

“一定是什么人故意藏在这里来吓唬我们。”金小山说。

“也许是强盗?”

“也许是老虎?”

王飞的话还没有落声,忽然哗啦一声,路旁的一堆灌木丛里,跳出了一只小鹿儿,很快从他们面前闯过去了。金小山不禁跳了起来:“糟了,老虎在追小鹿儿!”说着,拔腿就往回跑。王飞看他跑了,也吓得脸色发青,跟在后面跑去。

他们奔出林子,穿过那片园地,回到了金小山家屋后,才停下来喘气。金小山歪着头又听了一会,说:

“那个声音没有了。”

“当然没有了。老虎怎么敢跑到这里来!”

“可是王飞,你那根金箍棒丢到哪里去了?”

王飞低头看一下自己的手,不觉脸一红,好久才说了一句:“反正现在不打鹿儿了。”

“可是我们在玩什么呢?”

“还是玩水磨机吧。你在这里等着,我回去打桶水来!”

王飞说着就要跑回家去,忽然听见金小山在背后嚷叫:“呀!我的水磨机呢?”他听了忙回过头一看,只见金小山两手空空的,站在一边直发呆。

“水磨机呢?”王飞问他。

“丢了。”

王飞看到它那副懊恼模样,刚想说几句话安慰他。院子里突然传出一阵拌嘴的声音!

“我没有拿你的水机——磨。”

“只有你看见，你没有拿，谁拿？”

小山听见是小兰跟小明在争吵，他心里动了一下，怔住了。这时，小明跟小兰从院子里走了出来，看见小山呆呆地站在那儿，就问他：

“弟弟，你看见了没有？”

“看见什么！”小山含糊地说。

“我的水磨机，放在橱子上面，你看见了没有？”

小山把眼睛看着妹妹，犹豫地摇了摇头，又向站在旁边的王飞挤了挤眼，这才用低得像从牙齿缝里挤出来的声音回答说：“我不知道。”

金小明又瞪着眼睛骂起小兰来：

“你偷到哪里去？还不拿出来！”

小兰把嘴堵得高高的，偷偷地向小山看了一眼。小山心里很难过，几次想把事情讲出来，又没有勇气开口。

“你还不说！”小明举起拳头在小兰面前比了比。

就在这个时候，妈妈走出来了。

“谁又在欺负小妹妹了。”妈妈说着，就往小兰跟前走去。

小兰看了看妈妈，嘴一扁，眼一眨，两行泪珠便从眼角滚了下来。她叫了一声“妈——妈！”就哭开了。

第二天，金小明到辅导员那里另外借了一架小水磨机，就找了小山一起到后山去。

小山跟着走过了屋后那片小山坡，刚要走进林子时，突然迟疑了一下，问道：

“哥哥，这林子里也许有老虎？”

金小明笑了一下，说：“你胆子真小。社里的叔叔阿姨们天天打这林子里过，到山上去种地。也没有谁碰到过老虎。”

“也许有什么坏人藏在这里？”

“碰到坏人，我们就捉住他送到乡政府去！”

小山听了，胆子壮了许多，心里想：哥哥究竟有办法，难怪他能念六年级。

他们在林子里走着、走着，忽然远处传出一阵声音。

嚓嗤——嚓嗤！

小山停住脚步，发着抖说：“你听，老虎在那里叫呢！”

小明也停住听了听，心里明白了。他笑着说：“什么老虎，那是‘水敲’。”

“什么叫‘水敲’？”

“连‘水敲’也不懂？跟我来看。”

小山装出一副不怕的神气，半信半疑地跟着哥哥穿过那片林子，来到溪涧旁边。小明指着溪边那个用竹筒等物搭成的东西，说：

“看到了没有？水敲。”

小山走近前去，一看，原来那“水敲”是用一根剖开来的大竹筒、一支竹片和一块马口铁片做成的。在那大竹筒当中，穿上一根轴子，将它安在小溪流下泻的地方。那流下的溪水，恰好流进竹筒内，筒里的水满了，便往前倾，水倒了下来，正好冲在那根活动的竹片上，竹片一翘，就打在那块马口铁片上，这样，就发出了嚓嗤的声音来了。因为这里一共装了两个，每次就接连发出两声。

“装这个有什么好玩？”小山问。

小明指着溪涧两旁新开垦的一层一层的番薯园，说：“你看，这些番薯园全靠这‘水敲’保护着呢！它日夜不停地响，野猪就不敢走近前来了。”

小山听了很是懊悔，他在心里一直骂自己胆小，要不也不会把水磨机给丢了。但他始终不敢当着哥哥的面，把昨天的事讲出来。

小明一心想玩，没看出弟弟的心事。他将那水磨机放在溪里一道小瀑布下面，水磨机受到水流的冲击，立即很快地转动起来。

小山看了，高兴得拍着掌，但一会儿又感到心里沉沉的，玩得不大起劲。小明倒是一心一意地玩着，直玩到太阳快照到头顶才拉着弟弟回家。

路上，小明对弟弟说："这架是借来的，要是我那架没有被妹妹偷走，我们就可以常常拿到这里来玩了。"小山一声不吭，只是低着头，默默地跟着哥哥走。

到了家门口，小明刚将一只脚踩进了门，立时又抽回来，往外跑了。妈妈在里面看见了，忙喊："小明，快吃午饭了，还往那儿跑?"

"我拿水磨机去还给老师。"小明说着，头也不回地跑去了。

小山一个人站在门口，迟疑了一会，觑着妈妈不在，一撒腿，便独自往后山跑去了。

他奔进了那片林子，就放慢脚步，一边喘着气，一边看着地上。忽然，远处又响了起来：

嗤嚓——嗤嚓!

"呸！你这水敲，我才不怕你呢，你去吓那些笨野猪吧!"

他顺着昨天跟王飞走的那条路一边走一边看，果然在路旁的一个草丛边，找到了那架被他丢了的水磨机。他轻轻地把它拿了起来，高兴地对着它说：

"你到底被我找到了呀!"

小山回到家里，他哥哥小明也刚从学校里回来。小山喘着气，鼓红着脸蛋，眼睛直看着哥哥，好像要说什么，但又说不出来。最后，他将提在背后的那架水磨机拿来出来，塞在小明手里，说："拿去!"

"这不就是我做的那架？妹妹拿出来了?"小明疑惑地问。

"哥哥"小山鼓着勇气说："是我拿的。"接着，他把昨天发生的事情，全都说了出来。

"谁叫你撒谎!"妈妈站在他们的背后说，她已经听了好一会儿。

小山低着头，不作声。

“你想想，把自己做的事情推在你妹妹身上，害得她给哥哥骂哭了。你自己怎么不害羞？”

“妈，我只有这一次……”

“只有一次也不行。”

小山看着自己的鞋子，一声不吭。他用手擦擦眼睛，想到自己因为怕哥哥责骂，第一次撒了谎，心里便觉得十分难过。

“撒谎，多可耻呀，还说只有一次。”妈妈一个字一个字地说着。

“妈，我以后不了。”小山低声说。他稍微抬起头，偷偷地看一下妈妈的脸色。

“记住，以后可别撒谎了。”

吃中饭的时候，小山刚举起筷子，忽然又放了下来，他抬起眼睛看着妈妈，畏缩地说：

“妈……”

妈妈看了小山一眼，神情不像刚才那么严厉了。

“我已经把那架水磨机找回来，还给哥哥了，这算不算是我偷他的？”

“好吧，你认了错，东西也还了，就不算是你偷的吧。”

小山听了，立刻放下了手中的饭碗，直往门外跑去。接着，院子里传来一阵愉快的喊声：

“妹妹，妹妹！快来！水磨机有了！”

（《热风》1958 年）

第六辑

书　画　选

《自嘲》（见《竹屋诗词》）

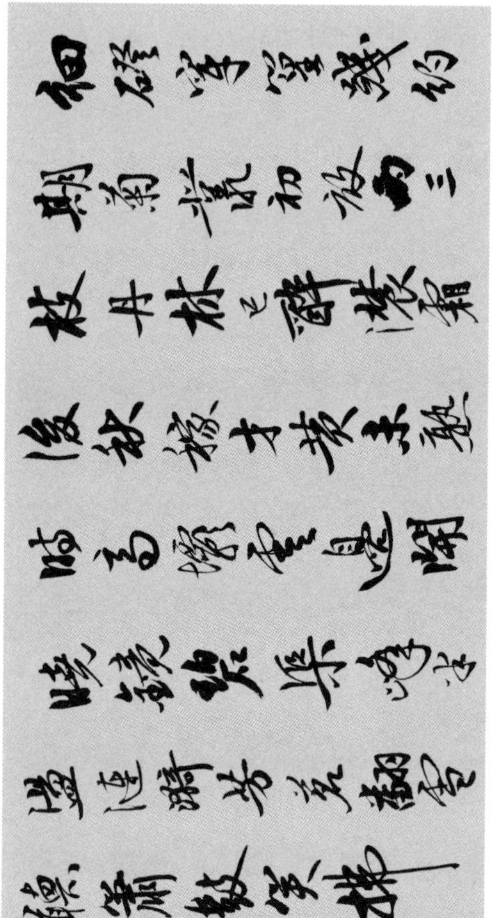

《过东圳水库》（原题《秋兴》，见《竹屋诗词》）

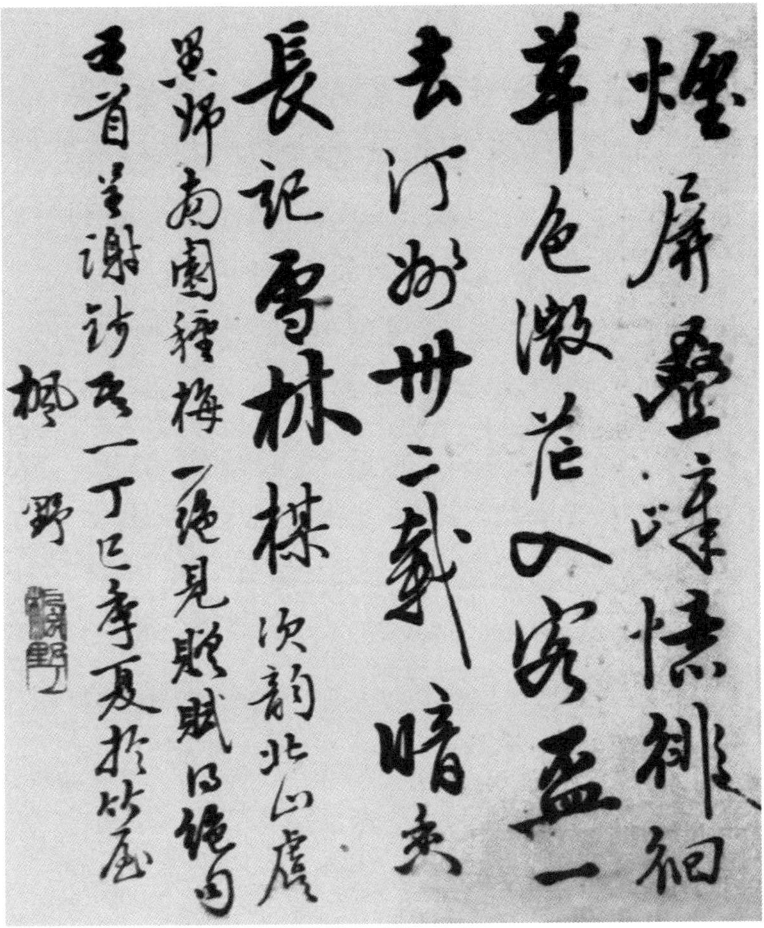

《次韵北山虞愚师〈南园种梅〉一绝见赠，
赋得绝句五首呈谢》之五（见《竹屋诗词》）

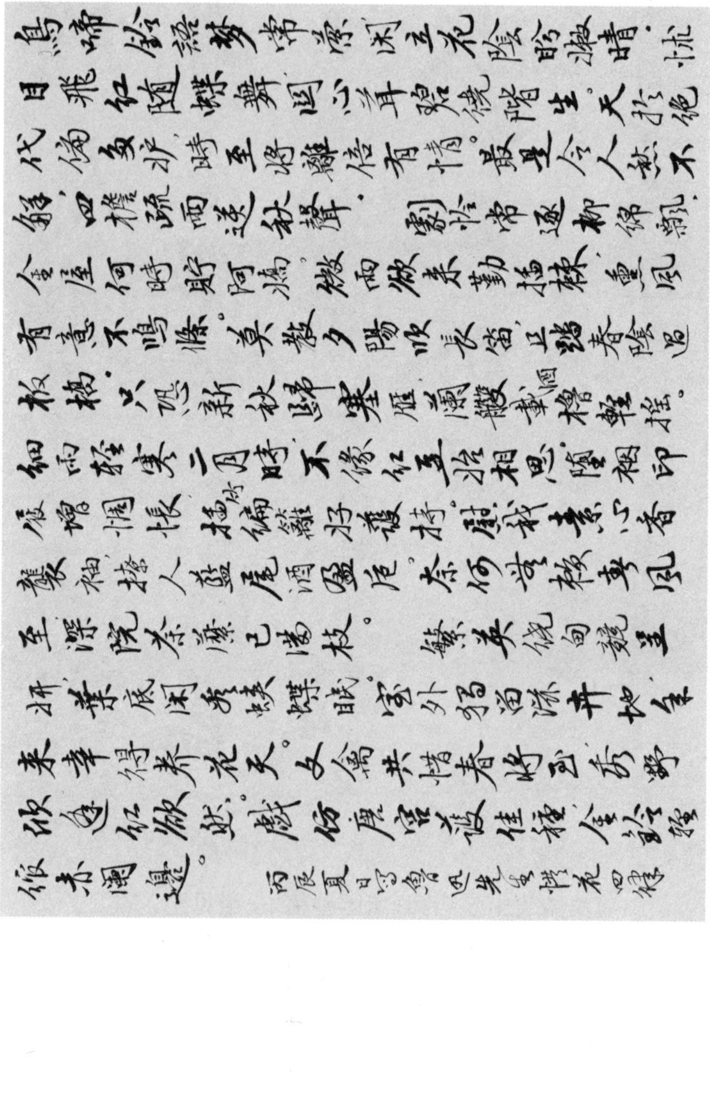

鲁迅先生《惜花》四律

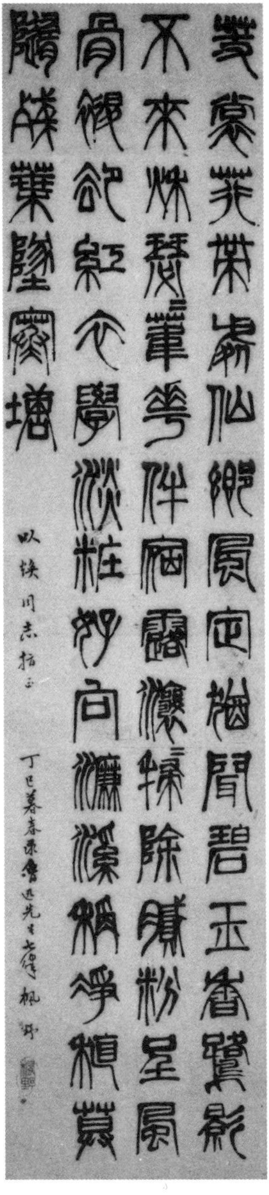

鲁迅《莲蓬人》诗

芰裳荇带处仙乡，风定犹闻碧玉香。
鹭影不来秋瑟瑟，苇花伴宿露瀼瀼。
扫除腻粉呈风骨，褪却红衣学淡妆。
好向濂溪称净植，莫随残叶坠寒塘！

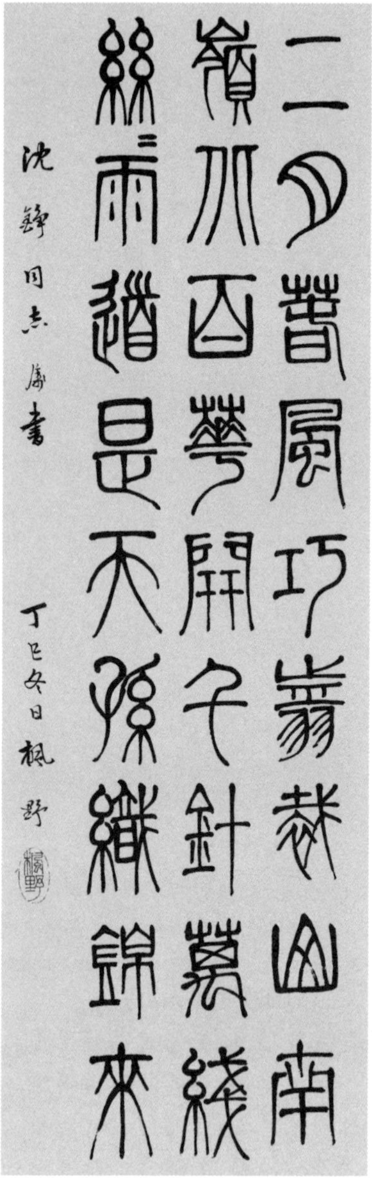

二月春风巧剪裁，
山南岭北百花开。
千针万线丝丝雨，
道是天孙织锦来。

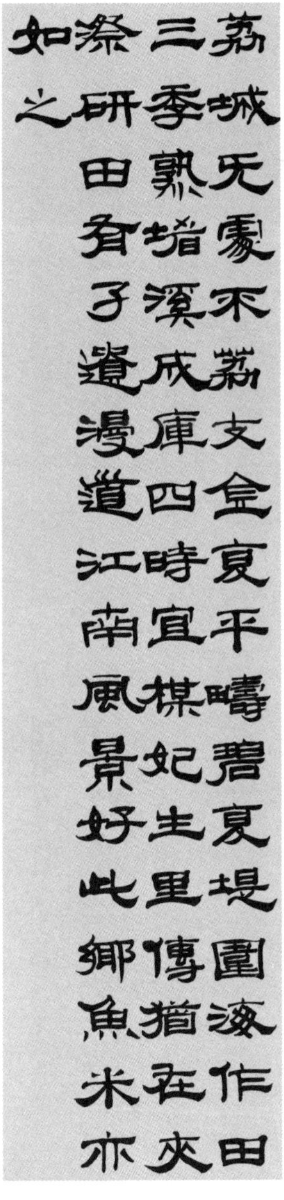

郭沫若《途次莆田》诗

荔城无处不荔支，金复平畴碧复堤。
围海作田三季熟，堵溪成库四时宜。
梅妃生里传犹在，夹漈研田有子遗。
漫道江南风景好，此乡鱼米亦如之。

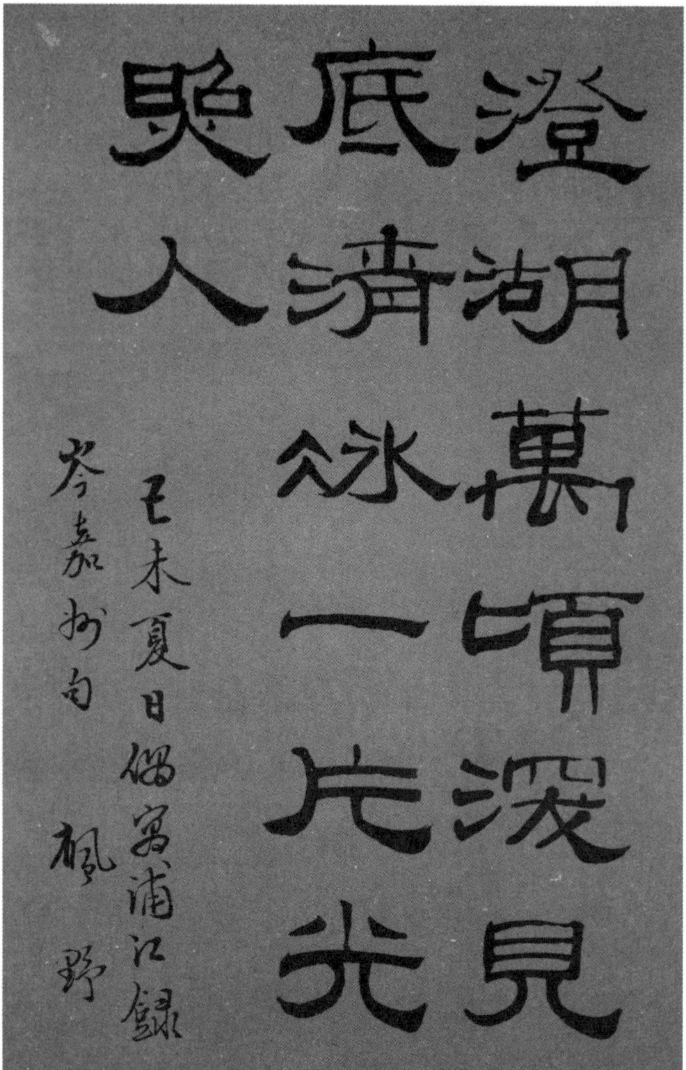

澄湖万顷深见底，清冰一片光照人

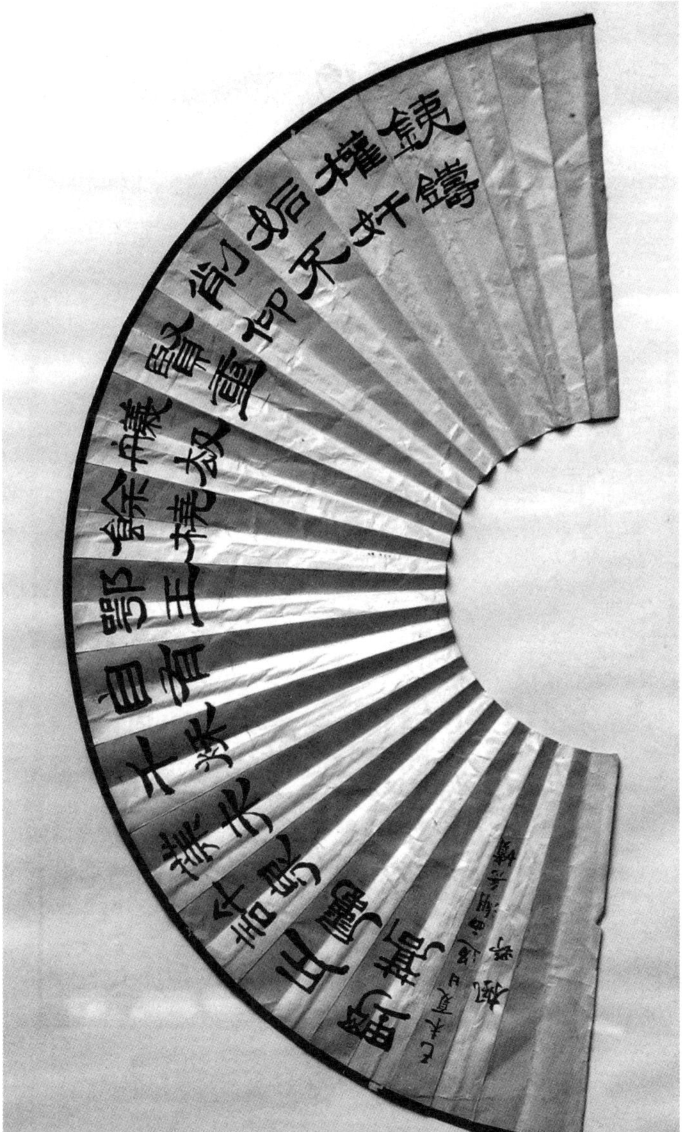

《江南纪游》组诗之《岳坟》

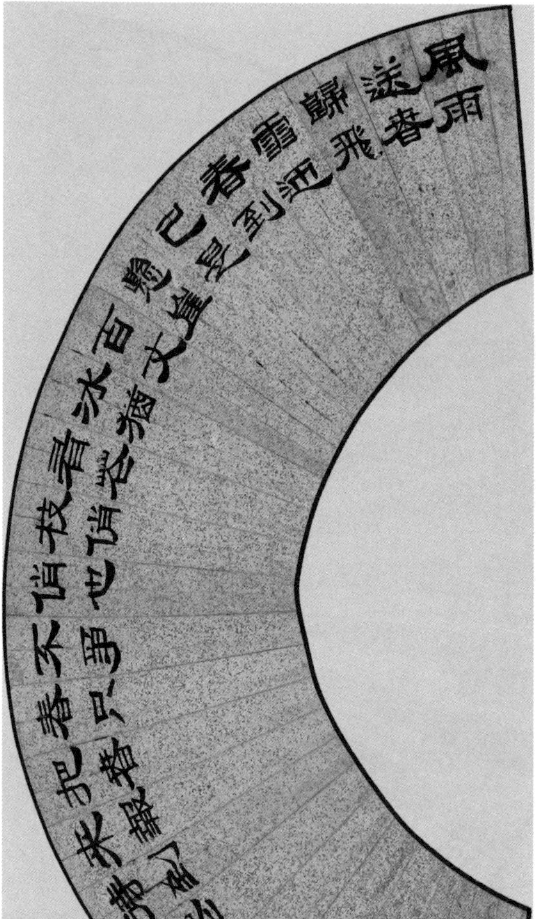

毛泽东《卜算子·咏梅》

墨竹

花开富贵图

祖国万岁

列宁像

第七辑

篆　刻　选

横眉冷对千夫指

俯首甘为孺子牛

茫茫九派流中国

沉沉一线穿南北

烟雨莽苍苍

龟蛇锁大江

一九六一年二月

为女民兵题照

七绝

飒爽英姿五尺枪

曙光初照演兵场

中华儿女多奇志

不爱红装爱武装

洞庭波涌连天雪长岛人歌动地诗

洞庭波涌连天雪

祖国万岁

数风流人物还看今朝

书生意气挥斥方遒

四海翻腾云水怒　五洲震荡风雷激

无限风光在险峰

风景这边独好

万水千山只等闲

风展红旗如画

把酒酹滔滔

心潮逐浪高

雄关漫道真如铁

而今迈步从头越

山花烂漫

飞雪迎春

颠连直接东溟

更加郁郁葱葱

梅花欢喜漫天雪

战士指看南粤

东方欲晓

莫道君行早

会昌城外高峰

红旗漫卷西风

马蹄声碎

喇叭声咽

苍山如海

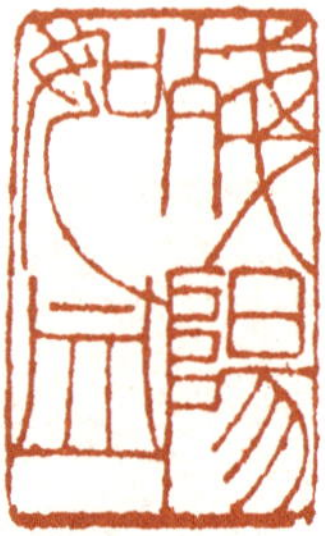

残阳如血

江山如此多娇

江山多娇

娄山关

西风烈

长空雁叫霜晨月

霜晨月

百花齐放

松柏长青

推陈出新

风华正茂

星火燎原

剩有游人处

生活是创作的源泉

全世界无产者联合起来

黄鹤楼

学习王杰同志一不怕苦二不怕死的革命精神

祝毛主席万寿无疆

余事作书为革命

东方红

忧患元元忆逝翁，红旗飘渺没遥空。昏鸦三匝迷枯树，回雁兼程溯旧踪。赤道雕弓能射虎，椰林匕首敢屠龙。景升父子皆豚犬，旋转还凭革命功。

——叶剑英《远望》诗

枫野

枫野所藏

涂元渠印

枫野治印

涂步青印

涂步青

涂元渠印

涂元济印

涂石藏书

涂帆

林璋之印

涂石

涂驰

汉宗所藏

郑启平

傅德标印

李文静

林汉宗印

迪平

郑启伍

生南国

虞愚

杏花春雨江南

北山

步岩双钩周秦汉魏刻石之记

云耀藏书

张泰柏

金赓端

沈墨徹印

裘水静

金鉴

墨牛

附　录

竹屋日记

（1978 年 7 月 20 日—1981 年 4 月 22 日）

1978 年

7 月 20 日

下午，出席福建省哲学社会科学联合会及所属各学会恢复活动大会开幕式，听取福建省宣传部副部长明祖凡报告。

晚上，帆女来，我身体欠适，不能与之多谈话。卧床静养休息。九时，洗冷水浴。

7 月 22 日

上下午继续出席福建省社联大会。大会发言，揭批“四人帮”。傍晚，帆女来，在所内共进晚餐。晚上，观看南斯拉夫的影片《桥》，耳目为之一新。

7 月 25 日

这次来，见到许多违别十多年的老朋友、老同学，如陈方、茂元、力夫、腾火、存广、光华、陈淇、笃仁、展华等人，甚慰。是万恶的“四人帮”将福建省社联及所属各学会打为黑学会，将广大哲学、社会科学工作者打为“臭老九”，加以种种的迫害与摧残。不少理事及会员，被迫害致死，如陈伯琴兄便是其中的一个，至为哀痛。粉碎了“四人帮”，使国家民族安全地绕过险滩，拨开恶浪，向四化的宏伟目标前进。为此，这次参加大会的各地代表，一致感到无比幸福与兴奋，大家都认为回去应努力工作，尽力做出贡献。

7月28日

珍君于6月14日离家出差，前往杭州、上海、南京、扬州、武汉、长沙马王堆、南昌等地博物馆参观学习，历时约一个半月，直至今天才回来。时适小大暑，滞留这些所谓的“火炉”地区，一路辛苦可以概见，但也总算走过来了。其实，天下事不过如此，为人民事业，有胆量，有毅力，敢于奋战，便能获得胜利！回想前个月，曾为担心她旅次受不了热，去电促她中途折归，实是蠢事，徒耗费电报费人民币一块钱。

8月1日

给地区宣传部呈上一份复职申请书。十载冰霜花事尽，一霄雷雨瘴氛收。回首十年来，“四人帮”这伙祸国殃民的恶棍对我们的种种折磨与陷害，气愤之下，我于1976年9月1日被迫递上退休书，提前退休回家。今天，妖氛净扫，玉宇澄清，老马伏枥，壮志未酬，重新递上复职申请书，请求复职，内心感到一阵轻松！

8月24日

原儿已于晋江地区高师班毕业，今日公布分配他在晋江地区教育局仪器站工作，地点设在晋江地区教育干校内，总算能在我们身边工作，了了一件心事。

8月26日

堤女回德化，托亚玉带给厦门大学兆璋一函，及给启平、文静篆隶石印二枚。

9月2日　星期六　晴

寄《泉州文物》（第24期）四本给北京虞愚师，内刊虞师诗作《刺桐城新咏》五律、七绝十余首。

9月3日　星期日　晴

今日从上午到夜晚，先后来四批客人，把整个星期天的时间全占光了。时间对我比黄金还可贵，但今日全日可贵的时间，都被人抢走了，可痛之至。决心，从明日起，锁上大门，杜门拒客，抓紧时间读书、写作。

9月6日　星期三　阴雨

停止了三四个月的编写岑参诗注等的工作，我从昨日起，才得以重新动笔。进行这项工作，无疑地将遇到极大的困难：一、手头资料奇缺，虽四处搜求，所获不多；二、读书太少，孤陋寡闻，水平不足。但以四逆翦除，幸逢盛际，不甘虚度晚年，愿为文化事业添砖增瓦，故不计利钝，激流勇进，能否出成果，眼前不予计及。

上午，写完岑诗《火山云歌送别》七言古体诗一首的题解及注释初稿。

夜，写岑诗释文到十时半，平时，往往怀疑我能否有足够的精力将这项工作做完。从今夜劳动强度看，增加了我从事这项工作的信心！

9月14日　星期四　晴

珍君早上六时往晋江地区招待所集中，作为晋江地区代表团成员赴榕参加福建省科学大会。

9月15日　星期五　晴

抓紧时间继续写岑诗注。

傍晚，泉州市教育局苏德耀来送给我一张出席明日在泉州影剧院开的平反大会的入场券，他说大会也将给我平反。我想：一、他们要如何为我平反？二、花去半天时间去参加平反大会，是否会浪费了我这极宝贵的时间呢？时间对我就是生命呀！

晚上，给郭风、荒烟各写一信，明早发出。

9月16日　星期六　晴

下午二时半市委在泉州影剧院召开平反大会，以下便是市委送来给我的大会入场券。（此处贴上入场券：泉州影剧院、楼下12排6号、注意时间、票不退换）

但我并未出席平反大会。会后，我在大街上遇到毕寿松，他告诉我说他出席了下午的这次文教卫界平反大会，会上由黄建川市委副书记宣读泉州市委的对《连升三级》剧本作者王冬青、泉州市文管会的吴文良、泉州市文化馆副馆长杨条楷、某小学教师万松青及我五人的平反的决定。给我平反的内容即关于“黑帮分子”字条以致被送入市公安局拘留一个月的问题。现“四人帮”已打倒，党给我平了反，这是可喜的事，得感激党对我这个无辜受害者的昭雪平反。回想这十多年来，我受到疯狂的摧残与迫害，但我决不屈服，顽强地活了下来。一开始，我头脑便十分清醒地认为：我决不糊里糊涂地去自杀，坚决要忍辱地、顽强、再顽强地活下来，睁大眼睛看看我这被迫害者及那些迫害我的人的下场，白白地死了，让仇者快，亲者痛，不行！这是弱者所选择的道路，我决不走！

我要勇敢地活下去，看看这个被“四人帮”扰得皂白不分、是非颠倒的世界的去路。今天，四逆被翦除，我也平了反。有这样的一天，我感到高兴。在这次被昭雪平反的五个人中，吴文良跳井，万松青绝食，杨条楷自杀，王冬青被长期折磨，病逝，只有我一个人活下来，这绝不是偶然的呀！

但从这次给我在全市公开平反昭雪的冤案处理结论看，当局没有为我彻底平反。这不禁令我想起我在清队中,泉州市政治部给我一份打印的政审结论,还留了一条尾巴:我于1965年底写《与姚文元同志商榷》一稿,"犯了严重错误"。这个问题将如何处理呢?为什么不在这次一起平反呢?实在难于理解。我知道,世界是复杂的,令人难于理解的事多着呢,何止这一条。但我深信,至终要解决的,不须急,耐心地等着瞧吧!

9月17日 星期日 晴

今天是中秋佳节,晚上,每人分一个蛋,一个中秋饼。开始整理简单的行装,准备明早与《汉语大词典》的五位同事一起出发,周游福建省内各兄弟编写组取经。

9月18日 星期一 晴

上午八时二十分,六人乘汽车登程,九时二十分抵莆田,住入莆田地区招待所。因房间说已住满,被分排入二楼的大厅内,住普通房,在一个大厅内,挤满了五六十张床位,太阳西照,室内空气闷热,用水得到楼下取,午睡睡不着觉,心里总感到这不是旅途安歇的处所。下午二时,去衙后街,莆田于文革期间将街巷名全面更改,换上革命化的名称,如五星街、红旗巷、文革路,等等,但对这种只熟悉旧街名的我,总是无法去记住这些新名称。

到县农业局宿舍找元怿兄……由元怿带往县招待所,办入住该所的手续。由于有熟人引导,服务员连我们身上所带的晋江地区宣传部介绍函都不过目,便让我们登记住下。

9月19日 星期二 晴

早饭后,我仍去跑买汽车票,其余的人与莆田编写组的三人交流编写经验。

昨日托人从三个门路去买汽车票,今天共买到二十日下午的十二张，廿一日上午的三张。只好将多出的九张拿去退掉，留下二十日的下午的六张。大门买不到半张，后门却多买到九张，这就是目前存在着的实际情况。

9月20日　星期三　晴

上午，带他们到北河北小庙观参观北宋宋徽宗赵佶所书给莆田小庙观三清殿的手诏瘦金书刻石《神霄玉清万寿宫碑》，字大刻工细，是极珍贵的文物，我所见已刊出的赵书的瘦金书，无过于此碑。可是莆田文管会不知妥为保护，让于此处设幼儿园，儿童可随便靠近石碑，手摩石击，听其自便。此碑当为之拓片，制板刊行，以广流播，此项工作从未着手进行。此外，尚有文天祥书石碑二枚，当为当时文率师南进时经莆田所留下的手迹，亦属珍物。其余如邓石如、文徵明等名家刻石，属文人转购入石，无特殊可贵之处。顺路往访欧文泉学长、柯柏堂老师。

由于连日劳累，我身体颇感欠适，仅能躺床，于是，又萌生至此折回不拟北上之念。

希吟、萍萍二人于前一天从泉州直接乘车赴榕，已先到福建人民出版社等我们了。

9月21日　星期四　晴

福州地区大，找人不容易，得等车、转车、跑路，花时间，耗体力，这对我是无法办到的，因此，我什么人都不去找，只挂一个电话给福州大学的帆女，嘱她来福建人民出版社看我。中午，她乘自行车来了。将要还给济弟的几本书及原儿托希吟带给我的毛衫、呢帽给了帆女带走。她鼓励我勿中途折回，还是鼓起勇气一游武夷山，以偿夙愿。至此，我才最后下定决心：往前走，不中途后退。

除树人折回外，加上希吟、萍萍，共七个人，下午，乘三时三十五分火车北上。解放后，福建本省有了火车，在福建境内乘火车，这还是第一次。

夜，住入南平地区招待所。

记得 1946 年 6 月底厦门大学毕业后，我从长汀乘汽车途经南平前往福州，距今已三十二年三个月了，眼前的南平，辉煌的灯华，有如点缀在这座屹立在两江之间的山城上的璀璨的明珠，令人赞叹不已。可以想象得到，解放这二十九年来，这座古山城发生了翻天覆地的变化！

9 月 22 日　星期五　晴

南平是一个新兴的工业城市，山多平地少，工厂林立，人口集中，布局也欠合理，显得挤、乱、脏。

下午五时多到达建阳县。建阳地区招待所，布局好，每座楼房都安放在宽敞的空地上，房子四周都种上各种花木瓜果，葱茏满园，有如置身于花园里，空气新鲜，环境幽静。夜间，得盖上十斤重的厚棉被，这就是闽北气候的特点。

9 月 23 日　星期六　晴

建阳地区招待所王同志带我们到附近大桥南岸远望五华里外的考亭，他说，考亭有大考亭小考亭，相传说是南宋朱熹讲学过的地方。

下午，五时多抵崇安境内的武夷宫。

黄昏，到招待所前的九曲大桥下的九曲溪上涉水到滩上捡一袋小花石，仰头便可看到玉女峰，大王峰便耸立在我们招待所的背后，我们全置身于青山绿水之中。

9 月 24 日　星期日　晴

在星村的渡口，看到一座 1963 年福建省人民委员会所树立的“遇林亭旧窑址”石碑，将这窑址列入福建省文物保护单位。碑文刻道:“遇林亭窑址发现于1958年,为宋代瓷器生产作坊废址。遗物以乌金釉日用器皿为主,制作技术类似建阳水吉窑,是福建瓷器史的实物资料。列为本省重点保护文物,1963年福建省人民委员会立。”问当地农民,他们说这座旧窑址距这里还有五十华里,因那边荒无人烟,所以将这座石碑树在桥头。桥边还有一座“九曲亭”,匾额上的字迹苍老可观,但亭屋内似乎已作为生产队的小仓库,供存放杂物之用。我们雇了两只竹筏,并花四块钱,雇了一位农民当游览向导,乘着竹筏顺流而下,流览九曲溪。溪流弯曲,薄雾未开,水面如镜,山光岚影,掩映成趣。遇险滩急湍,巉岩横距崖际,竹筏泛流而下,疾如箭矢离弦,亦称惊险。至第五曲,以山岩奇特,乃登滩摄影。我于此滩上捡一黑石,大如拳,石上嵌以银灰丝纹,颇为可观,携归留念。至疗养所之九曲大桥下之第四曲,又拾一黄石,质坚隆陷如蜂窝,一并携归。我坚持要乘竹筏泛尽九曲溪,无奈众人都要于第四曲上岸,雇向导上山登天游峰,我也只好登岸。

9月25日　星期一　晴

从崇安汽车站到街道,约二三公里,既无摩托车,又无三轮车、公共汽车,旅客得自提行李徒步到崇安县招待所,既辛苦又不便,这是旅途中所仅见的。来崇安,发现一件最奇特的事,便是崇安县城每盏电灯只能发出二瓦的光,晚间在灯下,不但不能看书写字,连一般的照明,都感到不足。建国到现在快二十九年了,这二十九年的每个可贵的夜晚,这里县委书记是如何度过去的?广大的干部是如何度过去的?中小学教师晚间是如何进行备课的?广大学生是如何攻关的?全县的工农业是如何上去的?我想,要是让我来当县委书记,首先我要解决的,便是电的问题。

9月26日　星期二　阴、雨、晴

离开崇安,经武夷山,过星村,沿山谷深涧进发。山高林密,雨雾迷蒙，寒气袭人，我将带来的全部衣服穿上仍不觉过多。车约行一点多钟，过伐木场，开始上坡，这一派为大林区，透过车窗所见，从涧底到高山顶，杉松浓密，为平生所未见，蔚为绿林奇观。车登先锋岭，路面窄，弯曲多，俯视竹丛密布，深不见谷底，其地势之奇险，为平生所未见，偶侧目下瞰，惊心动魄，毛骨悚然。车穿涧登峰，其景之奇，别有壮观。降岭至黄坑，天转晴朗，平路直趋邵武。

搭下午一时三分的硬席慢车南下。当晚七时半许，车过三明市，一派灯火辉煌，山城夜景，极为迷人，车在三明站停十二分钟，我曾力倡在此下车过夜，明日再走，却未得旁人支持，作罢。

9月27日　星期三　晴

漳州市街道宽敞，市容整洁，可算是福建全省屈指可数的第一流城市；福州市仅新建的八一路较为可观；厦门市均为旧街道，如小家碧玉；南平新城市，显得挤乱脏；邵武虽有较可观之大街，但仍远未能脱尽脏与破旧之陈迹；莆田虽为地区所在地，但市容建设，保守落后，抱残守缺，许多主要街道之路面，都吝于铺设，可以断言当为福建省内极落后之市容。

住入第二招待所，住房临大街，整日车辆来往，噪音雷鸣，难以入睡。当时建这招待所之设计师，简直欠缺最起码之科学常识，类似福州的八一服务社，真是徒耗国家财务，害人不浅。

9月28日　星期四　晴

这次环游福建全省历时十一天的旅程，至此结束。到家后，才知道珍君于昨日开完福建省科学大会后已回来，原儿这次也出差前往漳州市，计五天，也是于昨日回来。

为珊妹儿子王涛转学事，发信给莆一中明哲。

10月1日　星期日　晴

今天是中华人民共和国国庆二十九周年。泉州全市红旗招展，喜气洋洋。

10月2日　星期一　晴

黄丽珊、黄婉玲来寓，谈丽珊已被录取在师大艺术系声乐专业，她哥哥被录取在厦大外语系。高绵与她妈、姐来谈，她尚未得到最后录取通知。傅阳新来说，他已被取在上海第一医学院。蔡治淮来辞行，她这次以总分467分考入北京大学中国古代历史系，高分压倒全省文科考生，算是女状元了。蒋文化与颜亚玉带她妹妹亚蓉来谈厦大的近况。

夜，原儿、堤女到干校洗相片，我在亚玉处及《汉语大词典》词典组内读报，九时半，带堤女回家。

10月3日　星期二　晴

托丘熙恰在郊区代买五斤新焙的桂圆干，并写一封长信，交丁川带给丁品，托他明日带去上海师大。

林希吟的弟弟飞飞来辞行，说他被录取在暨南大学新闻系，明天便要动身了。

夜到淑玉家，小琼这次考上厦门大学政治经济系，七、八日去报到。

10月4日　星期三　晴

今年新移植来的芙蓉开始开花了，每日开一两朵，鲜艳可观，但每朵花期仅一天。

今日起继续写岑诗注。这项工作，因这次出游，已辍笔半个多月了，但至终因来客多，仍未能动笔。上午，跑新华书店，了解到高考数理化各科复习提纲全已售完，回来，复谢如俊的信。

下午，青阳留守师蒋主任及其夫人丁燕飞带文华来，文华已得通知，录取在杭州大学英语系，特来辞行。晚上，克华夫妇来海阔天空地闲谈到九点多钟。

10月7日 星期六 晴

包些花生仁、大豆，托沈玉水带去福建给驰女、帆女。

南园芙蓉花盛开，不禁想起唐诗："芙蓉生在秋江上，不向东风怨未开。"

10月12日 星期四 晴

下午与堤女乘一时二十五分汽车离开泉州，三时多钟抵达莆田。

10月15日 星期日 阴

冷空气侵袭，气候骤然转冷，所穿单裤已感到下体保温不足，拟往添购裤，因乡供销社缺货作罢，取衞毛衣穿上。这次未带帽子来，致风拂秃顶头，颇感难耐，但亦只好忍受了。我嘱他们往供销社买二三两毛线来赶打一顶小帽戴，以便御寒，他们说戴毛瓜皮小帽，将为乡里人所笑，又只好作罢。

10月19日 星期四 阴

清晨，与铿妹、堤女带了一些食品，同往旧厝山看母亲的坟墓。老母1972年10月26日下午二时半去世，距今已五年多了。要是她老人家还健康地活到今天，那她该多高兴啊！可是，无情的病魔夺走了她的生命，这使我感到无限的悲痛。

我与堤女都在坟前下拜三下，又到母墓的上头祖父母墓前下拜毕，由于堤女早上要赶到公社，不能多作逗留，只好匆促离开。

堤因穿影的球鞋，嫌鞋小，还没走出乡，脚便长泡了，因此无法走回来，只好到公社中学在阿芳处住宿。

10月20日　星期五　阴

过寨门，看到寨门右侧石寨已部分崩塌，宜将它修理起来，这是古代革命文物。它是封建时代莒溪劳动人民组织义军建筑石寨、反抗官军的见证。记得我于1940年在沙县念福建省立福州高中时，已见到当时所发行的《中国地图》册中于福建省地图页中还留下“莒溪寨”一个小黑点，足见此寨曾记载入史册的。

从南川坐汽船到坝头，上岸，看见堤女已在坝上挥手等我们一个钟头了。各人吃了汤面，徒步沿公路走入城。经安福村，在宗昭家略事歇脚，喝了茶，入城。到怿兄农技站寓。

10月21日　星期六　阴

晚上，黄某到怿寓，此人称怿兄叫姑丈，今天刚从仙游县调来莆田，在地区水文站工作。他说于解放前夕，我与珍君从鲤湖乡奉命回家乡边掩蔽边进行革命活动，曾通过怿兄，在洋仔村他家中楼上住了几天，他还曾亲自给我们二人在楼下送递饭菜。当时他还是小孩，才十一二岁吧，不是由他一提，我自然认不得他了。这事算是近三十年前的往事了，但此种革命的恩情，将永远印在我脑子里，终生不忘。黄某善于谈吐，发言滔滔如流水，有条不紊，其口才也是一般干部中所少见的。约谈到十时才走。

10月24日　星期二　晴

珍君、堤女一起乘海交馆的专车，陪北京科学院来的客人往访五里桥、姑嫂塔、南天寺等名胜古迹，到天黑才到家。

10月25日　星期三　晴

夜，补读我这次出走后所投来的信，有蛰存师、济弟、如俊等人的。

10月27日　星期五　晴

到开元寺访泗东，询问蔡襄所写的《万安桥碑》的情况，并抄回碑文，以便写信复蛰存师所函询的事。

灯下，续写岑诗注。台风报警，中夜降雨，天气骤冷。

10月28日　星期六　阴雨

寒流过境，气候转冷，晨起加穿了绒内衫裤，戴上这次珍君从上海买的呢帽，算是开始觉触到南方深秋的寒意了。

午睡起来，埋头写给蛰存师、泰柏函，连同《泉州文物》一册投邮发出。

读玄奘《大唐西域记》。

11月5日　星期日　晴

早上七时，我与堤女一同搭忠缨驾驶的拖拉机，跑了四十分钟，到达东圳水库的坝头。我们要赶坐八时的"乘风号"小汽船，往南川进发。水库上水平如镜，山光云影，倒映成趣。美呀，故乡的山水！

约十时多拖拉机从水库出发，约四五十分到城内，车停在煎包店前，我到莆田县农技站向怿兄辞别，然后赶往市场买三斤炸豆腐粒、两枝芦苇帚，回点心店一起吃煎包当午餐，买煎包得排一个钟头的队，等吃毕上车，已是下午一时半了。五时半，车开抵泉州的晋江地委党校大门口，主要由堤、蘅将车上的东西搬入家园，还得搬入屋内，等全部搬完时，已是晚上九时半了。

11月6日　星期一　晴

运来这架书橱，算是极称心如意的事了。几十年来没有个安宿的巢穴，东堆西放零乱不堪的书刊，至此算是有个窝了。花了一个下午及夜晚，我将这些书本一本本整整齐齐地安放入书橱里，既美观，找来也方便。但还不够放，将来得再做一二架，每个房间都得有个书橱或书架，这是知识分子不可缺少的“阵地”。

夜，忠缨来这里睡，他明早就要回德化了。

11月7日　星期二　晴

五时起来做饭，让忠缨吃完，便带他到晋江地区教育干校。他驶了拖拉机走了。驾驶拖拉机比驾驶汽车更劳累十倍，速度慢，车身跳得厉害，又是跑山路，但这青年静静地安心干这项劳累活，是十分可取的。我望着他驾驶的车辆渐渐远去，内心感到无限欣喜。

11月8日　立冬　星期三　晴

早上，蘅搭车回莆田。屋子又平静下来了。我略为给划算一阵，这次付给十四人的挑木材工钱及蘅回去的车费、路上费用等，共付出46元，付忠缨的拖拉机运费45元，另送给忠缨花生仁三斤，以及我与堤两次回莆田，一次回乡里，也用去四五十元。总共这两趟办完搬运这一点木头，共用去150元。

11月9日　星期四　晴

晚七时，在泉州影剧院观看中国歌剧院舞剧院“乌兰牧骑”式演出队莅临我区慰问演出，有歌有舞，节目精彩，尤以最后一个节目，著名女歌唱家郭兰英唱几支曲，《南泥湾》、《绣金匾》，《刘胡兰》歌剧插曲：数九寒天，东北民歌《王大娘过年》等，有唱有舞，音色清亮，感情真挚，当她唱到《绣金匾》中怀念周总理的歌词时，眼眶里热泪滚滚落下，全场沉浸在对周总理的无限悼念的气氛之中。

晚上观看这个歌舞演出，是“文革”十几年来首次的高级艺术享受。

11月10日 星期五 阴

下午依例到词典组内学习。

收蛰存师及如俊函。蛰存师还另寄他最近在《中华文史论丛》中发表的《读温飞卿札记》一文来，并告诉我闻岑诗注上海古籍社约人在写了，嘱我不必写，但我既已动手写了近二万字，中途搁笔，实不甘心。决心继续写下去。

11月11日 星期六 阴、雨

前天接驰女函，说她这次期中化学考试得90分，名列全班第五名(第一名95分)，可喜。函内又告诉一项情况，说她最近由于嘴里吃东西的影响左颊骨发疼，经服药已渐好，而太阳穴处发麻，不知是什么原因。为此，我们大家很为之担心。昨夜，特由堤女赶往市邮总局去寄信，希望星期日能由帆女收到，照我们这边询问医师的医疗法医疗，看是否有效。信发出后，仍不放心，昨夜又决定让堤女今早赶去福州，带驰去省立医院诊治。因此，清早，一家三人六点起床，各自忙了一阵。我负责烧饭菜，让堤及时吃。堤赶往车站买今天上午往福州的车票。堤妈赶去怡德借几块钱，然后赶去市场去买一二斤议价牛肉、鲜鱼回来，用高压锅煮好，让堤女带往福州。七时半，我乘自行车载这些小包包，送堤女上汽车，回来已是九时半了。

午睡起来，已下了雨。写给福建人民出版社李瑞良，及上海文艺出版社石儿的信。冒着颇大的雨，徒步往公社领本月份工资，往钟楼邮所投两封信，到泮宫商店买一块五米长的塑料布，快步赶回来，天已大黑了，珍君也于此时徒步拉着已破了胎的旧自行车回来。

前几天运回来的一半的杉木，放在屋后露天的走廊上，雨天尽淋湿了，花上六元六角七分钱买了这块长五米的塑料布，便是要用在掩盖这些木头用的。

堤女今天走了，家里显得静多了。

天黑了，原儿突然回家。他这次于本月二日离开家，出差前往光泽县，参加福建省在光泽县召开的幻灯现场会议。出门见见世面，也有好处。

11月12日　星期日　阴

下午，往二中找泥水师傅双池，终于到下孝友巷4号他家中才找到了他。下午五时，他如约到我家里，共同讨论盖两三间新屋的事。

11月15日　星期三　阴、雨

晋江地区师专要我给中文班开讲座的事，一个月已过去了，由于最近这段时间都是在各处奔跑，到此尚未坐下来考虑，准备上午到晋江地区师专找木兴、维宜师谈定这件事，决心从今日下午起，暂停写岑诗注，开始全力准备讲稿，内容初步定谈古典诗歌，时间估计于下月上旬左右。

午睡起来，读《文学评论》直到天黑。

11月17日　星期五　晴

接荒烟从北京来函，喜出望外，自1947年于台北分别到现在，已整三十一年了。记得于1956年左右通过信后，于今也已断了联系达二十二年了。他函中说他患高血压病，在家休已达三年了，不免为之惦念。他过去长得太胖，也许是产生这种病的主要原因。他要水仙花头，得注意尽力设法寄去。

11月18日　星期六　晴

近来报刊时有战斗性极强的论著出现，如《论清官戏的积极意义》(11月14日)、《评姚文元〈评新编历史剧〈海瑞罢官〉〉》(11月15日，均刊《光明日报》)，这些文章，均是讨伐“四人帮”的檄文，是一支支射向四逆贼心脏的利箭。在文艺界不这样拨乱反正、正本清源，实无以迈步前进！

接堤女从德化来函，了解了许多急于要了解的事，为慰。如俊同学从江西南城来，从1971年在他家中晤面到现在，已逾七年了，这次会面，极为喜慰。带他到以下几个单位搜购有关高考复习资料：地区教育干校、市培训班、地区新华书店。之后，留他在家里吃中饭。

下午，诸马甲老同事来玩，闲聊一个多钟头。

11月22日 星期三 晴

以刷挂给上海蛰存师寄去四帧泉州海外交通史博物馆给的古波斯、阿拉伯等文字的石刻拓片。

11月23日 星期四 晴

接基亮侄从邵武来函，说他现已入邵武三中担任高二年语文课，可喜！

下午，往东门邮所订明年上半年《光明日报》。给济弟寄去《物理》等两册高考复习题要。

11月26日 星期日 晴

近午，潘绍丹来，告以苗风蒲昨日从省里来，特来叫我去玩。于是，与潘同往井亭巷14号潘宅，与苗晤面。记得与苗最初于1954年左右相识，1961年底福建省作家协会成立时又聚会三五天，距今已十七八年了。今日得复重晤于此，甚喜。中午，被邀于绍丹家共进午餐，在座的尚有谢智国、老杨二人，到下午三时半才回来。

11月29日 星期三 晴

连日来赶写完《谈古典诗歌》讲稿，上午将讲稿中须板书之资料整理出，送去地区师范交倪木兴转去打印，以便届时分发使用。下午，整理《返乡新咏》(绝句十二首)。晚上，往晋江地区招待所一号楼201室找风蒲兄闲聊，托他带给郭风、其矫函一件，并将《福建文学》所要的稿件交给他，此稿即《返乡新咏》(绝句十二首)，看他们是否可用。老苗现在主编《福建文学》月刊。

11月30日　星期四　晴

买《李商隐诗选》、《唐宋词格律》等书。从《唐宋词举要》中摘录出有关王昭君的记载资料，共满十张卡片。曹禺新作《王昭君》已于这期《人民文学》刊出，这是今年文艺界的重大收获之一，极喜。为此，特地录出许多明妃资料，使将来读这个新历史剧时，心里有个底。再者，这次讲座中，要涉及北宋欧阳修、王安石写的《明妃曲》的唱和诗，也得多读些有关资料。

开始修改誊写约一百行的古体诗《荔林曲》。

12月4日　星期一　晴

上午到沈寅生家取《文物》(1978年第一期)。下午，重读其中由莆田县文化馆写的《莆田古荔"宋家香"》一文后，着手写与之商榷文中一些论点及有关引用古籍的问题，定题目为《良种"陈紫"即源出于"宋家香"吗?》。

12月6日　星期三　晴

黄昏到翠玲家托买水仙花头，说今年货源缺乏，花木门市部停止出售，仅由她母亲自己份内分给我三颗。这样，荒烟要十多颗之数，便无着落，内心殊焦急。夜，赶去找祖慰设法托人去漳州买，他外出未遇，快快而归。

晚上，将《宋香》的初稿写出。

12 月 7 日　大寒　星期四　晴

又到教育干校找祖慰，由他去函漳州托朋友买三十枚水仙花头托运寄来，并汇款十元，到下午四时，将《良种"陈紫"即源出于"宋家香"吗?》一稿修改誊写完毕。赶去东门邮所，以刷挂投《文物》月刊社，此稿计抄写十三张，计 3 700 字。

发给怿兄并附给铿妹函，促妹夫等一行尽早来盖房子。

晚上，继续将数天前修改完的古体诗《荔林曲》誊写，共计 140 行。

晚香玉庭间盛开，满院清香。

12 月 8 日　星期五　晴

黄菊盛开，但今年仅存一两株。夜间还得搬入屋内，怕偷花贼再偷去，世间就如此不得平静。

12 月 9 日　星期六　晴

整日闭门重新修改《荔林曲》，这次算是第四次修改，还得找不少史料，包括蔡襄《荔枝谱》、蔡襄《宋香诗帖》、清・吴应逵《岭南荔支谱》、范氏《中国通史》、韩氏《隋唐五代史》、《资治通鉴》、《新旧唐书》、南宋范成大《诗集》、《唐宋诗举要》等。诗达一百四十行，简直是为荔支写传记，下午誊写到天黑才毕，笔耕实在艰苦！

12 月 10 日　星期日　晴

上午，以刷挂寄《荔林曲》一稿投《人民文学》杂志社，不知编辑部将如何对待。对我来说，已是呕心沥血之作了。

12 月 11 日　星期一　晴

整个上午写信：

一、写给厦门大学郑朝宗师的信，请他能来泉州做学术讲座。

当前恢复了中国语文学会，我仍是晋江地区中国语文学会会员小组负责人，想开展一些活动，扩大影响，有的旧会员及非会员也曾向我提出这项要求。

二、写信给福建师范大学黄寿祺主任，告诉他我上次到莆田所了解的莆田“文革”前的语文学会名单有：方开熹（莆一中），林汉章（莆一中），吴景贤（地师班），林杞（地师班），林玉清……

三、发给福州帆女的信。

地区师专王维宜老师来通知我讲座的时间定在本周星期五下午二时半举行。因此从下午开始，少做家务，也请假不到《汉语大词典》组，专事闭户在家准备。

12 月 14 日　星期四　晴

接福建人民出版社李瑞良的信，函中回答我请他办的事，即向文艺编辑组询问看是否可以考虑接受我正在写的《岑参诗选注》及将来想写的《岑参传》这两件文稿出版，他说，他已向有关部门联系，说他们将直接写信与我联系。

12 月 15 日　星期五　晴

下午二时半，在晋江地区师范学校礼堂给师专中文班做《谈古典诗歌》的讲座，连同学及一些老师达二百多人，到五时结束，说了两个半钟头，共谈四个问题：一、赋、比、兴；二、形象思维；三、以文为诗；四、格律。

12 月 19 日　星期二　阴

晚上，乘小车往人民影剧院观福建省话剧团演出四场话剧《于无声处》。这是一个很好的戏，但从演员的表演技巧来说，还达不到“文革”前的水平。

12月23日　星期六　阴

乘专车到省招待所参加王亚南校长骨灰安放仪式。见到潘茂元、蔡厚示、罗季荣诸学长及《福建文艺》杂志社的苗风浦等。

12月24日　星期日　阴

中午，汝安来，与他一起去找陈国信，他外出了。又一起到福建省教育学院找庚庄，他夫妇俩外出，到祖岳家闲聊约一个钟头，他希望我与珍君都到福建教育学院工作，但此事，一下子很难作回答。回来，已是夜晚八时多了。

12月26日　星期二　晴

家中正在紧张地施工盖房子。一到家，便得投入紧张的建屋的“后勤”事务中去。

接郭风、郑朝宗函。

1979年

1月3日　星期日　晴

上午，蔡其矫来，说他将上北京参加诗歌创作会议。

1月18日

接北京《文物》杂志社寄来的稿挂，建议我将上次我寄去的《良种“陈紫”即源出于“宋家香”吗?》一稿略加修改后，即寄回去。

1月21日　星期日　大寒　晴

清早，送珍丁、阿松、阿强三人往汽车站搭车往莆田。

接荒烟自北京来函，说他已收到我寄去的十六颗水仙花头，十分高兴，函中，附原印套色木刻画《玉兰》一帧，线条细致，风格清新，这是他独特的刀法，至为可贵。他说，这帧曾发表于最近的《文艺报》上。

1月25日　星期四　晴

对《文物》杂志社寄回一稿，一直抽不出时间去修改。今天，硬挤出时间，坐下来动笔修饰，放弃午睡，直到下午二时多才改毕，赶往邮局寄出。

1月26日　星期五　晴

桑其泥水匠做到今天下午才两间房间及一条走廊的墙壁抹完，地板砖铺好。春节前的工程至此暂告结束。

晚上，原儿带来一架电视机让大家看。

1月27日　农历十二月二十九日　星期六　晴

今天是旧历的除夕，从福州回来后，因为正在施工建屋，极忙。今天停止了工程，才略松一口气，但还是忙，直到下午四五时，才抽出时间写几幅春联。联句全是临时自撰的，如：

有新花怒放，
是大治盛时。

四化前程辉锦绣，
春风骀荡入吾庐。

一霄雷雨瘴氛净，
万里东风花事多。

全用篆隶书写。写后未干，来不及糊上。

1月28日 春节 星期日 正月初一 晴

过去三年春节，农历正月初一，国熙、国信、国枢三兄弟照例都来玩，今天直等到近午还没有来。我特地到晋江地区教育干校去打电话，才知道今年国信没有来泉州，国熙、国枢在医大（“文革”期间，华侨大学被撤销，福建医科大学设在华侨大学内）校内参加团拜，不能来。基潘、玉莲带两个孩子来。下午一时半，我带基潘侄乘公共汽车往医科大学国熙家，基潘请他诊断左胸长一个纤维瘤的手术问题。我将目前复职的事提出向他们请教，他们一致强调“鱼要往上游冲”，人得朝高处望。

晚上，电视放映《大河奔流》。

1月30日 星期二 正月初三 阴雨

晨起，阴雨绵绵，早饭后赶往厦门。十一时多到达。

在教工宿舍遇到陈进极，由他带到兆璋家。一别十五年，一旦相见，极喜。这次除见到她、道传及启平、启伍外，还见到他们的大媳妇李文静及小孙子。与他们谈我这次出差等公务外，也谈及我复职一事。到后一时多，由启平带我到厦大招待所，入208室安榻。五时多到兆璋家用晚餐，晚上，携道传上小山头拜访潘茂元。上个月，在省城的王亚南校长骨灰安放仪式上，曾见到潘兄，目前，他已被正式任命为厦大副校长了。

在潘茂元家见到洪笃仁，洪是研究语言学的，最近被提升为副教授，传将代郑朝宗老师原职务，出任《汉语大词典》编委。潘所住楼上客厅悬挂虞愚师去年所写的一帧小琴条，内书“汀州吊屈原”五律一首，此诗系1943年厦门大学中文系举行诗人节（端阳节）诗歌朗诵会虞愚所作。当时并曾由他书写成条幅悬在集思堂左边教室内，并请他当场上台吟诵。我们三人相会，重提这三十五六年之旧事，不免有所感慨。我们闲聊到九时多回寓。

1月31日　星期三　阴

在厦大食堂用餐后，到道传家，在那里见到傅衣凌师，他这次也被提为副校长。与道传同往朝宗老师处拜年，郑师外出，便回招待所。茂元兄来招待所。

下午二时半，朝宗师来招待所，跟他同往黄拔荆兄家，黄是厦门大学《汉语大词典》编写组负责人，与之商谈有关编务之后，便与郑师同往道传家。晚上，与郑师一同被留在道传家用晚餐。夜九时许回招待所。

2月1日　星期四　晴

早饭后，分别到朝宗师、进极、茂元、道传诸兄家中告辞之后，便搭公共汽车入市区，在绿岛站下车，因忘了将一支黄油布雨伞携带下车，只好再坐上一辆公共汽车回厦大，在厦大站再等我去时所乘一辆由一位女驾驶员驾驶的15号汽车回来，上车询问卖票员，据说在火车站停车，被最后一位头发斑白的老人冒领去了。我只好再搭汽车到汽车站买下午二时半的车票后，搭三轮车赴新华书店买几本书：《社会科学战线》1978年创刊号，鲁迅《汉文学史纲要》，《文艺报》(1978.4)，及《汉史前后碑》，返车站搭车，黄昏时候抵家。

2月7日　星期三　晴

忠协来此两天，早上五时半回德化。驰女早上乘便车返福州，家里显得静了。

中午往三中找木荣、彩云等谈让丽芳入学插班初一年级事，花极大的力气，终于准在彩云班念，并先给登记了姓名，交了学杂费，并到邮局给铿妹发出了函，通知此事，等芳来此念书。直到下午一时许才回家，发现家里大门上了锁，中午人往哪里走。听邻居说，家里接了电报，珍君及原儿急忙走了。这是怎么回事？不久，珍君回来，说中午突然接德化发来一封电报，电文促我“火速到德化”，又未放发报人姓名。珍君、原儿刚才急忙到邮电局挂长途电话给堤女，询问情况，堤女说她一切如常，原儿便交款要邮局查询德化发电报的姓名。到下午四时多，邮局送来了电报，答复是德化723部队元珊发来的。原立即又赶往邮电局挂长途电话与元珊联系，才知道她夫妇二人接到通知，即将外出执行任务，就地待命出发，电告我立即到德化去带他们两个孩子到莆田就学。原嘱她可先将孩子送来泉州，然后让我们再转送去莆田。

今天为突然收到这一张不署名的紧急电报，弄得我全家紧张了大半天，直到晚上八时原儿从邮电局回来才重归平静。

2月8日　星期四　晴

下午接珊发来电报，说她两个孩子将于明日抵泉，嘱我们届时去接。

2月9日　星期五　晴

中午，原儿往车站接涛、小平回来。小平，我还是初次见面，特别天真可爱。

2月10日　星期六　晴

我带王涛、王小平二人乘早上八时二十五分的班车出发，十一时抵莆田。

2月12日　星期一　阴

早上，与怿、铿、蘅、硕庆同往郭骥家，与她同进军分区参观古荔“宋家香”。此树大约植于唐玄宗间，树龄已达一千多年，现被列为莆田县重点保护文物。之后，我们同往阿攀家，拟带涛同往莆一中，适他外出，只好让我们自己去莆一中，路经金桥旧大夫第，见我与怿于 1936—1937 年间在私立砺青初中念书时所租的旧房子，至今尚一成不变地保存在那里。我们特地进去参观一阵，与旧房东梅花亭的媳妇闲聊一阵。

2 月 13 日　星期二　阴雨

上午，整理并誊写毕《诗词二首》（内《满江红——悼念周总理逝世三周年》、《古船歌》）交泉州第六中学国智转给泉州市文化馆。

傍晚到梅雨家，送给他《复职申请书》一份，由他转给晋江地区教育局。

2 月 18 日　星期日　晴

去年 12 月 28 日林祖岳来函，促我到福建省教育学院复职一事，以自己进退两难，未得作出决定，一直延到今天，才给他写去复信，寄庚庄转交给林，嘱此事待今夏看是否能去成。

寄给南京大学曾尊固一函，嘱他给我寄《南京大学学报》（哲学社会科学版 1979 年第 1 期）一本，我要读里面刊出有关李商隐《锦瑟》一诗的考证文章。

煤油灯下，修改旧体诗五古《听歌》一诗，计六十多行。

2 月 19 日　星期一　晴

寄《光明日报》文艺副刊《东风》诗稿一件——五古《听歌》。

3 月 17 日　星期六　雨

前天，泉州市公安局林友隆、郑清泉来了解我于 1967 年 2 月 24 日—3 月 23 日被拘留市看守所的事，最后，他们要求出一份申诉书送局，局方准备给我平反昭雪。到昨晚，我将这份共 13 张的申诉书写出，早上八时，我送去泉州市公安局交给郑、林二人收。

下午，国枢兄来，带来信和兄自三明托人带来的三支自制优钢刻印刀，另给我三本书。

3月18日　星期日　晴

上午，李硕卿、黄达德来寓，闲谈国内外美术界活动情况。

晚饭后，与原儿往泉州影剧院看英国影片《雾都孤儿》，这部影片是美国摄制狄更斯同名小说改编成的。

3月21日　星期三　晴

早上与王金坝同乘七时半的汽车，下午二时许抵福州，到仓前山福建省军区招待所报到后，到福建师范大学化学系学生宿舍找驰女。之后，独自往福建师范大学济弟处，在门口看驰队的女排与历史系女排比赛，直看到比赛毕时才回招待所用晚饭。

3月27日　星期二　晴

中国语文学会福建省总会举行大会，通过会章，选举总会、分会理事①。我这次原想来"脱钩"，尽力设法卸去总会、分会理事之职，不想，仍被选任总会理事、分会常务理事。现实情况如此，亦只好尽力去干了。

中夜，忆起1948年2月间与田汉一行共同访问台湾省花莲市郊阿米族，记起田汉过台湾清水崖绝句一首，起床笔录，如下：

先民创业自艰难，
鬼斧神工绝壁间。
回首海云犹黯澹，
好从风雨建台湾。

---

① 中国语文学会福建省，设有总会及福州、厦门分会，涂元渠为厦门分会常务理事。

3月29日 星期四 晴

上午，校对北京《文物》月刊寄来的拙作《古荔“宋香”与“陈紫”之间》一文的校样，十一时赶往钟楼邮所以刷挂寄回。

4月2日 星期一 雨

上午九时，天色空暗，犹如近晚时分。九时二十分，突降冰雹，径有二三公分，随风飘落，满地滚珠流玉，实为生平所未见。约历二十多分钟，雹停降雨，雨大如注，气候骤寒，我以匆促赶来，昨日又以天气特热，衣服少带，其他出行必带之物，如人民币、米票、雨具等亦均欠缺，真糟糕！

4月4日 星期三 雨

又向文溥借来雨衣及六尺布票，买棉毛衫一件。钱快用完了，只好向高中的同学、现也来开会的范辉借十元钱。

4月5日 星期四 雨

晚上，中国语文学会厦门分会大会在市妙香饭店设席招待。会后，众人往看越剧《碧玉簪》，我到文溥家。我告诉他“文革”前藏书及个人几十年之已刊未刊出之各种诗文稿件，几荡然无存。他从筐中取出他于三十多年前所存的我于1947年在台湾出版的《垦殖的歌》一本相赠。这本诗集，我自己仅存的一本，已于“文革”间被造反派搜去，目前这本，我想，可能是天下的孤本了。我将好好收起，作为纪念。

4月6日 星期五 雨

到兆璋、道传家，他1957年的不幸的遭遇，已全部得到改正，恢复职称及工资，极喜。政治上的迫害叫人付出了莫大的代价，真是一场悲剧！

到文溥家，顺便带三斤苹果给他两个孩子吃，被招待在他那里用晚饭，吃兴化粉及饺子，夜八时多回招待所。

4月7日　星期六　雨

早饭后，与黄梅雨、林双华同往鼓浪屿前哨公园，山色迷蒙，湖光万顷，雨中看山看水，别有一番情致。度海上石桥，桥上石亭刻一联：

长桥支海三千丈，
明月浮空十二栏。

4月9日　星期一　雨

下午五时半，往泉州影剧院看影片《桃花扇》，脚本是根据欧阳予倩的话剧剧本改编，由陕西电影制片厂拍的，由冯喆饰侯方域，王丹凤饰李香君。欧阳予倩于1947年二月间率领中国话剧团到台北演出话剧《郑成功》、《牛郎织女》，他特地在草山闭门住一个星期，根据清代孔尚任《桃花扇》写了同名话剧本，用极短的时间赶排在台北演出。在台北，我也见到欧阳予倩，他是我很尊敬的一位戏剧家。这个影片，却拍得十分差劲，电影剧本差，导演差，整个戏没有气氛，场面没有展开，缺乏艺术感染力，唱词有："扯碎扯碎一条条"，还有如此拙劣不堪之句，真是怪事！

4月25日　星期三　晴

夜，酝酿一个大型话剧剧本《爱情呀，爱情》，到下半夜一时才入睡。

4月27日　星期五　晴

搭早上六时四十五分的汽车前往德化，十一时多抵达。在瓷厂堤处吃中饭后，往县文化馆世哲处休息一个半小时。

4月28日　星期六　晴

找了县宣传部王副部长、县教育局黄局长，谈了关于晋江地区恢复中国语文学会小组及登记发展德化一中四人新会员的事。

往新华书店买《中国现代书法选》及鲁迅杂文数册，索价近三元。往德化一中找支部书记谈关于登记、发展该校四人新会员的事，并分别找了这四位老师谈这次恢复地区小组活动的事。

4月29日　星期日　晴

下午，在德化瓷厂饭厅观县羽毛球女子单打决赛。堤女代表德化瓷厂女队与德一中惠如比赛，堤以 2∶0 取得县羽毛女子球女子单打冠军。接着，进行羽毛球女子双打比赛。我离厂往县招待所找老刁，回来，双打比赛刚结束，堤女与远昕代表德化瓷厂出场比赛，夺得县女子羽毛球双打冠军。

今天开始感冒。

5月1日　星期二　雨

发烧达 39 度，整日卧床不起。

5月4日　星期五

读 4 月 26 日《光明日报》刊登北京文艺界为田汉举行追悼会，华主席、叶、邓副主席等都送了花圈，为这位“我国杰出的革命戏剧家及无产阶级文化战士”的冤案平反昭雪，真是大快人心！这也引起我于文革极为气愤的事。下午，我写一份报告给泉州第一中学党支部，提出以下要求：

一、发退于“文革”初期被旧泉一中党支部没收的我与田汉于 1948 年在台湾二人合拍的照片及我与田汉等人同访台湾阿米族的共15张照片。

二、发退于"文革"初期被旧泉一中党支部没收的我已发表的诗文及未发表的原稿，包括：

1.《垦殖的歌》1947年出版的个人诗集单行本。

2. 北京《曲艺》月刊1960年七、八月合刊刊登我两万字的小说《两面红旗》。

3.《明清小说研究论文集》1959年3月人民文学出版社编辑、出版，其中收入我发表在《解放军文艺》上的关于评《三国演义》的论文。

4. 其他刊登我的诗文报刊及剪贴本。

5. 被没收的我未发表的原稿，包括：① 大型历史剧《文天祥》；② 大型古装剧《赵秋芳》。

6. 大型古装剧《青梅怨》，由泉州高甲戏演出的剧本油印本等。

此报告由原儿送给泉一中交支部书记吴收。

5月5日　星期六　晴

泉州市公安局郑清泉（另一个是林友隆，今天没有来）给我送来市公安局《关于对涂元渠同志的平反决定》，对我于"文革"初期因受林彪、"四人帮"反动路线的迫害，被划为"黑帮分子"，被拘留入市公安局一事，"给予彻底平反，恢复政治名誉"。

5月10日　星期四　晴

原儿上午搭九时多的车出差福州。基亮侄自邵武三中寄来春茶一斤。收《文学评论》今年第二期。

替晋江地区师范题写、设计《故事选编》第一辑的封面。

5月24日　星期四　晴

清早，到华侨新村二村9号回访余新河，看了这次在京赵朴初写给他的一幅琴条及一个小幅招牌“成功贸易公司”。这幅琴条字及招牌苍劲，是所见赵字中最好的一幅。

上次陈允敦教授来玩，背写云南大观楼一幅长联，转抄如下：

五百里滇池，奔来眼底。披襟岸帻，喜茫茫空阔无边！看东骧神骏，西翥灵仪，北走蜿蜒，南翔缟素。高人韵士，何妨选胜登临。趁蟹屿螺州，梳裹就风鬟雾鬓；更苹天苇地，点缀些翠羽丹霞。莫辜负四围香稻，万顷晴沙，九夏芙蓉，三春杨柳。

数千年往事，注到心头。把酒凌虚，叹滚滚英雄谁在？想汉习楼船，唐标铁柱，宋挥玉斧，元跨革囊。伟烈丰功，费尽移山心力。尽珠帘画栋，卷不及暮雨朝云；便断碣残碑，都付与苍烟落照。只赢得几杵疏钟，半江渔火，两行秋雁，一枕清霜。

这的确是一对奇联！

给晋江地区师范学校高小文、李月真刻印三枚。

虞愚师曾为厦门大学上弦场撰一副对联：

自饶远势波千顷，
渐满清辉月上弦。

可谓佳品！

5月25日　星期五　晴

下午四时，与《汉语大词典》编写组里的人同往晋江地区招待所看郑丽生兄。郑是福州市编写组的，这次来泉州参加福建省地方戏剧史会议。

父半夜起来倒尿壶，在外走廊上台阶处跌倒，脸色发青，呼吸困难，开始病了。

5月28日 星期一 晴

下午二时半，雇三轮车送父入晋江地区第一医院，经透视，做心电图检查，黄文澜医生诊断是冠心病发作，原带国枢到一院，枢看看心电图，说病情严重，要立即发电报促我弟弟妹妹来。将父送入内科病房后，傍晚，原儿往邮电总局发电报。夜，由原儿在病房侍候，我回来，刚好基幌侄从漳州来，住在这里，嘱他明日回莆田老家，叫铿妹立即赶来泉州看父亲。

5月29日 星期二 晴

下午四时许，济弟赶来，到医院看父亲。

5月30日 星期三 晴

由原儿及济弟轮换在医院病房值班过夜照顾父亲，白天分上下午，我们三人轮换在病房照顾。

6月1日 星期五 晴

医生给父亲再做一次心电图，病况不佳，父要求今日出院，医师不允许，只好再住下去。接铿妹来函，说珍丁往下莒做木工，家中剩她一人，家务缠着走不了，不能来。

往市民政局领五月份退休金，局方不发，碰壁而归。

6月4日 星期一 晴

上午，父亲出医院回家，在家中照顾方便多了。

下午，带影往影剧院看《早春二月》。观后，我认为此片可列入三十年来最优秀影片之林。

天水来通知我说，福建人民出版社《汉语大词典》领导小组来电话，要我于6月11日赶到上海报到，参加浙江省所承担的“寸”部词目释文初稿的讨论会。

6月8日　星期五　晴

乘早上八时汽车，十一时抵榕城，在汽车站候车处偶然碰上帆女。帆女忙于去为我奔跑购火车票。

下午三时，到郑丽生家问火车票事后，到东街口新华书店巡视一圈，没有买到半本所需要的书刊，搭公共汽车到福州大学。帆女到晚上七八时还未返校，这时这线公共汽车已停开，只好借秀美的自行车，让秀美由淑莲载，我骑一辆车，一起骑到西门站，然后她们二人各骑自行车回校，我搭公共汽车回招待所，已夜八时多了。

6月9日　星期六　晴

肚子不大会消化，拉粘状物，胃肠系统不正常，上中饭都没有吃。下午，往省立医院看病，经检查大便，诊断是痢疾，取药回来服。我隔壁住厦大许怀中，是老相识，与之闲谈了个把钟头，将手头仅有的《文物》(第5期)相赠。到福建人民出版社政治理论编辑室找李瑞良，他外出开会去了。下午才见到他，叙旧言欢，谊情缱绻。

今天，帆儿上下午来两次，晚上为我补裤的口袋，擦亮了皮鞋。晚瑞良来招待所看我，要叫我明日上午与之去看电影，到他家吃午饭，我不得已都辞了；一、明日上午得往仓前山去看驰儿、大哥等；二、在患痢疾，不宜随便吃。但老同学挚情可感。

6月10日　星期日　晴、雨

早上，搭车到福建师范大学化学系看驰女，驰带我访太柏新居，然后到大哥家。下大雨。下午四时，由庚端带我到桥南搭公共汽车回福建人民出版社，到瑞良家闲聊。吃晚饭后，大雨不停，瑞良携雨伞送我到八一路，乘车到火车站。八时半，帆女也赶到站，送来了卧铺快车票，给上海辞书出版社发一电报，告诉他们我与郑丽生二人坐乘的火车班次，以便让他们派车往北站接我们。

火车准晚上九时半开出。

6月13日 星期三 晴

发了浙江所写十六条词目释文稿，让大家阅读讨论。

6月14日 星期四 晴

上午十时，国炎来，在这里吃了午饭后回校。

6月15日 星期五 晴

发北京荒烟函一件。

晚十时许，在楼上厕所拾到瑞士制梅花牌跳日手表一枚，取回告诉同房郑、卢二人，准备明晨交给领导招领。

6月17日 星期日 晴

早上，手表还失者——浙江人民出版社林某。

下午三时多，往愚园路访蛰存师，记得于1945年与之在长汀分别，这次把晤，相隔已三十四年了。倾谈近一小时后即告辞回来。

发给驰女信。

抓早晚时间读《后村诗集》、《敬业堂诗集》（查慎行著）等。

6月22日 星期五 晴

上午十一时，与卢郁蕴同往南京路新华书店，买《学术研究》（1979年第1期）、《历史研究》（1978年第7期）各一册回来。

下午，托上海辞书出版社代购到《清诗话》上下册共二本，价三元三角。

晚饭后，上南京路买背心二件等回来。

6月23日　星期六　晴

早上七时半，往平安电影院看香港彩色故事片《审妻》。

晚，往广弼家玩约1个钟头，回寓已九时多了。

6月24日　星期日　阴

上午逛街，买折扇二支。返寓，成绝句一首：

淞滨有寄

淞浦高吟忆旧知，
论文刻烛山窗时。
当年鱼沫江湖意，
都付相思别后诗。

6月25日　星期一　阴

收《汉语大词典》词典组电汇来八十元款。

买《唐宋传奇选》一册。读明末张煌言《张苍水集》，内有几首驻军湄洲南日岛诗。

6月26日　星期二　阴

下午，国炎来带我上街帮我买长裤一条，并寄出一包书刊，以免沿途受拖累。

至今天下午，浙江所写“寸部”，一千四百条词目释文稿审阅定稿工作，全部完成，心情为之一轻。

6月27日　星期三　阴

上午，小组讨论，总结这十多天来看稿的心得体会。下午，开大会，会上各小组负责人发言。

6 月 29 日　星期五　晴

上午，会议宣告结束。十一时，往图书大楼参观日本出版的有关中国文学艺术之类的大型辞书，一开眼界，叹为艺林观止。

6 月 30 日　星期六　晴、雨

十时许，与郑老同乘公共汽车直达虎丘，大雨滂沱，在百货店买布伞一把，张伞冒雨上虎丘，遍游胜地。以雨大云浓，光线不足，不能拍照留念，引为憾事。

下虎丘，雨不止，照旧按计划游了留园、西园，看了五百罗汉像。

7 月 1 日　星期日　雨

早上乘六时四十分火车前往无锡市。转乘公共汽车，直抵鼋头渚，雨中望太湖，烟水迷濛，湖山为一幅云林水墨画，极美。在太湖边摄影留念。

近午，乘汽车到蠡园，在柳堤上远眺湖山，烟波浩渺，惊叹人间有如此胜景！

下午，游锡惠公园，寄畅园内有惠泉，传为江南名泉中的第二泉，特在厅内品茗。

三时多乘火车回苏州市。

7 月 2 日　星期一　阴

上午，游拙政园、狮子林。此二园为苏州园林建筑艺术的代表作，极美。银幕上红楼梦大观园之景，当来此处摄得。

7 月 3 日　星期二　阴雨

早上，游寒山寺、怡园，访怡园对面的古旧书店，买《黄御史公集·甲乙集》、《石遗讲稿》二本。下午，特地乘车重上虎丘，在剑池前摄影留念，从虎丘回来，游沧浪亭。

7月5日　星期四　阴

早饭后，驱车直趋灵隐，重游灵隐寺。出灵隐，到岳坟，正在修辑，未能开放。与郑老徒步过苏堤，经苏堤春晓，到花港观鱼，然后乘游船到三潭印月，摄影留念，再由三潭印月驾舟至湖心亭，再由湖心亭乘船到中山公园，访西泠印社、平湖秋月，经断桥残雪回寓。

7月6日　星期五　阴雨

早上，乘车直抵六和塔，塔计十三层，内分七层，我直登极顶，已汗流浃背。在塔前拍照留念，下山，买竹篮一个留念。归途，访虎跑泉，品茗，摄影留念。访柳浪闻莺。下午四时许，乘车至杭州大学，找了蒋文华，在杭大吃晚餐，回寓已六时了。

7月8日　星期日　晴

早上七时二十分车抵福州站，下车，帆女已在月台等我了。出火车站，与帆同乘汽车往福建人民出版社招待所，然后往仓前山济弟处，下午三时许到中越路大哥家，五时许回招待所。

7月11日　星期三　晴

荔子正熟，买十五斤"陈紫"，上午乘八时汽车回泉州，十一时抵泉。

7月26日

帆女从福州大学回来。

7月30日

驰女从福清龙田空军基地学军回来，家中逐渐热闹起来了。

8月1日 星期三 雨

发函给苏州词典组郁乃尧，嘱已寄款函给他们，嘱即买《梅葵集》寄来。

8月18日 星期六 晴

傍晚，道传与张笔仁来招待所看我，谈了一两个小时，道传口授一首七律，是他的近作，特抄如下：

六十生日感怀

郑道传

二十年来辨是非，还我青春双泪垂。
青丝明眸叹空度，雪发银瞳惜余晖。
愚生有限修正果，左道无端乱玄机。
死去香丘疑无路，艳骨终随百花飞。

8月20日 星期一 晴、雨

昨日郑丽生拿来他所撰中腰嵌有“人”、“海”二字的对子十二副，要我挑选六对送诗会。晨在床上，我也凑一对：

但愿伊人长缱绻，
莫教情海起风涛。

愿有情人成眷侣，
从□□海泛仙槎。

访厦大新华书店，买《战地》、《天平之甍》（日本人井上靖所写历史剧）。

8 月 23 日　星期四　晴

郑丽生给我查到我们在苏州拙政园所看到的一副文徵明所书对联:“蝉噪林愈静,鸟鸣山更幽”,系梁王籍《入若耶溪》。《梁书·文学传》、《颜氏家训·文章》引之。《世说新语》亦引之。

晚,洪文经带陈长城与我一同去看陈金铭,他是我读省福高时的体育老师,近四十年没有见面了。

道传、兆璋来寓。

8 月 24 日　星期五　晴

柯文溥带我往访蔡厚示兄。

8 月 30 日　星期四　晴

下午,举行会议闭幕式,六时半会餐。回寓,兆璋、道传已在招待所等我,他们想,我明日即将回去,特地来向我表示送别。洪笃仁、黄拔荆来寓嘱我答应调来厦门大学《汉语大词典》编写组参加词典编委会,跟他们一起工作。我作个有弹性的回话:待我回泉州与家人商量后再回复。兆璋、道传怂恿我下决心调来厦大工作。

抄七律一首,赠给个别共事者:

在鹭岛参加《汉语大词典》省编写会议有感
并兼呈座上诸公

高会层楼碧海湾,巉崖翠阁出瀛寰。
凤凰红簇云边树,鼓浪涛浮屿外山。
座上清音怡白雪,毫端朱墨写冰纨。
露凝曙色纷嘉彩,未许沧州稳钓竿。

注:我于 1976 年退休入《汉语大词典》编写组工作,年初已复职,故有末句。

9月2日 星期日

下午何建华来，谈及我工作事，他力促我争取入厦门大学中文系工作。

9月16日 星期日 晴

早起口占一绝：

黄 菊

纤叶寒枝溅露霜，
轻黄绰得淡秋光。
输它红紫三春艳，
自在东篱一段香。

9月20日 星期四 晴

到泉州市围仔内三号楼五楼访叶森毓，谈有关珍君恢复党组织的问题。

9月24日 星期一 雨

上次在厦门大学《汉语大词典》编写组开会所成《七律》一首，已与马君骅、郑丽生等七律，刊于福建省《汉语大词典》编写《简报》第四十期上。

9月27日 星期四 晴

晚上床后，支气管大发作，呼吸困难，极为难过，吃氨茶碱二粒无何明显效果，到下半夜一时许才渐好，入眠。

9月28日 星期五 晴

晚十时许，急性支气管炎又发作，病情较昨夜更剧烈，到一时许才渐好，入睡。

9月29日　星期六　晴

与原儿往一院看病，做了心电图、透视、检查了血液，排除了心脏病的可能，断定为喘息性支气管炎。

泉州市梨园剧团给我及珍君送来两张票，要我们今晚去观看新创作演出的古装戏《刺桐舟》，我们都无法去看，珍君明天要动身赴榕转沪出差南通，我在等待今晚喘息病的重发，可怕呀！

9月30日　星期日　晴

上午接虞愚师从北京寄来挂号信，内附赵朴初题写："泉州宗教石刻陈列馆"的亲笔字及虞老以宣纸书写《高阳台》词一阕。我立即将朴老题字送往开元寺海外交通史博物馆，以赶10月1日正式开放之用。

珍君早上乘汽车赴榕转往江苏南通，参加全国自然科学博物馆筹备会议。

10月12日　星期五　晴

寄《"海酿千钟酒，山栽万仞葱"辨析》一文给《诗刊》，共三千字。

10月16日　星期二　晴

又赴鹭岛参加《汉语大词典》编写会议
有感赋此再呈诸公

濒海临清赏，
秋山看绮云。
樗材南峤愧，

高迹北辰尊[①]。
稽典肠犹热，
仇书日易�。

嘉谟催跃马，
篱菊正披纷。
注①：会议地址在厦门大学鲁迅先生纪念馆内。

10月19日　星期五　晴

上午在校园遇上潘茂元兄，晚饭后，与庆昌同往东村半山访茂元兄。他饭厅内悬挂一对郁达夫所书楹联：

楼船暮雪瓜洲渡，
铁马秋风大散关。

上款写："新民先生指正"，乃录陆游《书愤》之颔联。说是笃仁师数年前在厦门市摊上以一元人民币购得，持赠茂元兄，他拿去加以裱褙，付五元裱褙费，实属珍品。想起"文革"前，泉州旧货店亦曾出售郁达夫所书单条一幅，索价一百元，后曾栋以三十元人民币购得，于"文革"中，为戴红袖圈者所强取去，现已不知去向。珍物沦没，亦属无可奈何事，可怕之至！

在茂元兄家遇许怀中兄。

10月20日　星期六　晴

清早，到兆璋处问庄为玑住处，径往敬贤三号楼三楼访庄师，与之约带北京《海洋》杂志编辑部张宝珍、吕佳来访他的时间。

10月21日　星期日　晴

上午八时半，带张宝珍、吕佳访庄为玑教授，庄为她们介绍

1973 年在泉州后渚港发现南宋海运木船及后渚古码头的经过。临走，由吕佳给庄师拍两幅照片，又为我与庄师合拍两张。

10 月 27 日　星期六　晴

蔡厚示、柯文溥兄来，柯数日前得某部队首长李呐之托，要我写信给北京虞愚师求书法，我给写了介绍函，并也附笔嘱给文溥写一幅。

10 月 28 日　星期日　晴

上午与鲍风、陈林茂、蔡卫平入南普陀，同登五老峰，直攀峰巅。全市景物，尽收眼底，远望海天，浑然一色，叹为壮观。

下午四时，颜亚玉来，带她往敬贤楼三号楼三楼访庄为矶教授。

11 月 24 日　星期六　晴

晚上 7 时 40 分观彩色京剧片《望江亭》，回忆起“文革”中《关汉卿戏剧集》精装一书（价五元）被抄走，至今犹觉可惜。“四人帮”是强盗！

11 月 25 日　星期日　晴

上午与陈林茂同往镇海路柯文溥家，十一时才回来。

又成五律一首：

风雨撼秋夕，楼灯挽寸时。
释疑欣拍案，摘句费撚须。
蹇步惭遒略，辛勤疗钝庇。
霁晨堪纵眼，山海焕殊姿。

12月3日　星期一　晴

下午，汤兴中、李希炎来寓。

傍晚，接黄寿祺副校长（福建师范大学）发来电报，说他与北京周振甫、南京师院金启华一行四人于4日上午七时半从厦大出发来泉州。嘱我们中国语文学会的人去接。我即去通知林宝章、王金坝等人。

晚上，王特地受泉州市文化馆之托，给我送来明日上午内部电影（三部香港影片）票一张，说是泉州市文化馆长周馆长特地要让我去看的。我以明早得去地区招待所接黄等一行人，将电影票还给他。

12月4日　星期二　晴

上午9时半，与林宝章、杨树稼、洪维新、陈再生、王维宜、王金坝、汤兴中等到晋江地区招待所接迎从厦门大学来的黄寿祺、周振甫、金启华及蔡毅一行四人，让他们在六号楼下榻。中午，树稼与我陪他们用午餐。下午二时，到招待所陪他们同往开元寺参观了出土宋海船，遇到庄为矶、庄景辉。汤兴中也赶来了，交给我五十元人民币。我与汤同陪也参观古瓷陈列馆、泉州宗教石刻陈列馆、百柱殿、甘露戒坛、藏经阁，同登东塔，回招待所，已是万家灯火了。

12月5日　星期三　晴

借华侨大学小轿车安排好全日游览的路线，上午八时，从晋江地区招待所出发游东线的名胜古迹：李贽故居、清真寺、圣墓、洛阳桥，参观华侨大学，下午出西门，观韩偓墓、郑成功焚衣处、九日山等处。

12月6日　星期四　晴

全日付六十元租金，租来晋江地区招待所大礼堂，作为举行讲座所在，上午八时，请周振甫讲《唐宋绝句浅谈》，下午请金启华副教授讲《杜诗散论》。

傍晚，约语文学会晋江地区正副组长及泉州市大专班领导王大为，参加这次工作的人员，同往照相馆摄影留念。

12月11日　星期二　晴

修改完两篇旧稿《释“了语”》、《“海酿千钟酒，山栽万仞葱”辨析》，交福建省中国语文学会地区小组，作为这月下旬即将举行的科学讨论会论文，让他们拿去付刻。

12月17日　星期一　晴

赴汽车站乘下午一时十分车赴厦门，同行的有王钦之。下午四时抵厦门大学，在南普陀招待所下榻。这是今年第三次住这招待所了。这次是到厦门大学出席中国语文学会厦门分会理事扩大会议，晋江地区来的有我、王金坝及另三名地区会员代表，地区小组决定分别请王钦之（市会员代表）、许文郁（地区师大专班会员代表）、杨式星（外县会员代表）出席。我们到达厦门站后半小时许文郁才到，他在厦门市区因赶挤公共汽车，被扒手偷去钱包，内人民币六十多元、米票十四斤等，可谓损失惨重。

傍晚，带王钦之到郑道传寓闲谈。

12月18日　星期二　晴

上午八时在厦门大学俱乐部举行中国语文学会厦门分会理事扩大会议，由福建省中国语文学会副会长、厦门大学中文系主任郑朝宗教授传达第四次全国文学艺术联合会代表会议精神。下午，由中国语文学会厦门分会会长周祖譔副教授报告明年度厦门分会工作计划（草案），报告后，分组讨论工作草案。式星因迟接通知，中午才赶到，他在乘厦门公共汽车时，亦被扒手掏走四十多块钱。

王金坝因发烧不能来。

12 月 19 日　星期三　晴

上午八时，大会宣读全国文代会六位作家代表在大会上的发言，这六位作家是白桦、刘宾雁、丁玲、萧军等，并传达云南省代表团向周扬讲话所提的三点意见。

下午二时，大会交流工作经验，在会上发言的有龙岩地区、尤溪地区、厦门市的理事代表，晋江地区由我上台发言。

12 月 21 日　星期五　晴

今天是中国语文学会晋江地区会员第一次学术讨论会会员报到的日子。下午，我与王金坝与地区小组、分组负责人共同讨论这次会议的议程等问题。

12 月 25 日　星期二　晴

中午，送郑文员返厦门。

近七八日的忙碌，到此才告结束。

1980 年

1 月 15 日　星期二　晴

今日起到十七日，共三天，应邀参加市政协常委扩大会议，我只于今日上午到市政府大礼堂听了半个多钟头的市政府工作报告后，便提前退出，回家执笔写稿，实在抽不出空闲去听。以后二天的会议，我也一律请假不能出席，在家工作。

1 月 21 日　星期一　晴

父亲心脏病复发，早上带他去晋江地区第一医院诊治，做心电图，打了强心针，取药回家服。医师建议他住院，实在无闲人照顾，也只好如此。其实，回家治疗，较之住院，环境更清净。

1月24日　星期四　晴

黄寿祺师寄《鹭江、鲤城杂咏》绝句十二首，金启华副教授（南京师范学院）寄赠《杜诗诗歌论集》（吉林人民出版社）一本，《泉咏杂诗》七首，黄、金二人诗作，均为转抄交王钦之兄供《刺桐季刊》采用。

晚成七律一首：

六十初度书怀

储泪无须悲逆境，
一宵雷雨靖黄埃。
回天已斡万钧力，
白首应捐瓠落才。
事业由人判毁誉，
水云自我说襟怀。
新苗屋后绕桃李，
趁得春光取次栽。

1月25日　星期五　晴

江城又见岁时初，
红著梅梢万象苏。
难改眼衰蠹简癖，
绝怜春展水云图。
劫余剩有头颅在，
瓿覆宁教铅椠无。

未许羸躯闲日月，
斗横灯火粲吾庐。

上海《汉语大词典》办的《简报》编辑室寄来九元稿费。自去年7月份以来，我在那上面所刊的稿计：一、七律诗一首；二、《读书偶拾》；三、《鲤、双鲤、凫、双凫及其他》，共二三千字。

连日来，读陆游《剑南诗稿》毕，并附带收词目，还做了许多资料摘录卡片。读书是一件无比的快事！

1月28日　星期一　阴

《汉语大词典》编写领导小组办公室《简报》（沪）第六十七刊出拙诗《再赴鹭岛参加编写〈汉语大词典〉释文》五律一首（1979年11月5日于南普陀招待所）。

1月29日　星期二　雨

几个月前接虞愚师自京寄来梁启超《饮冰室集联》，共十九对，兹摘录数副于下：

一、酒酣鼻息如雷，叠鼓清笳，迤逦渡沙漠；
　　万里夕阳垂地，落花飞絮，随意绕天涯。

（刘后村《沁园春》、周草窗《高阳台》、姜白石《凄凉犯》、朱希真《相见欢》、秦少游《如梦令》、赵令畤《乌夜啼》）

二、曲岸持觞，记当时送君南浦；
　　朱门映柳，想如今绿到西湖。

（辛稼轩《念奴娇》、姜白石《玲珑四犯》、秦少游《满庭芳》、张玉田《渡江云》）

三、西子湖边，遥山向晚更碧；
　　清明时节，骤雨才过还晴。

（徐囦子《瑞鹤仙令》、周清真《浪淘沙慢》、辛稼轩《念奴娇》、秦少游《满庭芳》）

四、银汉是红墙，一带遥相隔；
　　鸾境与花枝，此情谁得知。
（毛文锡《醉花阴》、温庭筠《菩萨蛮》）

2月15日　星期五　晴

父亲于一月十九日夜跌倒后，冠心病发作，于昨日发电报促济弟来，今日是除夕，济于下午六时赶到。

2月25日　星期一　晴

黄昏，接虞愚师自厦大来函，嘱我赴厦门大学招待所204室找他晤谈。晚上，我往双民家找国雄，替我买明后天赴厦门汽车票。

2月26日　星期二　晴

国雄给我送来了明天上午八时十五分往厦门的车票，托小张买的一张也同时送来，多了一张，只好明早去退。遵王钦之之嘱，填《卜算子·喜茅盾为〈刺桐〉题词而作》一首。

2月27日　星期三　雨

乘迟开一个钟头的汽车离开泉州，十二时左右到厦门站，吃了面点，乘公共汽车抵厦门大学时，已是下午一时十五分了。

到招待所204室，虞师正在午休，我只好在楼下阅览室休息，到二时半上楼，虞师已起来工作了，我进入室，握手把晤，无尽欣忭。庄景辉、庄为玑师也先后来了。他们谈了关于托余某代购进口彩色电视机、录音机等事。

六时许，与虞师到食堂进晚餐。之后，我到道传兄寓。晚上七时多回招待所，带虞师到道传、为矶师寓，九时半许回来。

2月28日　星期四　晴

在厦大招待所204室虞师处吃面包、牛油及酥饼作早餐。九时往汽车站买回泉州的车票，因虞师托我办些事，不宜在厦大多待。回厦大到道传处辞行，被请吃了年糕作为午餐。近午，与虞师一同进市区，到汽车站，我乘一时十五分的汽车离厦，虞师一直站在车站出口处的门口路旁，目送我所乘的汽车远去。天涯次别，相会知何年，不免怆然！

下午四时多抵家。素碧今日中午自莆田来此帮我们理家务。

2月29日　星期五　晴

我的《“山栽万仞葱”的“葱”》已在《中国语文通讯》(1980年第一期)刊出，被排在第二篇。遗憾的是关于“海酿千钟酒”的部分被删去。

3月1日　星期六　晴、雨

写给济弟、南京金启华、虞师、纪芬函。晚九时，往晋江地区教师进修学院托亚玉带信给虞师。国炎婿自福州回来。

补录：

卜算子·喜茅盾为《刺桐》题词而作

云锦出京华，羯鼓回天遽。
日照江堤万绿浓，火伞烧空树①。
花信度南中，芳蕾能相负？
醉眼烟霞大地春，姹紫嫣红处！

注①：南宋王十朋知泉州府，有《刺桐花》诗：“初见枝头万绿浓，忽惊火伞欲烧空。”

3月10日　星期一　晴

接《中国语文》杂志社汇来拙作《“山栽万仞葱”的“葱”》一文的稿费共八元。

3月25日　星期二　晴

傍晚，虞愚与王守桢从厦大乘小车来寓，今晚便在竹屋下榻。守桢持他与余纲合刻的《鲁迅在厦大所编编目纂刻》一书相赠。

3月26日　星期三　晴

带虞愚、守桢到开元寺，八时前赶到晋江地区招待所，参加《汉语大词典》编写组会议。

3月27日　星期四　晴

奉泗东兄命，补填《桂枝香·庚申元宵灯赛诗会》词一阕。

桂枝香·庚申元宵灯赛诗会

良宵节物，任雾障蟾宫，云迷银阙。冻雨轻尘初浥，影疏香彻。千灯笑靥瑯环闹，喜人间，清辉明晔。绕梁南曲，玲珑双塔，赏心难歇。

记十载，寒凝霜冽。叩大地千门，悲戚相迭。十月惊雷，天外雪融冰决。昆仑东海遥相揖，竞琼林红紫繁缀。醉人春意，持螯酒满，远征蹄捷！

1980年3月27日追记于竹屋

4月3日　星期四　阴

架上的紫藤花怒放，斑斓绚丽，殊可观！桃、梨、柑橘都在结实。

5月12日　星期一　雨、晴

帆女今晨乘汽车离泉州赴福州，转往杭州入浙江大学进修。

红美人蕉开了。

5月21日　星期三　晴

晨九时，原儿乘车赴福州转京。出差往教育部拍彩色幻灯片。

6月2日　星期一　晴

下午四时半，济弟从福州到达这里。这次他来，是准备和我一同护送父亲回家乡过晚年。老父今年84岁，冠心病随时发作，应他多次的要求，送他回乡，托木兰照顾。

6月8日　星期日　晴

写《悼王冬青同志》七律一首。

6月24日　星期二　晴

下午一时半，接从莆田发来的急电“父病危速回”。赶到汽车站，往莆田的车已于一时半开出，买明日上午七时二十五分的车票，准备明早赶回莆田。晚上七时半又接蘅发来的电报，“父亡速回”。接此噩耗，无尽哀痛！

往邮局挂长途电话，嘱元怿在莆田代买明天下午往王宫的汽车票。

6月27日　星期五　晴

上午八时多出殡送灵柩上山，到十一时，济弟赶到坟地，亲自送寿木入穴。

下午一时许下山。

晚上办酒席三桌，招待执事人及亲属等。

6月29日　星期日　晴

循乡里习俗，带一篮祭品，到墓地，为安葬后第三天的祭奠。

父亲是于6月24日（农历五月十二日）中午十二时逝世的。

7月2日　星期三　晴

原儿自北京回来，他在京给我买《吴作人画辑》、《齐白石画辑》、《李可染画辑》、《傅抱石画辑》，共四册。

8月14日　星期四　晴、雨

下午三时，宗昭兄带王元机女儿来元怿兄处邀我同往漏头，说一直在上海工作的关凤鸣学长今天在元机家中，大家去会面。我与宗昭二人同往五城门等公共汽车到漏头，与元机、凤鸣会面。与凤鸣汀江分别，已达三十五年了。

当晚，元机家设席招待，夜叙谈到下半夜一时才就寝。

8月15日　星期五　晴

早上八时从漏头回城，在驿前路遇许天田学长，他告诉我林金泉回莆田的消息。

傍晚，在莆田地区教师进修学院宋玉水兄处，与一大批老同学见面：林金泉、欧文泉、陈宠章、孙宗昭、黄古季、佘庆涛、许天用等人，其中林金泉自初解放共同入城后，已与我分别三十多年。

8月16日　星期六　晴

上午，约定在元怿兄处这些老同学再一次见面闲叙，昨天见面的那些人今天全都来了。

下午，还是这些同学，改在五星路欧文泉家中聚会。

8月17日 星期日 晴

昨天下午约定，今天上午在莆田地区教师进修学院宋玉水处继续聚会闲谈。今天来的还增加郑宗汉、陈佳润二学长。

中午，由我拿十元请学院食堂代办午餐，请这些老同学在一起进餐。气氛热烈亲切，这是一生中十分难得的机会。中午在学院门口照相留念。晚上，食堂结算这顿午餐，代办费短二元多，我多次要补付，宋玉水硬是不肯，最后只好让他出，他还付出两三斤安溪米粉及三斤米票。

8月18日 星期一 晴、雨

下午五时，我与林金泉应这些老同学之邀，到黄国霖兄新楼会餐，主人除黄国霖外，还有萧一平学长。喝了些葡萄酒，吃了许多三十年未曾吃过的家乡好菜。学友们难得聚会一次，谈今说古，豪情淋漓，一直至夜十时多才散。席间大雨，带来一阵秋凉，精神为之爽然。

8月20日 星期三 晴

与元怿、宗昭同往古季家玩，中午在那里吃饭。宗昭、古季、元怿三人一同陪我赶到汽车站，我搭12时50分汽车离开莆田，下午近四时抵家。

9月3日 星期三 晴

写《与宗昭同访梧塘乡漏头村，喜晤元机、凤鸣二学长》、《庚申秋夜，荔城旧友招饮于国霖新楼上有感，赋二律呈奉座上诸学长》七律三首。请和基兄打印数十份寄莆田分呈诸学长校正，以纪此行盛会，工拙在所不计。上次所摄相片，亦一一放大寄出留念。

9月7日 星期日 晴

上午，李瑞良学长从福州来竹屋，未晤面已一年多，相逢叙旧，分外喜欢。中午请他在这里共进午餐。

10月1日　星期三　晴

带宗昭、国霖游开元寺。参观宋代木船陈列馆、藏经阁、甘露殿、大雄宝殿等。

10月2日　星期六　晴

带宗昭、国霖游清真寺，顺道往访郭养洛、杨锋、林仁荣等。下午，养洛兄来，同往晋江地区师范学校访陈奋清兄。

10月3日　星期五　晴

与孙宗昭、黄国霖同往开元寺照相，晚上设席接待宗昭、国霖兄，并请晋江地区电化仪器站的建民来作陪。

10月4日　星期六　晴

与宗昭、国霖同往晋江地区教师进修学院印莆田林杞前数天寄来之《敬和涂元渠先生归荔城夜饮七律二首》，交宗昭带回莆田分赠诸旧友。回来，并盖五幅我的篆刻给宗昭带去分赠给朋友。接安徽大学中文系马君骅寄来的《乙未屐痕》纪游诗一本，共五十三首。

午饭后，送宗昭、国霖二人往汽车站返莆田。

晚上，与珍君同往开元寺海交馆看本省拍的《宋代古船》黑白纪录片，质量颇差，反映福建文化事业的低水平。

10月5日　星期日　晴

下午，开始重改《岑参和他的诗歌》一文。

11月20日　星期四　雨

珍君于早上乘八时半汽车赴福州转往北京，参加全国自然博物馆协会成立大会。

12 月 1 日　星期一　晴

省中国语文学会厦门分会 1980 年年会在二郎巷晋江地区教师进修学院礼堂举行开幕式。

这次年会共收到论文 25 篇，本地区共交出论文 7 篇，我交了《岑参及其诗歌》，共计 16 000 字。

12 月 26 日　星期五　阴

整日闭户读《浮生六记》。此书我于 1936 年读莆田砺青小学高小时曾读过，极为赞赏，其中佳处，终生难忘。《浮生六记》一书，亦长期随身翻阅，十年浩劫始失去。前月，李瑞良来泉州割痔疮，偶然谈及，均为之激赏不置。彼回榕，特新买此书寄赠。今日重读，恍然如新，情为之倾倒。唯江西人民出版社所重印此书，为赶浪头，殊多粗糙，错字、错标点比比皆是，装帧亦劣，极杀风趣。

12 月 31 日　星期三　晴

中午，《汉语大词典》上海编写组的孙厚朴，福建省的张秋泉、鲍风和厦门大学的洪笃仁诸君来竹屋，谈到下午二时许，送他们到县后路口才回来。

1981 年

2 月 11 日—16 日

与珍君一起出席泉州市政协会议。

2 月 19 日　星期四　晴

今日是元宵，晚七时，赴开元寺参加泉州市举办的春灯诗会，席上，以莆田方言吟诵了拙词《念奴娇》一首。会后，在寺内观赏花灯。此夕，福建省电视台来拍吟诗会及花灯展览的热闹场面。

2月21日　星期六　晴

《漫话荔子》一稿写毕，计一万字，寄给济弟读。

2月22日　星期日　晴

北京寄来《文学评论》1981年第一期二本，内刊出拙作《谈岑参的边塞诗》。

3月9日　星期一　晴

晚上七时五十五分，福建省电视台初次播放《鲤城花灯》。该晚我们吟诗的场面也被录入播出。

3月11日　星期四　阴

给厦门大学兆璋夫妇寄去《文学评论》1981年第一期一本。

3月20日　星期五　阴

墙头的两株紫藤花开花。

向开元公社苗圃买重瓣深红桃花及红梅各一株，价共一元六角，栽在窗前。

4月9日　星期四　晴

黄古季、孙宗昭、王元机三人这次往厦门大学参加六十周年校庆，中午来寓。下午，带他们去游开元寺。

4月11日　星期六　晴

中午，带黄、孙、王赴汽车站搭汽车返莆田。

4月22日　星期三　阴、雨

接莆田地区进修学院发来欧文泉君病逝讣告，无限伤痛，原想待离职手续办好后，即将赶去福州市第一人民医院去看他，不想现已看不到了。一哭。做悼诗一绝，函寄莆田嘱给抄出：

哭欧文泉

独怜遗简仰诗名，翼折云沉忆旧容。
芳草斜阳埋玉泪，风凄塞远暗青枫。

涂元渠主要著述目录

已发表著述：

1. 金谷之春（笔名：荒野） 《沙县青年》，1941 年
2. 易水拆上（笔名：荒野） 《沙县青年》，1941 年
3. 容我立足之地在何处（笔名：荒野） 《沙县青年》，1941 年
4. 太平天国的政治思想 1946 年 5 月 11 日
5. 垦殖的歌 大新出版社，1947 年 1 月 25 日
6. 静静的夜 《国声报》“南光”副刊，第 47 期，1947 年
7. 论太平天国的婚姻制度 《国声报》“南光”副刊，第 62—63 期，1947 年
8. 图书馆里的风波 《厦门日报》，1956 年 7 月 27 日
9. 唐代的双鬟 《光明日报》，1957 年 7 月 21 日
10. 略谈《三国演义》里的几个人物 《解放军文艺》，1957 年第 5 期
11. 水磨机 《热风》，1958 年
12. 两面红旗 《曲艺》，1960 年第 7、8 期合刊
13. 夜渡 《文艺月报》，1959 年第 1 期
14. 我和阿钢 《海风》，1960 年第 1 期
15. 脚印 《海风》，1960 年第 1 期
16. 谈比喻 《福建日报》，1960 年 5 月 20 日
17. 谈在宋元古籍中保留的福建方言词汇 《福建日报》，1960 年
18. 访北京鲁迅故居 《厦门日报》，1962 年 10 月 18 日

19. 谈窦娥的性格及其他——对《窦娥冤》第四幕的存舍问题的商榷 《泉州报》,1962 年
20. 古荔“陈紫”与“宋香”之间 《文物》,1979 年第 5 期
21. 阿钢 《晋江》季刊,1979 年第 3 期
22. 灯会歌声 《刺桐》1979 年第 3、4 期
23. “山栽万仞葱”的“葱” 《中国语文通讯》,1980 年第 1 期
24. 谈岑参的边塞诗——兼与吴学恒、王绶青同志商榷 《文学评论》,1981 年第 1 期
25. 《高适岑参诗选注》前言 1981 年 5 月
26. 高适岑参诗选注 上海古籍出版社,1983 年 8 月
27. 竹屋诗词 1983 年 9 月 24 日
28. 高适岑参诗选注 台湾建宏出版社,1996 年 1 月

未发表著述:

29. 青梅怨　剧本(此剧上演过) 1950 年
30. 文天祥(又名《碧血丹心》)　剧本 1961—1964 年之间
31. 赵秋芳　剧本 1961—1964 年之间
32. 锦绣前程　剧本 1963 年前后
33. 与姚文元同志商榷 1965 年 12 月
34. 谈词的格律 1978 年 12 月 5 日
35. 谈古典诗歌形式 1978 年 12 月 15 日
36. 竹窗联话 1979 年 9 月 8 日
37. 释“凌云” 1979 年 10 月
38. 释“了语” 1979 年 12 月 11 日
39. 提线木偶戏琐谈 1980 年 5 月 15 日
40. 岑参及其诗歌 1980 年 9 月 15 日
41. 关于《梅妃传》与梅妃 1980 年 9 月
42. 与田汉在花莲港 1980 年

43. 漫话荔子　　1981 年 2 月 18 日
44. 略论高适及其诗歌　　1981 年 6 月 28 日
45. 陈三五娘　连环画脚本　　写作时间不明
46. 八哥　中篇小说　　写作时间不明

后　记

父亲涂元渠，笔名枫野，一生热爱生活，朴实、勤快、执着，他生在农村，是农民的儿子，身上流淌着淳朴农民的血液。据叔叔说，土改时我家按标准应评为下中农，大概因为祖父有座二层楼房和一个大学毕业儿子的缘故，土改队长说不好向贫下中农交代，于是拔高一级定为中农。“文革”期间有积极分子举报说我家是漏网地主，工作队叫我姑姑开门核查，整座房子除了几个破缸破罐外都是蜘蛛网，连老鼠也找不到一只，工作队看后说：“这什么地主？不像。”但静心想想，“群众”的嗅觉还是灵敏的，我祖父确有不同于一般农民的地方，他只读过三年私塾，却能写一手漂亮的毛笔字，还会吟诗作词，楼房白灰未抹，粗糙开裂的土墙上会挂一两幅字画，箩筐簸箕里常有一两本脱页无封皮的图书。也就是说，泥土味中会飘出书香，鸡鸣狗吠中能听到拖长了腔调的吟诵声。我父亲就出生在这样的家庭，他继承了农民的勤劳和坚韧，又熏陶出了对书的热爱和对文学艺术的兴趣。

父亲兴趣广泛，文学、绘画、书法、篆刻、音乐，无不涉猎。文学中，他作诗词、写小说、编戏曲剧本、研究古典文学；绘画中他刻木刻，画国画、水彩画、铅笔画；书法中他写篆书、隶书、行书；治印大多为篆体；音乐会二胡、口琴。他具有多方面的艺术才能，而且样样都达到相当的水平。

读诗、写诗是父亲的最爱，他长期从事中学语文教学，教学之外，文艺创作、诗词创作伴随他一生。父亲中学时代即尝试文学创作，在厦门大学求学和到台湾谋生时，以白话诗为主，偶尔也写旧体诗。父亲那时年青，壮怀激烈，朝气蓬勃，他以满腔热情呼唤光明、春天，歌颂劳动，歌颂火，歌颂太阳。他不仅呼喊、鼓动，而且在解放战争进入最后的决战关头，冲破层层封锁，冒险偷渡回福建，参加闽中游击队，投入到火热的战斗生活中。解放后父亲在教学之余寄情于古典文学研究和诗词创作。这个时期，诗词创作多为旧体诗，而且被社会思潮所裹挟，难免有应景之作，较少抒发个人情怀。父亲身上有浓厚的传统文人的审美理想和生活情趣，作为一个知识分子，也有自己的苦闷与忧愤，但他只能在家书或与朋友聊天中偶尔流露，不敢发之于诗词。在这漫长的二三十年间，父亲也写小说、编剧本，现在想来，他并非有意在这些领域一试才能，更可能是想摆脱政治题材的束缚，他创作戏曲剧本《青梅怨》、《文天祥》、《赵秋芳》等，就透露出他想在历史题材中寻求出路的意思。改革开放初期，父亲和众多知识分子一样，挣脱了长期束缚身心的枷锁，诗词创作热情重新燃烧，抒发个人情怀和寄情山水的诗篇进入了吟咏范围。1979 年父亲到上海参加《汉语大词典》词目释文讨论会，游历了无锡、苏州、上海、杭州等地，一口气写下《江南纪游》二十多首，风格明朗流畅，流露出他轻松愉快的心情。父亲还多次返回故乡莆田，会晤青年时代的同学、朋友，谈笑欢洽，酒后都有诗纪之，这是以前所没有的，是父亲经过几十年磨难之后，重新找到感情依归和人间温暖吧。为了挽回几十年的时间损失，父亲更加勤奋，集中精力于古典文学的研究，在完成了《高适岑参诗选注》之后，还计划撰写《岑参传》和《高适传》，可惜未能实现。

《垦殖的歌》是父亲早年所写的一首长达 180 行的长诗，他以抒情之笔称颂劳动者的辛勤垦殖以及丰收的喜悦。其实，父亲何尝不是诗中所写的千万垦殖者中的一个，在文学艺术的园地里，他垦殖了一辈子，而收获除了出版《高适岑参诗选注》外，就是这本收入其代表作品的《枫野集》。父亲极富才情，称得上是位才子，然而这颗好种子播种在了贫瘠的土地上，又缺少阳光雨露慷慨无私的沐浴；雨过天晴，好日子来了，他却过早地离开了我们。假若他能多活十年、二十年，肯定会写出更多的文章，取得更大的成就。作为子女，我们当然为父亲文学艺术上的成就感到高兴，但让我们欣慰的不是他在文艺创作上取得多少成绩，而是他所爱好的文艺陪伴他一生，帮助他度过人生最艰难的岁月。

“文革”后期，父亲可以回家了，他那闲不住的双手又开始发痒，正如他当时在《自嘲》一诗中说的“哦吟已废撚须苦，泼墨聊添画纸鸦”。他养起鸭子说要画鸭子，买来蛇皮自制二胡，设计二胡盒，栽培花木，刻图章。图章多刻毛泽东诗词、鲁迅诗句以及当时流行的口号。他说，文章不能写，印总可以刻吧，总不至于把这些印收去。为了省钱，他到工艺美术厂买来石雕下脚料，全家人一起锯啊磨啊，家里成了印石加工厂。圆的、方的、椭圆的、长条的，各种形状的印石摆满案头、抽屉和床下。父亲根据石头的形状设计图章的文字和字体，忙得不亦乐乎。

1972年，他刚跨出五七农场，就被贬到泉州北郊最偏僻的马甲中学，交通不便，宿舍简陋，伙食粗粝，半月一月才能回家一次，父亲以患病之躯，孤零零地在那里熬过了漫长的一千八百天。白天和学生同事在一起，放学之后，以吟诗、拉二胡自娱，或到溪边散步捡石头，在石头上写字画画。吟诵声、琴声驱走了山风的凄冷，安慰了他那颗痛苦的心灵，也给住校的其他老师带来了欢乐。

“文革”期间，一家人被赶出教师宿舍，辗转几次后，用仅有的一点存款和借来的钱买地盖房子。因为缺钱，以竹代木做梁和椽，建成了闻名泉州城的“竹屋”。父亲在他的七律《自嘲》中用“三椽傍郭僻无哗，竹舍疏篱随处家”表达了他对这个泥土墙竹子顶的“竹屋”的喜爱。在这个竹棚里，父亲写了《竹窗联话》、《竹屋日记》等，编写了《竹屋诗词》，并“在竹屋设席接待竹园虞愚、文山庄为玑二老师南游，酒后请师座于南园植红梅一株”，互和诗词，留影纪念。被父亲称之为“竹屋东轩”的是一间仅七八平米的小屋，屋里，一张书桌、一把椅子、一个书架和一张硬板床，墙上挂着一幅虞愚书写的鲁迅诗联：“室外独留滋卉地，年来幸得养花天。”父亲非常喜欢这简单安静而属于他的小工作室兼卧室，他将自己关在里头没日没夜地写啊刻啊，累了，看看窗外他种的花草和仅两巴掌高的十来棵小杉树，他盼望小杉树长大成材，替换下竹梁和竹椽。

父亲沉吟病榻，说话力气已很微弱时，还惦记着他的文章。有一天，侍候床侧的叔叔将才收到的发表《“山栽万仞葱”的“葱”》一文的语文杂志拿给他看，父亲瞥了一眼，只说“妄删”二字就再也无力说什么了。过了十几分钟，他对弟弟说：“我病好了，还要不要写文章?”叔叔知道，“写”或“不写”的这一天不会有了，强忍着悲痛说：“不写了，什么文章也不写了，病好了，我们回乡下老家去……”父亲的生命还在艰难地延续，可就在 1981 年 9 月 24 日这一天，他和伴随自己一生的诗词、古典文学永远地割断了联系。

父亲生前视学术甚于生命，将学术成果转化为著作出版是父亲生前一个强烈的愿望。因此，《枫野集》的编辑出版，是我们子女为实现父亲生前这一愿望所做的努力。由于父亲走得匆忙，身后留下来的著述，零零散散，经过十年浩劫，或被抄走或遗失，搜集起来十分困难。首先是叔叔涂元济将手头保存的文章资料及其著述详细目录交给我们，其后，我们在二三年时光里，为搜集有关资料，跑了上海图书馆、厦门大学图书馆、人民文学出版社、上海古籍出版社、南京金陵国际语言进修学院等许多有关单位和个人，得到了李国章、苏永延、谢颖、林东海、涂元晞、陈世哲、江松、王立平、郑启伍等先生的大力支持和热情帮助。这些资料包括论文原稿、已发表稿子复印件、学术短文、诗词、日记、书信、书法、篆刻、照片等等。从资料的搜集，到将其一一打印成文，最后编选成书，耗费许多的时间和精力，在此过程中，我们重温了父亲的文字生涯，认识了父亲生前全身心投入的文学活动所取得的成就，接受了文学修养和道德情操的一次洗礼。从父亲1978年至1981年短短两三年有限的日记和书信里，我们读到了他对教育事业、文艺事业的无限热爱以及为其所付出的辛勤劳动、对工作的极端负责任以及对老师的尊敬、对朋友的真诚和对他人的慷慨帮助、对父母的孝和对子女的爱。这些都使我们感动，也激起了我们对父亲无比的爱戴、钦佩和尊敬。《枫野集》的出版倾注了我们对父亲的满腔热忱和无尽怀念；希望借此将家族的善良品德和文化传统一代一代地传承下去。

不记得是哪一年了，父亲看到新疆出土的为岑参供给马料的文书，兴奋不已。父亲对边塞、丝绸之路有着特殊感情，很想有一天能去高适、岑参笔下的西域作实地考察，可惜未能成行。我们已定下计划，待父亲著作出版之后，携带他的照片和著作，沿着丝绸之路，到甘肃、新疆作一次特别的旅行，了却父亲未能实现的愿望。

涂 帆

2013年6月3日